Dietrich Petersen

# Todesbelt

Kriminalroman

LEDA

# Personenverzeichnis

**Clemens Moor:** Auf Fehmarn gestrandeter Feingeist und Ermittler

**Hubert Fenderling:** Sein Kollege, der sich gezwungenermaßen neu erfindet

**Greta Bartholdi:** Moors kluge Diplom-Psychologin und Muse

**Eva Fenderling:** Die Paradiesische an Fenderlings Seite

**Dr. Michael Hansen:** Ein Mann mit schlagenden Argumenten

**Ralph Brandt:** Sein Kumpan

Und einige andere

# Kapitel 1

Der Mann zögert kurz. Sein Blick streift über die Menschen hinweg, ruht dann auf einem Paar, das lachend vor einer Vitrine steht und sich angeregt unterhält. Der Minutenzeiger einer Uhr über ihm springt einen Strich weiter. Der Zeiger hat sich nun eingependelt, unmittelbar vor der Sechs, mit einem kurzen Zögern und völlig geräuschlos. Wie eigentümlich unwirklich diese Lautlosigkeit doch erscheint. Sie erzeugt dennoch die Illusion eines Geräusches oder Tons im Kopf. Weil er dazugehört und die Psyche es daher so will. Die Hand des Mannes wirkt kraftvoll, ist braun gebrannt. Sie bildet einen lebhaften Kontrast zu seinem weißen Smartphone. Prüfend überfliegt sein Blick die spiegelnde Oberfläche des Geräts. In seiner Miene spiegelt sich nichts. Die Szene bleibt zögernd. Er führt eine Zigarette zu den blassen Lippen. Sie umschließen das Mundstück, seine Wangen wirken für die Dauer eines Herzschlags eingefallen und formen einen Sog. Die Glut vergeht, ehe man sich versieht, Rauch steigt auf und bildet unentschlossene Gestalten, die sich in der Weite des Raumes verlieren.

Lautlos öffnet sich die Tür und schwingt in die Ruhelage zurück. Die Makarow liegt schwer in der Hand. Der Lauf hebt sich, zielgerichtet, schrittweise. War da ein Flackern in den Augen des Mannes? Haben sie sich kurz geweitet? Gab es ein Erkennen? Oder war alles nur Illusion? Die Bewegung stoppt federnd, das Metall verformt die Haut, die oberhalb der Augen eigentlich spannt, rutscht an der Braue ab, über eine Unebenheit hinweg und ruht für den Hauch eines Moments starr in seiner Position. Der Zeigefinger krümmt sich, alles ist plötzlich Energie. Der Lauf vollführt eine abrupte Wendung, leicht seitlich, rutscht ab. Die Stanzmarke der Laufstirn wird auf der Haut erkennbar, sie ist aufgeplatzt, bildet einen Krater.

Hässlicher Schmauch überzieht das Gesicht des Mannes. Ungläubiges Erstaunen, gebrochen, verlöscht. Er hat sich eingependelt, der Zeiger, unmittelbar auf der Sechs, mit einem kurzen Zögern und völlig geräuschlos. Mit der Illusion eines Geräusches im Kopf. Weil die Psyche es nun mal so will. Noch einmal. Der Zeiger hat kurz ausgeholt, ist Zehntel-Millimeter über den Zielstrich hinausgeschwungen, kurz zurückgependelt und hat die Ruheposition gefunden.

»Angenehme Ruhe!«

# Kapitel 2

Timo, Patriks bester Freund im Kinderheim, behauptet, dass die Bewegung eines Schiffes bei normaler Wetterlage nicht wahrnehmbar sei. Was aber heißt schon: ›wahrnehmbar?‹ Die *FS Prinsesse Benedikte* ist mit ihren gut einhundertvierzig Metern Länge ein Schwergewicht unter den Ostsee-Fähren, die für die Reederei im Dreißig-Minuten-Takt zwischen Rødby und Puttgarden Euro und Kronen in tiefe Geldsäcke schaufeln. Nicht wahrnehmbar? Patriks Blick streicht über die Regalreihen und endlos lange Paraden kreativ gestalteter Flakons exklusiver Parfüm-Marken, die sich den Händen ungeduldiger Passagiere entgegenzustrecken scheinen. Die gierigen Hände schieben sich von allen Seiten in Patriks Blickfeld: Ringe, Goldkettchen, wurstige Finger, behaart. Und: alt! Irgendwie widert ihn dieses Szenario an, viel zu viele Alte!

Patrik sucht nach einem Fixpunkt: Er peilt direkt über eine Flasche *Escada Taj Sunset*, dem Duft des Monats, die Regalreihe entlang. Und? Bewegt sie sich? Die dänische *Prinsesse*, so kurz vor dem Zielhafen Puttgarden? Wenn man einen Fixpunkt fände, wäre es leichter. An einem überdimensionierten Ohrläppchen vorbei sucht Patrik nach Orientierung. Müssen alte Menschen immer solche Ohrläppchen haben? So riesig, schlapp und faltig? Man spürt sie förmlich, wie sie zwischen Daumen und Zeigefinger zerbröseln, langgezogen von edlen Perlen oder billigen Gehängen. Patrik versucht, den Gedanken abzuschütteln wie ein lästiges Insekt. Gedanken kann man vertreiben. Aber Gerüche? Unerbittlich vernebeln Unmengen von Testern fruchtige, süße oder exotische Schwaden, die sich mit den Ausdünstungen der Menschen mischen, mit den Anmutungen von Alter und Schweiß.

In der Verlängerung der *Dolce&Gabbana-Gucci*-Reihe fixiert Patrik eine Gestalt, die selbst in einer Art riesigem

Flakon, einem gläsernem Käfig, hockt. Man hat den Lebensraum der rauchenden Fahrgäste auf diese Glasbox von schätzungsweise acht Quadratmetern verkürzt. Dort sitzen sie demonstrativ aufgebockt, wie die Damen des Rotlichtmilieus in ihren Schaufenstern, schamlos den neugierigen Blicken preisgegeben. Nur ganz ohne Rotlicht, vielmehr im kühlen Flackern einer einzelnen Neonröhre. Patrik erkennt die Konturen eines Mannes, eines alten Mannes. Was sonst? überlegt Patrik. Aus seiner mittlerweile sechzehnjährigen Perspektive beginnt alt jenseits von dreißig und ganz sicher ab vierzig Jahren, auf der Schussfahrt des Lebens.

Irgendwie absurd mutet sie an, diese Szene: ein Mann, dem Betrachter seinen Rücken zuwendend, rauchend, in einer Kabine aus bodenlangem Glas sitzend, völlig reglos, während die Schwaden seines Zigarillos in behaglich-eleganten Kreiselbewegungen zur Decke tänzeln, ganz luftig und leicht. Wie hingegossen er da sitzt, in seinem Stuhl, den Arm über die Lehne gehängt. Patrik beobachtet, wie sich die Glut des Zigarillos durch den Tabak frisst, den Fingergliedern bereits gefährlich nahe.

Nun schiebt sich ein schwabbeliger, mit goldenen Reifen verzierter Frauenarm in sein Bild und verdeckt für kurze Zeit den Blick auf die Szene, bis sie erneut vor seinen Augen erscheint, nun etwas schärfer vielleicht. Irgendwie nicht nur schärfer, auch härter, was die Kontraste anbetrifft. Die Glut hat sich mittlerweile zwischen den Fingern verzehrt. Zu der gewohnten Strenge des Zigarillo-Dufts hat sich in Patriks Vorstellung der Geruch von verbranntem Fleisch gesellt. Wie unter einem Brennglas fixiert er die schlaffe, bewegungslose Hand, in die sich die Glut so erbarmungslos vorgefressen hat.

Erst allmählich, ganz nebenbei, registriert er noch eine andere Veränderung: Die Schwaden haben sich zur Decke des Glaskäfigs hin verloren, die Szene wirkt wie erstarrt. Die Zigarillo-Wolke liegt nun über allem wie eine

Decke. Die Sekunden, die Patrik der Beobachtung widmet, erscheinen ihm mittlerweile zeitlos und unwirklich. Ein Kribbeln läuft über seine Haut. Der gläserne Kasten zieht ihn magisch an, auf seine düstere Art: Schrittweise kämpft sich Patrik durch die Schlangen der Reisenden, während er seinen Blick nicht von der Szene zu lösen vermag. Nur noch wenige Schritte trennen ihn von der Tür des Raucherraums. Seine Hand legt sich auf den kühlen Metallgriff, drückt ihn langsam herunter.

Zögernd betritt er den Raum, registriert für einen Moment die gespenstische Lautlosigkeit und die stehende Geruchswand von Zigarillo und Fleisch und erstarrt. Es ist eine panische Starre, die Patrik unvorbereitet trifft. Er schüttelt seine Unentschlossenheit ab und tritt mit einem überlauten »Hallo!« an den Mann heran, der ihn jedoch völlig zu ignorieren scheint. Zögernd streckt Patrik seine Hand aus und berührt den Unbekannten leicht an der Schulter. Gespenstisch langsam, wie in Zeitlupe, kippt dieser vorwärts von seinem Stuhl. Der Aufprall des führungslos gewordenen Schädels auf die Glasscheibe entlockt dem Käfig einen melodischen Klang, wie eine Sterbeglocke. Langsam verwischt das Bild vor Patriks Augen und der Mantel heilsamer Ohnmacht nimmt ihn mit in einen tiefen Schlaf.

## Kapitel 3

Auf der Brücke der *FS Prinsesse Benedikte* herrscht die gewohnte Routine eines Schiffes, das sich seinen kurzen Weg durch den Fehmarnbelt sucht. Die Fähre pendelt auf Sichtweite zwischen Rødby und Puttgarden, also nicht um die weite Welt, aber in einem kleinen und in nautischer Hinsicht durchaus anspruchsvollen Mikrokosmos. Es ist eines der meistbefahrenen Gewässer der näheren und weiteren Umgebung, das höchste Aufmerksamkeit und Konzentration erfordert.

Bent Olsen, langjährig erfahrener Kapitän des Fährschiffs, beobachtet durch sein Fernglas die Bewegungen der Nachbarschiffe und atmet tief durch. Nur noch gut zwanzig Minuten trennen die *Prinsesse Benedikte* und ihren Zielhafen voneinander. Mit gegenwärtig vierzehn Knoten steht die Fähre nahezu unter Volllast. Olsen strahlt Ruhe aus, seine Bewegungen haben etwas Gemessenes, sie finden in einer sicheren Klarheit ihr Ziel. Seine blauen Augen erscheinen tiefgründig, verraten neben wacher Aufmerksamkeit aber auch einen jahrelang erprobten, feinen Humor.

Im Moment überfliegen seine Blicke die vor ihm liegende Wasserfläche. Ihr Blau durchziehen feine grünliche Bänder. Weiße Schaumkronen, die im Sonnenlicht aufblitzen, vergehen so schnell, wie sie erschienen sind. Auf Olsen, den kundigen Seebär, wirken diese Phänomene nur scheinbar beiläufig. Niemals gibt er sich ihnen unkritisch hin, niemals verliert er seine Aufmerksamkeit, seine stets wache Verantwortung für das Schiff. Meist erscheinen sie ihm wie Vexierbilder, die ihre geheime Botschaft nur dem Erfahrenen preisgeben. Er erinnert sich gerade der *Gesandten*, des berühmten Gemäldes von Hans Holbein dem Jüngeren, das er unlängst in London bewundern durfte: Die versteckte Botschaft erkennt der Betrachter nur, wenn er das Bild ganz flach aus einer niedrigen Perspektive betrachtet: der Totenkopf! Unwillkürlich geht Bent Olsen bei dieser Erinnerung leicht in die Knie, was ihm eine Anmutung von spannungsgeladener Sprungbereitschaft verleiht.

Plötzlich knallt die Tür auf. Sichtlich fassungslos stürzt Broder Brodersen, der Steward, auf die Brücke und ringt um Atem. Sein ansonsten typisch dänisches Phlegma ist heller Aufregung gewichen, als er hervorstößt: »Bent, wir haben einen Toten an Bord!«

Der Kapitän betrachtet seinen Steward mit irritiertem Stirnrunzeln. »Einen Toten? Was redest du da?« Natürlich kennt Olsen medizinische Notfälle. Aber einen Toten? Es mag viele Jahre her sein, dass es das auf der *Benedikte* gegeben hat.

Aus dem Hintergrund taucht Lars Johansen auf. Der Erste, wie er an Bord respektvoll genannt wird, schiebt Brodersen einen Stuhl in die Kniekehlen und drückt ihn sanft in Position. »Nun beruhige dich erst mal, Broder!«

»Einen Toten?«, fragt Olsen noch einmal nach.

»Ja«, stößt der noch atemlose Brodersen hervor, »ein Toter liegt in der Raucherkabine und ein Junge auch!«

Unwillkürlich schüttelt der Kapitän den kahlen Schädel. So konfus hat er seinen Steward in all den Jahren nie erlebt. ›Wer? Was? Wann? Wo?‹, hat Olsen seiner Mannschaft in militärischer Strenge eingebläut. Zumindest das ›Wo?‹ ist ja nun geklärt.

Brodersen scheint sich seiner dienstlichen Meldepflichten zu entsinnen, zumindest kommt er deutlich systematischer auf den Punkt: »Ein Jugendlicher, ein Timo, ist ganz aufgeregt in den Dienstraum gestürzt und hat berichtet, dass sein Kumpel Patrik vor wenigen Minuten im Raucherraum zusammengebrochen sei. Wir sind sofort dort hingerannt und haben ihn auch gefunden, zum Glück nur etwas benommen, sah wie eine Ohnmacht aus! Dieser Patrik, etwa sechzehn Jahre, war aber nicht der Einzige.

Gleich zwischen Sessel und Scheibe lag ein Toter! Ich habe es überprüft, kein Leben drin, mausetot!« Broder wirkt völlig geschafft und verliert erneut den Faden.

Zumindest reicht diese Schilderung aus, den Kapitän ins Bild zu setzen. »Wie alt?«, beginnt er den Steward zu befragen.

»Du meinst, der Tote? Etwa Mitte vierzig, schätze ich mal, vermutlich ein Deutscher, aber Genaueres kann ich dir nicht sagen. Ich habe den Jungen rausgeschoben und die Tür verriegelt. Unsere Putzhilfe hat die Jungs erst mal in den Sanitätsraum gebracht und ich bin direkt hierhergekommen. Was soll nun geschehen?«

Bent Olsen fällt ein, was ihm sein früherer Ausbilder eingepaukt hat: Im Zweifel Finger weg! Er erwidert in beruhigendem Ton: »Gut gemacht! Erst mal nachdenken, wir finden schon eine Lösung! – Haben wir einen Arzt an Bord? Bei gut elfhundert Passagieren ist das mehr als wahrscheinlich. Lars, übernimm das!«

Der Erste tritt an das Mikrophon und macht seine Durchsage: »Liebe Passagiere: Kein Grund zur Aufregung! Wir haben einen kleinen Notfall an Bord. Ist vielleicht ein Arzt anwesend? Bitte melden Sie sich beim Steward oder hier auf der Brücke!«

›Kleiner Notfall‹, schießt es Olsen wie ein Echo durch den Kopf. Das kennt man zur Genüge. Wer würde schon sagen: »Liebe Leute, an Bord gibt es eine mittlere Katastrophe, wir haben eine herrenlose Leiche und der Steward ist völlig im Eimer!« Und: »Kein Grund zur Aufregung!« hat mit Sicherheit auch den Letzten noch überzeugt. Da muss es ein Desaster geben. Was pflegte in solchen Fällen sein Ausbilder zu sagen? Wer zu dir kommt, ist ein Gaffer und wer wegschleicht, ist Arzt.

Laut beginnt Olsen zu dozieren: »Wir brauchen noch gut zwanzig Minuten bis Puttgarden. Ein Notstoppmanöver aus voller Kraft voraus benötigt etwa fünfzehn Schiffslängen. Macht gut zwei Kilometer zum Aufstoppen und belastet Maschine, Fundamentierung und Welle. Und wenig später hätten wir Puttgarden ohnehin erreicht.«

Der Erste nickt ihm zu und so ist die Entscheidung getroffen. Die *FS Prinsesse Benedikte* steuert unverändert ihren Zielhafen an, um den Rest mögen sich andere kümmern. Dieser Rest in Gestalt einer Leiche kauert bis dahin sicher verschlossen inmitten seines gläsernen Sargs. Der wird umringt von unzähligen neugierigen Passagieren, die sich an den mittlerweile verschmierten Scheiben des Rygerværelse die Nasen platt drücken. Und: weit und breit kein Arzt!

Etwas ratlos blättert Olsen in seinem Handbuch für die besonderen Fälle herum. Dänisches Schiff, dänische Flagge. Deutsche Leiche und deutsches Ziel. Diesen komplizierten Sachverhalt sucht er vergebens. Wen muss er informieren? Welche Anweisungen sind zu treffen? Wem gehört die Leiche?

# Kapitel 4

Kriminalhauptkommissar Moor ist der Liebe wegen auf Fehmarn gelandet. Zunächst hatte er im Vorjahr einfach nur in einem komplizierten Mordfall auf der Insel ermittelt. Von seinem Vorgesetzten aus Kiel war er mal eben über den schmalen Sund auf die beschauliche Ferieninsel geschickt worden. Hier sollte er dann erst sehr komplizierte politische und menschliche Rätsel lösen, um schließlich dem besonderen Charme von Fenderling, seinem zunächst skeptischen Insel-Kollegen, und den Reizen der gewitzten Psychologin Greta Bartholdi zu erliegen. Mit Ersterem verbindet ihn seither eine feinsinnige Männerfreundschaft und mit Greta eine spannende Patchwork-Beziehung. Beim Gedanken daran muss Moor unwillkürlich schmunzeln.

Moor ist der frischgebackene Leiter der Polizeistation in Burg auf Fehmarn. Was er in diesem Moment noch nicht weiß: Es bleiben ihm noch exakt achtzehn Minuten Zeit, um diesen Zustand in Ruhe zu genießen. Als ihn der Anruf aus der Leitstelle erreicht, sitzt er gerade entspannt an seinem ›Kriminellen Stammtisch‹, wie er den strategisch günstigen Sitzplatz im *Café liebevoll* nennt. Ein kleiner, verspielter Erker mit einem Holztisch blickt auf Bürgersteig und Straße hinaus, so dass man jeden erkennt, der die Bahnhofstraße bevölkert oder zur Innenstadt strebt.

Gerade mal drei Gehminuten trennen den modernen, hellgelb geklinkerten Zweckbau der Polizeistation in der Kästnerstraße und das Café, das mit seiner verspielten und gemütlichen Vintage-Optik zum Ausspannen und Loslassen verführt. Und mit einem erstklassigen, vor allem heißen Milchkaffee, wie Moor als bekennender Bürokaffeehasser gerne betont. Mit dem Inhaber, mit Mirko, der ihm in der Mittagszeit immer diesen beliebten Platz frei hält, verbindet ihn eine zwar irgendwie herzliche, aber dennoch zurückhaltende Beziehung. Mirko ist eigentlich Schauspieler, hat viele Jahre in Köln gelebt und seinen gastronomischen Anker auf Fehmarn geworfen. Dabei ist er immer noch durch und durch Künstler, auch Lebenskünstler. Und bisweilen, wie Mirko in offenherzigen Stunden selbst bekennt, sogar Überlebenskünstler.

In diesem Moment hat er, wie immer unaufgefordert, den Milchkaffee auf den weiß gestrichenen Tisch gestellt, ein paar freundliche, begrüßende Worte in sich hineingemurmelt und diskret abgedreht, als Moor etwas unbeholfen an seinem noch völlig taufrischen und leider aufdringlich laut klingelnden iPhone nestelt. Ein paar probatorische Knopfdrücke weiter hat es Moor immerhin geschafft, den Anruf des Kollegen aus der Leitstelle entgegenzunehmen, der ihm ziemlich aufgeregt von einer unglaublichen Sache berichtet. Eben gerade habe sich Bent Olsen gemeldet, der Kapitän der *FS Prinsesse Benedikte,* und auf reichlich konfuse Art einen ziemlich verwirrenden Sachverhalt geschildert. Wenn er es recht verstehe, habe man dort einen Toten gefunden, vermutlich deutscher Staatsbürgerschaft. Der Rest sei aber ein ziemliches Durcheinander gewesen, irgendetwas von einem Raucherraum und zwei Jugendlichen. »Den Olsen kenne ich, der ist eigentlich ganz vernünftig. Wenn der so eigentümlich rüberkommt, dann muss Holland in Not sein!«, lässt sich Moor von dem Beamten berichten.

»Sind wir da überhaupt zuständig?«, murmelt er nachdenklich in sein Handy. Eigentlich sind die Worte mehr an sich selbst gerichtet als an seinen Gesprächspartner, wie es bei Moor häufig mal der Fall ist.

Der Kollege in der Leitstelle versucht ihn nun mit Fenderling zu verbinden, dieser habe nämlich die Lage gecheckt, zumindest was die rechtliche Seite anbeträfe. Die Wartezeit verbringt Moor mit einem weiteren Schluck heißem Milchkaffee, wobei ihn der Jingle der telefonischen Warteschleife gehörig zu nerven beginnt. Moor ist in dieser Beziehung überhaupt nicht belastbar. Ihm knallt eine eilige, mit künstlichen Hall-Effekten aufgehübschte Schrittfolge in die Ohrmuschel, unterlegt mit einer weichgespülten, nichtssagenden Wartemusik und regelmäßig unterbrochen von einer Frauenstimme: »Please, hold the line!« Wenigstens der aus den siebziger Jahren bekannte Musik-Titel von Toto hätte es sein können, überlegt Moor: *Hold the line, love isn't always on time*!

»Bleib dran, Liebe ist nicht immer pünktlich!«, lässt Moor zur Abwechslung Mirko wissen, der scheinbar gedankenverloren seinen Tresen entstaubt, aber eigentlich neugierig auf Empfang ist. Mirko verzieht keine Miene. Diese Art, einfach nur sekundenlang intensiv zu stieren, hat es Moor sehr angetan. Zu Hause vor dem Spiegel hat er sie sogar schon mal selbst versucht, aber Mirko ist diesbezüglich einfach ein Naturtalent, wie Moor gerade wieder bewundernd feststellt.

Nach einer weiteren verlorenen Minute hat Moor endlich Fenderling in der Leitung, der ihn in gewohnter Präzision und in provozierender behördlicher Gestelztheit aus einem Polizeihandbuch über die rechtliche Seite informiert: »Die Fähre ist gerade unterwegs von Rødby nach Puttgarden, also von Dänemark zu uns. Die Zuständigkeit für Straftaten auf Schiffen ist zunächst abhängig von dem Ort der Tat. Nach deutschem Strafrecht werden Taten im Inland, also auch im deutschen Küstenmeer, durch die deutschen Strafverfolgungsorgane ermittelt. Nach diesem Territorialprinzip sind die deutschen Ermittlungsbehörden zuständig, soweit sich das Schiff bereits innerhalb des deutschen Küstenmeeres befindet.«

»Alles klar«, erwidert Moor resigniert und mit einem bedauernden Blick auf seine Kaffeetasse. »Wie viel Zeit bleibt uns denn dann noch, um die Ermittlungen aufzunehmen?«

»Na, bis zum Einlaufen der Fähre bleiben uns noch geschätzte dreizehn Minuten« erwidert Fenderling, »aber so einfach, wie du denkst, ist es dennoch nicht! Schließlich wissen wir ja nicht, ob der Herr schon tot war, als das Schiff das dänische Territorium verließ. Außerdem kann sich die Zuständigkeit auch noch nach dem Flaggenprinzip regeln. Danach ergibt sich eine diplomatische Pflicht, den Flaggenstaat an den Ermittlungen zu beteiligen.«

Moor betrachtet nachdenklich eine Fliege, die sich über die Tapete und ein schulterhohes weißes Holzbord hinwegbewegt. »Den Flaggenstaat beteiligen«, murmelt er fast lautlos vor sich hin.

»Clemens, bist du noch in der Leitung?«, hört er Fenderling fragen.

»Ja klar! Hast du noch mehr auf Lager?«

»Oh ja, mein Lieber. Einer geht noch rein!«, hört er seinen Freund Hubert sagen, der sich im Weiteren nicht lumpen lässt: »Da gibt es auch noch das Personalitätsprinzip! Danach ist zusätzlich zu beachten, ob der Täter oder das Opfer Deutscher sind beziehungsweise nach der Tat geworden sind. In diesen Fällen gilt deutsches Strafrecht, wenn der Täter im Inland angetroffen wird.«

Während Moor noch darüber nachdenkt, auf welchem Wege der Leichnam nach der Tat wohl Deutscher geworden sein könnte, falls er es zuvor noch nicht war, stellt ihm der einfühlsame Mirko bereits einen weiteren Milchkaffee auf das Tischchen. »Also gut!«, meint Moor. »Fassen wir mal zusammen: Über Täter und Tatort wissen wir gar nichts, die Fähre erreicht Puttgarden, also sind wir zuständig, stimmt's?«

»Na so ungefähr!«, hört er Fenderling sagen. »Und egal, wo der Taterfolg eingetreten ist: Da Kapitän und Flagge eindeutig dänisch sind, ist Rødby mit im Boot!«

Moor, seit jeher ein assoziativer Typ, stellt sich dabei vor, wie der Taterfolg das Schiff betritt, mit Rødby im Schlepptau, und schnell mal die deutsche Staatsangehörigkeit annimmt. Laut seufzend und reichlich verwirrt nippt er an seiner Tasse und hört Fenderling sagen: »Ich rufe mal unsere Bezirkskriminalinspektion in Lübeck an, kann nicht schaden! Kurzer Uhrenvergleich: noch zehn Minuten, zehn vor zwölf.«

Jetzt erst wird Moor so richtig klar, dass ihm die Zeit zwischen den Fingern zerrinnt. Wenn er überhaupt noch ermitteln will in dieser Sache, dann muss er irgendetwas entscheiden. »Was schlägst du vor?«, fragt er seinen Freund und Kollegen.

Der lacht in sich hinein. »Schau mal aus dem Fenster und vergiss nicht das Bezahlen!« Von Moor völlig unbemerkt hat vor dem Haus ein Streifenwagen Stellung bezogen, mit Polizeimeister Neumann am Steuer, der freundlich winkt, als habe er das Telefonat verstanden. Seine erhobenen neun Finger signalisieren, dass am besten auch das Bezahlen entfällt.

Moor verstaut schon im Gehen sein neues Handy, ruft Mirko ein eiliges »Tschüs!« hin und sinkt neben dem stets bestens gelaunten Kollegen Horst Neumann in den Dienstwagen. »Moin, Herr Neumann, dann kann's ja losgehen!« Bereits nach wenigen Metern Fahrt zieht Moor sein Telefon aus der Tasche und spricht erneut mit der Leitstelle, um erste Anweisungen zu geben. »Ruft den Kapitän, diesen Bent Olsen, an: Kein Mensch und kein Tier verlässt mir die *Prinsesse Benedikte*, da darf nichts schiefgehen!«

Horst Neumann gibt dem Dienst-Passat die Sporen und rast mit heulendem Motor die Bahnhofstraße entlang, biegt mit quietschenden Reifen rechts in Richtung Marktplatz ab und scheucht mit Blaulicht und Martinshorn sichtlich zufrieden eine Schar Touristen vom Kopfsteinpflaster. Moor entwirft unterdessen seinen Schlachtplan: Tatort sichern, Zeugen befragen, Spusi informieren, das volle Programm. Als er schließlich neben einem stolzen Neumann wieder aus seinen Gedanken auftaucht, halten sie direkt vor der soeben vertäuten *FS Prinsesse Benedikte*. Mächtig ragt der Bug über ihnen auf und mächtig erscheint Moor nun auch seine Aufgabe.

»Uhrenvergleich«, hört er den Kollegen Neumann sagen. »Punkt zwölf!«

# Kapitel 5

Nur wenige Atemzüge später verlassen Neumann und Moor das Fahrzeug und eilen dem Schiff entgegen. Am Fuß der Gangway werden sie bereits von dem noch immer ziemlich aufgeregten Broder Brodersen erwartet, der sie als diensthabender Steward an Bord lässt. »Ein Glück, die Herren, ich bin froh, dass Sie da sind! Hier ist die Hölle los. Wir lassen niemanden an Land, ganz nach Ihren Anweisungen. Aber die Leute können das natürlich nicht nachvollziehen. Und was Genaueres zur Begründung konnte ich ihnen ja auch nicht sagen!«

Moor erwidert kurz mit einem Kopfnicken die Begrüßung. Dann hasten die Männer, mit jedem Schritt mehrere Stufen auf einmal nehmend, die Gangway empor. Seine Kondition ist alles andere als gut, wie Moor an seiner Kurzatmigkeit und einsetzenden Seitenstichen bemerkt. »Warte doch mal!«, ruft er dem Kollegen Neumann hinterher, der leichtfüßig wie eine Gams die Gangway entlangschießt. Offensichtlich ist Dynamik in allen Lagen dessen herausragende Eigenschaft.

Als Einsatzleiter müsste Moor eigentlich ein paar gute Ideen haben, wie dem Chaos an Bord der Fähre entgegenzutreten sei. Tatsächlich aber steht er nun atemlos keuchend und mehr oder weniger ratlos am oberen Ende der Gangway und sondiert die Lage. Vor ihm steht Neumann und wartet auf Anweisungen. Hinter dem Kollegen registriert Moor eine Wand gespannter, kollektiver Aufmerksamkeit. Die Passagiere, vom Bordpersonal mühsam zurückgehalten, sammeln mit ihren Digitalkameras erste Erinnerungsbilder von einem echten deutschen Kriminalkommissar. Moor weiß, dass er jetzt irgendetwas zu entscheiden hat, und sei es auch noch so überflüssig oder banal.

Und unversehens gerät ihm sein Auftritt zu einer kleinen

Ansprache: »Meine Damen und Herren, vor Ihnen steht die Polizei! Mein Kollege Neumann und ich ermitteln in einem ungeklärten Todesfall. Wenn dies für Sie mit Unannehmlichkeiten verbunden ist, können wir das leider nicht vermeiden. Wir machen hier auch nur unseren Dienst!« Moor ahnt, dass ihm die Rede am Ende etwas misslungen ist: eine Spur zu negativ oder provozierend. Im nächsten Moment aber hat er eine rettende Idee: Er muss den Menschen vor sich vermitteln, dass sie nicht nur dumm herumstehen und warten, sondern irgendwie ein Teil des Ermittlungsteams geworden sind.

»Wir sind dringend auf Ihre Mithilfe angewiesen. Jedes noch so kleine Detail kann entscheidend sein, also scheuen Sie sich nicht, uns lückenlos zu berichten!« Und mit Blick auf die nun erneut emsig ihre Digitalfotos schießende kriminalistische Fan-Gemeinde fährt er fort: »Auch Ihre Fotos oder Video-Clips sollten Sie uns nicht vorenthalten.«

Kaum hat er diesen Satz ausgesprochen, ahnt er bereits, was für eine Lawine er damit losgetreten und was er seinen Kollegen damit eingebrockt hat. Aber nun geht es nicht mehr zurück. In diesem Moment hat er aber auch eine Idee für ein weiteres Problem gefunden. Schließlich gilt es, in kürzester Zeit die Personalien von über tausend Passagieren zu erfassen. »Sie werden gleich gebeten, Ihre Papiere bereitzuhalten. Wir benötigen Ihre Personalausweise oder Reisepässe und werden diese fotografieren, für den Fall, dass wir später noch Fragen an Sie haben.«

Moor vermutet zwar, dass diese Maßnahme nicht unbedingt den Regeln in Fenderlings Handbuch entspricht und später auf dessen Bedenken stoßen wird, aber immerhin hat er damit seine Führungsqualitäten unter Beweis gestellt. Besser eine falsche Entscheidung als keine! Und so dumm erscheint sie ihm am Ende ja auch nicht. »Bitte haben Sie noch etwas Geduld, meine Kollegen werden gleich eintreffen und sich um Sie kümmern.«

»Wo ist denn nun der Tatort?«, fragt er den wartenden Steward.

»Bitte folgen Sie mir.«

Einige Treppen und Gänge später erreichen sie den Speisesaal. Angesichts der vielen wartenden Menschen vor ihm überfällt Moor erneut Verzagtheit. Erst vor wenigen Wochen hat er seine neue Stelle auf Fehmarn mit der Erwartung angetreten, hier die ersehnte Beschaulichkeit und Harmonie anzutreffen, die er in der lärmigen Hauptstadt Kiel so vermisst hatte. Gelb blühende Rapsfelder, gemächlich drehende Windräder und beschauliche Sonnenuntergänge befeuerten seine Fantasien. Er hätte es besser wissen müssen, nach seinem ersten Fall. Seine Ermittlungen rund um das neu entstehende Ferien-Resort, die dabei aufgedeckten dubiosen Ungereimtheiten und Verwicklungen waren ein deutlicher Hinweis darauf gewesen, dass es auch ein beschauliches Inselleben nicht ohne menschliche Abgründe gibt.

Eine kleine Verschnaufpause an der Seite von Greta Bartholdi, seiner neuen Liebe, hätte er sich aber schon gewünscht. Stattdessen steht Moor in seiner neuen Eigenschaft als oberster Inselpolizist vor einer Menschenmenge und muss im Minutentakt folgenschwere Entscheidungen treffen.

Alle Blicke richten sich auf ihn und für einen Moment kehrt im Speisesaal gespannte Ruhe ein, die er erneut für eine improvisierte Ansprache nutzt: »Liebe Passagiere, mein Name ist Kriminalhauptkommissar Moor, ich leite hier die Ermittlungen in einem Todesfall.« Er schwenkt kurz seinen Dienstausweis. »Bitte halten Sie sich zu unserer Verfügung und erwarten Sie unsere weiteren Anweisungen. Wir werden Ihre Personalien erfassen und erste Befragungen durchführen. Wer etwas zu berichten hat, das ihm wichtig erscheint, wendet sich bitte an meine Kolleginnen und Kollegen. Die werden in wenigen Minuten hier eintreffen.«

Broder Brodersen blickt Moor fragend an: »Soll ich Sie nun zum Tatort bringen?«

Moor nickt und folgt dem Steward, der einem merkwürdigen Gebilde zustrebt, das sich als Raucherkabine entpuppt. Inzwischen hat man den Kasten mit Tüchern als Sichtschutz verhüllt: Bunte Werbeplanen aus dem *Travel Shop* lenken aber unbeabsichtigt die Aufmerksamkeit auf die enge Glaskabine, als gelte es im nächsten Augenblick ein Kunstwerk zu enthüllen.

Bevor Moor den Tatort erreicht, überstürzen sich die Ereignisse. Ein älterer Mann tritt auf ihn zu, nur mühsam beherrscht und atemlos: »Mein Name ist Kolberg, Franz Kolberg! Ich habe ihn genau gesehen! Ich bin Richter, müssen Sie wissen. Es besteht größte Gefahr!«

Moor mustert Franz Kolberg unwillkürlich, um dessen Glaubwürdigkeit einzuschätzen. Die Erregung seines Gegenübers ist deutlich spürbar. Die klugen Augen des Mannes und seine feinsinnigen Züge signalisieren Moor jedoch keine Unüberlegtheit, kein Sensationsgehabe. »Was haben Sie denn gesehen?«, fragt er daher zurück.

»Einen Mann, da hinten!« Der Zeuge weist mit der schlanken Hand in Richtung des verhüllten Glaskäfigs. »Er hat es getan! Ich habe es genau gesehen. Mit einem Revolver, einfach in die Stirn. Es war eine Exekution!«

Moor ist verwirrt. »Wie sah der Mann aus? Können Sie ihn denn beschreiben?«

»Er trug eine Uniform! Und er ist da drin!« Franz Kolberg deutet auf eine Tür im Hintergrund, die zu den Toilettenanlagen führt.

In Moors Körper flutet das reine Adrenalin. Er versucht die Gedanken zu sortieren, die wie Kugeln in einem Flipperautomaten durch seinen Kopf schießen. »Sie meinen, er ist bewaffnet und jetzt da drin?«, fragt er nach und registriert mehr wie durch einen Nebel hindurch das Nicken des Zeugen.

Seine Anspannung springt augenblicklich auf die gesamte Situation über. Die herumstehenden Menschen weichen wortlos zurück, wie eine Tide, die das Watt freilegt, scheinen sich klein zu machen. Vereinzelt tauchen Gesichter auf, gezeichnet von stummem Entsetzen. Die Bewegungen erscheinen einerseits erregt, andererseits verlangsamt und unterstreichen dadurch die Unheimlichkeit des Augenblicks. Langsam gleitet Moors Hand zur Gürteltasche, während seine Blicke in äußerster Konzentration die Tür fixieren. Moor schiebt eine verängstigte Frau zur Seite, seine suchende Hand hat die Gürteltasche erreicht und spürt das kalte Metall. Er zieht die Waffe heraus, entsichert sie in einer viel geprobten Routine, nimmt sie in beide Hände, streckt die Arme aus und richtet den Pistolenlauf auf die Tür. Moor sucht den Blickkontakt zu Neumann und ist beunruhigt. Der Kollege, den er bislang kaum kennt und über dessen Reaktionen in solchen extremen Momenten er noch gar nichts weiß, erscheint ihm wie erstarrt. Ob der so ähnlich denkt wie Moor? An Waffenarsenale, Handgranaten, was auch immer? Ein Amoklauf vielleicht? Erwartet sie der Täter? Hat er vielleicht genau dies erreichen wollen? Absolute Aufmerksamkeit? Ein Fanal? Moor handelt nun wie ein Automat. Er schaltet alle Überlegungen ab, die seine Entschlossenheit behindern könnten. Er denkt nicht mehr nach über Verstärkung oder SEK, sondern nähert sich Schritt für Schritt dem Eingang.

»Komm mit, du musst mich sichern!«, zischt er Neumann zu, der sich endlich aus seiner Starre zu lösen beginnt. In einem eintrainierten Wechselspiel umkreisen sich die Männer, die Blicke auf die Türklinke gerichtet. Moor spürt, dass hier etwas nicht stimmt, dass hier gar nichts stimmt. Was ist das nur? Irgendetwas ist anders als in all den simulierten Szenarien. Es betrifft seinen Kollegen. Moor hat die Tür erreicht und erfasst mit einem Mal aus den Augenwinkeln, was ihn so irritiert: Horst Neumann hat keine Waffe in der Hand! Noch ehe er diese Tatsache aber ganz begriffen hat, reißt Neumann entschlossen die Tür auf. Moor zielt mit seiner Pistole in das gleißende Licht der Neon-Beleuchtung, erblickt eine zuckende Gestalt, eine Bewegung, einen Schatten, einen Schrei.

Vor ihm steht mit vor Schreck weit aufgerissenen Augen ein kleiner Junge.

»Was ist hier los? Wer bist du?«, hört sich Moor mit heiserer Stimme fragen. »Bist du allein?«

Polizeimeister Neumann stürzt an ihm vorbei, tritt die Kabinentüren ein, die scheppernd gegen die Wände krachen, und winkt Moor heran: In der letzten Kabine entdecken sie ein weiteres Kind, zitternd und schluchzend in der Ecke sitzend. Neumann nimmt den Jungen in den Arm und beginnt, beruhigend auf ihn einzusprechen.

Erst ganz allmählich erfasst Moor die Lage. Kein Gewalttäter bedroht sie. Zwei Kinder haben sie angetroffen, zwei kleine, zitternde Menschen.

Er sichert die Waffe und schiebt sie in seine Gürteltasche zurück. Plötzlich empfindet er nur noch Kraftlosigkeit und Trägheit. Er mustert Franz Kolberg, der wie versteinert und sichtlich verstört mitten im Raum steht. Dann wandert Moors Blick weiter, fällt auf Horst Neumann. »Keine Waffe!«, murmelt er vor sich hin. »Horst Neumann hat keine Waffe!«

# Kapitel 6

Am Eingang zum Raucherraum sind Fenderling und Moor aufeinandergetroffen. Moor ist erleichtert, gemeinsam mit Fenderling ermitteln zu dürfen, auch wenn dieser bisweilen eine reichlich pedantische Betrachtungsweise an den Tag legt. Unwillkürlich schießen Moor Begriffe wie Flaggen-, Personal- oder Territorial-Prinzip durch den Kopf.

»Streng genommen«, philosophiert Fenderling, »können wir nicht einmal angeben, wo sich der Tatort befindet.« Moor blickt ihn stirnrunzelnd an. »Also«, fährt Fenderling nachdenklich fort, »wenn man den geografischen Punkt wählt, an dem sich die Fähre zum Zeitpunkt des Todeseintritts befand, dann bleibt uns lediglich, ihn als ›unbekannt‹ anzugeben.«

»Dann schreib doch lieber ›Raucherraum‹«, brummt Moor. Aber Fenderling in dieser Weise abzuspeisen, hat in der Regel keinerlei Aussicht auf Erfolg. Moor ist daher dankbar, dass in diesem Moment die Spurensicherung den engen Raucherraum freigegeben hat, so dass sie den Tatort, nach Moors pragmatischer Definition, einer näheren Betrachtung unterziehen können.

Der Leichnam steckt zwischen einem umgestürzten schwarzen Kunstlederstuhl und der Glasscheibe fest. Der Schädel ist nach unten gerutscht. Die Hände haben sich an der Scheibe abgestützt und sind irgendwie hängengeblieben, wirken dadurch wie erhoben. Von außen betrachtet erscheint das Gesicht grotesk verzerrt. Im Abrutschen hat die Scheibe die Gesichtshaut nach oben gezogen und in die Augenhöhle gestaucht. Die Lippen sind weit geöffnet und die Zähne infolge der Gewalteinwirkung in den Kiefer gedrückt worden.

»Frankenstein junior ist nichts dagegen!«, hört Moor seinen Kollegen sagen, als er beim genauen Betrachten des Schädels vor ihm, im Bereich der Stirn, ein kreisrundes

Loch entdeckt. Nur wenig Blut tritt aus der Öffnung und Schmauchspuren sind gut erkennbar.

»Aufgesetzter Schuss!«, lässt er Fenderling wissen, »das sollte uns Dr. Tomie, unser Star-Pathologe, aber noch näher erklären.«

Fenderling umkreist nachdenklich den Glaskäfig und murmelt pausenlos etwas in sich hinein. Dann holt er einen Taschenrechner aus der Uniformjacke und hackt auf dessen Tasten herum, um ihn am Ende wieder, offensichtlich unverrichteter Dinge, einzustecken.

»Sag mal, Hubert, was machst du da eigentlich? Berechnest du dein Urlaubsgeld, oder was soll das werden?«

Fenderling verzieht sein Gesicht zu einem gequälten Grinsen. »Ich habe nur versucht, den ungefähren Tatort zu ergründen. Etwa vierzehn Knoten soll das Schiff auf seiner Passage gehabt haben. Wüsste man mehr über den Zeitraum des Todes, könnte man auch den ungefähren Standort ermitteln.«

Moor kratzt sich gedankenverloren am Hinterkopf. »Das, lieber Hubert, kann uns der Tomie genauer berechnen. Aber was wäre dadurch am Ende gewonnen? Kein Passagier kann uns dazu vermutlich irgendetwas Genaues sagen.«

Fenderling seufzt laut. »Das mag sein, aber wir wüssten immerhin, ob wir den Fall den dänischen Behörden auf's Auge drücken dürfen. Zu viele Köche verderben bekanntlich den Brei.«

Moor winkt jedoch ab. »Ich habe die dänischen Kollegen bereits informieren lassen. Sie werden voraussichtlich im Verlauf des Nachmittags zu uns stoßen. Jetzt geht es mir erst mal darum, den möglichen Kreis der in Frage kommenden Täter herauszufinden.«

Während sich Fenderling wieder dem Toten zuwendet, wandert Moors Blick suchend über die Menge. Wo soll er beginnen? Wer hat etwas gesehen?

»Tut mir leid, Herr Kommissar.« Franz Kolberg ist an

ihn herangetreten. Seine angenehme Stimme wirkt leicht brüchig, wie häufig bei älteren Männern. Aber sie drückt erneut etwas aus, was Moor am ehesten als Verlässlichkeit bezeichnen würde oder als Solidität.

»Das macht ja nichts, Herr Kober. Solche Dinge passieren! Können Sie mir jetzt einige Fragen beantworten?«

Franz Kolberg nickt und folgt Moor zu einer Sitzgruppe, direkt dem Raucherraum gegenüber. »Kolberg übrigens!«, lässt er Moor wissen, dessen leichtes Erröten Verlegenheit signalisiert. »Aber machen Sie sich nichts draus, auch mein Gedächtnis lässt zu wünschen übrig. Als ich noch mit ihr zusammenlebte, war es viel besser, also mit …« Der Satz bricht ab. Auf Franz Kolbergs Zügen liegt der Schmerz eines Mannes, der um Fassung ringt. Moor spürt etwas von der Angestrengtheit, die jeden Satz seines Gegenübers begleitet. »Ich meine die Frau! Also: meine Frau. Sie ist gestorben.« Kolberg spielt verlegen an einem Siegelring herum, der einen dunkelblauen Stein trägt.

»Wann ist sie denn gestorben, Ihre Frau?«, hakt Moor nach, um dem älteren Herrn weiterzuhelfen.

»Das ist noch nicht lange her, da wohnten wir noch drüben, in dem größeren Haus. Sie war eine schöne Frau, müssen Sie wissen! Als die Währungsreform kam, das war 1948, war ich gerade siebzehn und sie war ein Jahr jünger. Fünf Jahre später haben wir geheiratet, da war sie endlich volljährig. Damals musste man einundzwanzig sein, wissen Sie?«

Moor lächelt Franz Kolberg an. »Wie alt sind Sie denn jetzt, Herr …«

»Kolberg«, lässt ihn der ältere Herr wissen, dessen freundliche Nachsicht Moor angenehm berührt.

»Kolberg, genau. Wie alt also sind Sie, Herr Kolberg?«

Franz Kolberg zeigt ein feines, aber doch unsicheres Lächeln. »Das können Sie sich leicht ausrechnen, Herr Kommissar, ich kann ja nicht alles für Sie tun!«

Die augenzwinkernde Ermahnung scheint Moor nicht

recht passend, angesichts des traurigen Anlasses und der angespannten Situation. Dennoch, auch aus der Verlegenheit heraus, beginnt er zu rechnen: »Zur Währungsreform, also 1948, waren Sie siebzehn.« Unwillkürlich nimmt Moor die Finger zu Hilfe. »Plus zwei und noch mal fünfzig, da waren Sie …?« Es dauert einige Sekunden, bis Moor die Lösung findet: »Neunundsechzig, das war 2000! Und nun noch dreizehn Jahre drauf, also zweiundsiebzig!«

Franz Kolberg nickt und zeigt erneut ein feines Lächeln.

»Zweiundachtzig!«, korrigiert sich Moor postwendend. Für einen Moment wirkt sein Gegenüber irritiert, um dann jedoch wieder zu nicken. Moor zieht ein Buch aus der Tasche und macht sich Notizen. »Zweiundachtzig also. Dafür sehen Sie aber blendend aus. Dann wäre Ihre Frau heute ein Jahr jünger.« Langsam beschleichen Moor unangenehme Gefühle. Was er hier redet, ist erkennbar wirr. Seinem Wesen nach eigentlich ein präziser Denker, verliert sich Moor gemeinsam mit Franz Kolberg in den absurden Fallstricken des Vergessens und Improvisierens.

Sein Gegenüber jedoch scheint dies nicht zu irritieren. »Ich wurde dann Richter, am Landgericht Bremen. Vorsitzender Richter des Jugendschöffengerichts. Das war in den Siebzigern. Und Erika führte den Haushalt. Das war damals so üblich.«

Moor muss jetzt rasch auf den Punkt kommen, zu viele mögliche Zeugen sind zu befragen, die Zeit läuft davon. »Auf die Details kommen wir später zu sprechen, Herr Kolberg. Wenn Sie mir kurz Ihren Ausweis reichen?«

Franz Kolberg beginnt etwas hilflos in einer alten, prall gefüllten Brieftasche zu suchen, er wirkt nervös und zieht unsystematisch jede Menge Zettel heraus, um sie gleich wieder zurückzustopfen.

Moor erkennt eine Tankquittung, das Bonusheftchen eines Bioladens, eine Kreditkarte. Erneut kommt er dem älteren Herrn entgegen: »Bloß den Personalausweis. Darf ich?« Mit geübtem Blick hat Moor den Ausweis entdeckt und auch schon aus der Brieftasche gezogen. Er zückt sein neues iPhone, aktiviert die Kamera-App und schießt ein Foto.

Franz Kolberg nimmt alles gleichmütig hin, spielt erneut an seinem blauen Siegelring herum. Nachdem Moor sein Smartphone verstaut und den Ausweis zurückgegeben hat, blickt er Kolberg neugierig an. »Dann beginnen Sie mal zu erzählen. Was haben Sie beobachtet?«

Franz Kolbergs Blick wird etwas unstet, er sucht sichtlich nach dem Faden. Dann gibt er sich einen Ruck. »Wir sind auf einem Ausflug, nach Dänemark und zurück. Nette Truppe. Als Kinder waren wir häufiger drüben, mit unseren Eltern, jedes Jahr.«

Moor blickt ihn ermunternd an. »Und wen meinen Sie, wenn Sie ›wir‹ sagen?«

»Wir?«, kommt es zögernd zurück.

»Ja, Sie sagten: ›Wir waren auf einem Ausflug‹ oder so ähnlich.«

Franz Kolberg wirkt nachdenklich. »Ja, mit den Eltern, jedes Jahr!«

Langsam breitet sich Verzweiflung aus, in Moor. »Also, lieber Herr Kolberg, kommen wir doch *in medias res*!«

Ein freudiges Lächeln huscht über Kolbergs Gesicht: »Ah, ein Lateiner! Das mag ich gern!«

Aber Moor hat die Falle erkannt und lässt sich nicht mehr beirren. »Sie stehen also vor dem Raucherraum, ist das richtig? Wollten Sie hinein?«

Franz Kolberg schüttelt den Kopf. »Welcher Raucherraum, bitte? Ich habe noch nie geraucht!« Dann aber scheint er sich zu erinnern. »Da war so ein Knall! Ein Schuss, würde ich sagen.«

Moor hakt ein: »Und? Können Sie den Mann beschreiben?«

Franz Kolberg denkt nach. In den Tiefen seiner Erinnerungen kramt er offensichtlich angestrengt nach Details. »Ach, wissen Sie, ich habe so viele Zeugen befragt. Mir brauchen Sie nichts zu erzählen!« Mit einem freundlichen Gruß, einem galanten Tippen mit dem Zeigefinger an einen imaginären Hut, erhebt sich Franz Kolberg und strebt der Toilette entgegen, als habe er sein Tagwerk erledigt. »Die Blase, wissen Sie!«, hört ihn Moor noch sagen, dann biegt der verheißungsvolle Zeuge jedoch ab und verliert sich in der ungeduldig wartenden Menge.

»Das fängt ja gut an«, murmelt Moor, »mindestens zehn Minuten verloren!« Er erhebt sich aus der Sitzgruppe und tritt wieder zu Fenderling, der in der Zwischenzeit mit einer weiteren Zeugin gesprochen hat. »Wir sollten mal den Kapitän suchen, ich hoffe, dass er uns weiterhelfen kann.«

So streben sie der Brücke entgegen und nähern sich einer großen Spiegelwand, den Toiletten gegenüber, in der Moor für Sekunden das Gesicht Franz Kolbergs erkennt, vertieft in das angeregte Gespräch mit einer älteren Dame. Ganz schön smart, unser Richter!, geht es ihm durch den Sinn. Dann kommt ihm ein unangenehmer Gedanke. Abrupt stoppt Moor und wendet sich an Fenderling: »Sag mal, Hubert, was ist eigentlich mit Neumann? Wo hat der denn seine Waffe? Als wir vorhin die Toilette stürmten, hat er nur mit den Händen gefuchtelt!«

Fenderling errötet und beginnt herumzudrucksen. »Also, eigentlich wollte ich dir das gleich sagen, aber wir hatten ja so wenig Zeit. Ich bin einfach noch nicht dazu gekommen. Sicher hast du aber schon gemerkt, dass Horst ein wenig speziell ist!«

Moor tappt gedanklich noch völlig im Dunkeln.

Fenderling fährt fort: »Vor etwa zwei Jahren hat er aus Thailand seine Freundin mitgebracht. Wenig später ist er Buddhist geworden. Und nun weigert er sich aus religiösen Gründen, eine Waffe zu tragen oder irgendjemandem auch nur das Kleinste zu tun. Der trägt sogar die Ameisen einzeln aus dem Dienstraum, nur damit sie keiner platthaut!«

Moor blickt seinen Freund fassungslos an. »Ein Pazifist? Der rettet Ameisen? Am Ende vielleicht auch Massenmörder? Ich kann es nicht fassen!« So langsam wird ihm deutlich, dass noch manche Probleme im Polizeirevier einer Lösung bedürfen. Er verdrängt erst mal den Ameisen-Pazifismus und schiebt Fenderling sanft in Richtung Brücke, wo sie kurz darauf von Kapitän Olsen empfangen werden.

»Guten Tag, die Herren, dies ist kein angenehmer Anlass, sich kennenzulernen«, eröffnet dieser das Gespräch.

»Ja, das stimmt«, erwidert Moor. »Bitte erzählen Sie uns die Geschichte von Anfang an.«

»Vor gut einer Dreiviertelstunde«, beginnt Olsen zu erzählen, »bekam ich die Meldung von Broder Brodersen, unserem Steward, herein. Ein Jugendlicher habe berichtet, sein Freund sei zusammengebrochen. Im Raucherraum sei außerdem ein Toter gefunden worden. Broder hat Anweisung gegeben, die Jungen in Begleitung einer Reinigungskraft in den Sanitätsraum zu bringen. Was soll nun weiter geschehen? Was ich für Sie tun kann, übernehme ich gerne. Alle meine Leute stehen Ihnen zur Verfügung!«

Die Männer beraten kurz die Lage. Die Besatzung der *Prinsesse Benedikte* ist sehr bemüht. Aber so viele potenzielle Zeugen zu befragen und zumindest die Personalien zu sichern, stellt eine gewaltige logistische Herausforderung dar. Moor hört das gleichmäßige Ticken eines nautischen Geräts. Das ist es: Routine, Gleichmaß und Berechenbarkeit sind die entscheidenden Faktoren. Er benötigt Verstärkung, um sich auf das Wesentliche zu konzentrieren: seinen kriminalistischen Spürsinn. Moor telefoniert noch einmal mit der Bezirkskriminalinspektion in Lübeck. Die freundliche Dame am Empfang versichert ihm, dass die angeforderte Verstärkung in Kürze in Puttgarden eintreffen werde.

»So, meine Herren! Wenn nichts mehr hilft, hilft Kaffee!«, vernimmt Moor die ruhige, dunkle Stimme des Kapitäns. »Mit Zucker und Milch?«

Moor nickt gedankenverloren und ergänzt: »Mit Milch und den beiden Jungen. Wir haben keine Zeit zu verlieren!«

## Kapitel 7

In diesem Moment sitzen Timo und Patrik auf der Liege im Sanitätsraum der Fähre, ihnen gegenüber Freja Knudsen, die Putzhilfe, die in ihrer ganzen Ausstrahlung pures Unbehagen ausdrückt. Abschätzend beobachtet Timo die Frau, die vor der Tür Platz genommen hat, als müsse sie diese bewachen. Sie trägt ein geblümtes Nylon-Kittelkleid, aus einer Tasche lugt ein Putztuch, die Ärmel des Kleides sind viel zu kurz. Ihre Hände sind vom Scheuern rot und rissig. Die kräftigen Haare versucht die Frau mit einem Stirnband zu bändigen. Über ihre Züge gleitet immer wieder unkontrolliert ein mimisches Wetterleuchten. Timo fragt sich, wie sie wohl reagieren würde, falls er oder Patrik das Weite suchten. Sieht sie sich als Bewacherin?

Timo, immer einer der Meinungsführer im Kinderheim, ist niemals um einen coolen Spruch verlegen. Autoritäten begegnet er stets provokativ. Mit seinen fünfzehn Jahren hat Timo so ziemlich alles erlebt, was das Leben für ein vernachlässigtes Stadtkind zu bieten hat: als Säugling fast verhungert, in seinen verkrusteten Windeln vor dem Fernseher abgestellt und schließlich stundenlang schreiend alleingelassen. Später in der Schule dann lernschwach, ein Hau-Drauf in ständiger Aktion und nirgends so recht gelitten. Nachmittags traf er sich mit Typen seines Kalibers, zum Beispiel zum Klauen. Bis er vierzehn wurde, war das Alter sein Kapital: Weil er noch nicht strafmündig war, schickten ihn die Älteren in Geschäfte und Häuser, um Geld, Handys oder EC-Karten zu besorgen und diese anschließend mit einem ermunternden Lob risikolos zu kassieren. Mit der Zeit hatte er gelernt, wie man Aufsehen vermeidet, um auch als Vierzehnjähriger ungestraft zu überleben. Mütterliche Fürsorge? Väterliches Vorbild? Eine liebevolle Großmutter? Alles Fehlanzeige.

Und dennoch hat Timo durchaus ein weiches und mitfühlendes Herz. Die Frau ihm gegenüber betrachtet er zum Beispiel voller Mitgefühl. Schließlich kann sie ja auch nichts dafür, dass der feine Arsch mit der Uniformjacke sie hier positioniert hat, offensichtlich ohne ihr konkrete Anweisungen zu geben.

Also spricht Timo die Frau an, für seine Maßstäbe relativ freundlich: »Was soll das hier denn geben? Eine Party für den blöden Affen?« Die Reinigungsfrau nestelt nervös an ihrem Kittelkleid und blickt irritiert von einem zum anderen.

»Hey, Alter, lass mal stecken«, hört Timo seinen Kumpel Patrik sagen, »die rafft doch gar nichts, kann sicher nur Dänisch!«

»Vi er snart i Tyskland!«, hört er die Frau furchtsam sagen.

Und sein »Du mich auch!« beendet einen alles in allem unerquicklichen und wenig kommunikativen Dialog.

Stattdessen ruft sich Timo noch einmal die kurz zuvor erlebte Szene wach: Nach einem dank geräumiger Taschen mehr als preiswerten Einkauf von Marabou-Schokolade, Guldbamser und Oste Pops hatte er den *Travel Shop* verlassen und nach Patrik Ausschau gehalten, der sich bei der illegalen Beschaffung der notwendigen Mitbringsel gewöhnlich zurückhält. Er ist aus Timos Sicht zwar nett, aber auch ein grandioses Weichei. Schließlich hatte er ihn im Raucherraum ausgemacht und sich angeschlichen, um ihn eben mal ein bisschen zu erschrecken. Bevor er aber dazu gekommen war, hatten sich die Ereignisse überschlagen. Im Raucherraum war ein Typ ganz stumpf vornübergekippt, hatte sich völlig ungebremst an der Glasscheibe die Stirn zerbeult und war dann reglos liegen geblieben. Und bevor sich Timo noch recht versah, war auch Patrik zu Boden gegangen.

Timo mustert den Freund. »Sag mal, Patrik? Was war das denn da in dem Käfig für eine Nummer? Ist der Typ einfach so abgeklappt? Oder hast du nachgeholfen?«

Patriks Blick fällt so verwundert aus, dass Timo die Antwort schon ahnt. »Bist du verrückt? Ich kann doch keinem Menschen was antun! Der war so komisch und ich wollte ihn fragen, wegen Hilfe und so. Und dann ist er einfach abgerutscht und wahrscheinlich hinüber, nehme ich an!«

Während Patrik ihn unsicher mustert, entfährt es Timo: »Das hast du nun davon, Menschenliebe zahlt sich nicht aus!« Aber eigentlich möchte er lieber wissen, was mit dem Typen los war, denn die Ansage über Lautsprecher war ziemlich komisch. »Das kannst du glauben, mein Lieber, dass der nicht mehr pustet. Da kenne ich mich aus!« Dann verfallen beide kurz in düsteres Brüten.

Mit unaufgeregter, sonorer Stimme, die dem brisanten Inhalt so offensichtlich zuwiderläuft, reißt schließlich der Bordlautsprecher Timo aus seinen Gedanken. »Achtung, Achtung! Hier ist die Brücke mit einer wichtigen Durchsage! Infolge eines kleinen Zwischenfalles in der Raucher-Lounge wird sich der Landgang auf unbestimmte Zeit verzögern. Wir bitten Sie um Verständnis. Verlassen Sie nicht Ihre Positionen und warten Sie ab, bis Sie angesprochen werden. Es besteht keine akute Gefahr!«

Dieser kryptische Hinweis bringt Timo in Rage. »Sag mal, ich glaub's nicht! Was sind denn das für Spastis? Die haben wohl nicht mehr alle in der Birne? Auf unbestimmte Zeit? Wenn mich einer aufhält, dann trete ich dem in die Eier, dass es kracht, falls er noch welche haben sollte!« Timo ist leider etwas leicht erregbar, was ihm bei jeder sich bietenden Gelegenheit Probleme beschert.

Und so versteht es Patrik auch jetzt wieder als seine Aufgabe, den Freund zurück auf den Boden der Tatsachen zu bringen. »Die machen auch nur ihren Job«, hört Timo ihn sagen und bevor ihm eine passende Antwort einfällt, wird die Tür aufgerissen. Durch die Öffnung starren zwei Uniformierte, die nicht den Eindruck erwecken, sich mal eben gerade in die Weichteile treten zu lassen.

Inzwischen sind ein Dutzend Polizeibeamte an Deck, die unter den Passagieren diejenigen heraussuchen, die am ehesten weiterhelfen können.

Im Sanitätsraum der *Prinsesse Benedikte* sind sie auf jeden Fall fündig geworden. »Hallo, ihr beiden, kommt doch mal mit auf die Brücke, wir wollen euch was fragen!«, hört Timo den einen der beiden sagen und es klingt gar nicht so unfreundlich. Kurz darauf, nach einer oberflächlichen Ausweiskontrolle, stolpert Timo gemeinsam mit seinem Freund etwas kleinlaut hinter den Beamten über Dutzende von engen Stahltreppen durch die Eingeweide des Fährschiffes. Was zu anderen Gelegenheiten ein interessanter Blick hinter die Kulissen gewesen wäre, erfüllt ihn nun mit Misstrauen. Was haben sie überhaupt mit dem Toten zu tun? Einige Minuten später, die Timo allerdings endlos lang erscheinen, schiebt sie der einer der beiden Beamten mit einem Aufmerksamkeit weckenden Räuspern durch eine Stahltür und direkt auf die Brücke.

Wäre es ein anderer Anlass gewesen, hätte sich Timo vor Begeisterung überschlagen: Vor ihm eröffnet sich ein gigantischer Ausblick auf das Hafenbecken und das Vorschiff, alles in helles, mittägliches Sonnenlicht getaucht. Und um ihn herum jede Menge Technik. Was will ein Jungenherz mehr?

Timos staunend umherirrender Blick trifft schließlich auf das aufmerksam blickende Augenpaar des Kapitäns. »Hallo, ihr beiden«, sagt der Uniformierte. Und obwohl ihn Uniformen für gewöhnlich eher abschrecken, macht dieser Mann vor ihm, in seiner vertrauenerweckend ruhigen Art, eine Ausnahme. »Ich bin Bent Olsen, der Kapitän. Und diese Herren neben mir sind von der Polizei, Herr Fenderling und Herr Moor. Sie wollen euch das eine oder andere fragen. Habt keine Sorgen, die tun euch nichts, sie brauchen bloß eure Hilfe!«

Timo ist fasziniert und verunsichert. In seiner schnörkellosen Ansprache hat der Kapitän etwas in ihm berührt, was er bislang nicht kannte. Olsen wirkt klar, unängstlich und freundlich. Und dies scheint eine Kombination zu sein, die für Timo eine Situation positiv verändert.

»Na, dann müssen wir euch also auf die Sprünge helfen«, hört Timo sich selbst sagen.

»So ist es, Jungs!« Olsen zwinkert ihm zu. »Dann lassen wir euch hier mal in Ruhe arbeiten.« Der Kapitän verabschiedet sich mit Handschlag und überlässt den weiteren Gang der Dinge den beiden Polizeibeamten. Timo zieht einen Beutel Guldbamser aus der Tasche, wirft ihn auf den Tisch, lässt sich lässig in einen bequemen Drehsessel fallen und zeigt eine entspannte Miene. »Dann wollen wir mal beginnen, was, Patrik? Aber ein bisschen zackig, Leute: Time is money!«

## Kapitel 8

Moor ist wieder im Gleis. Als die beiden Jugendlichen vor ihm sitzen, erfasst er intuitiv deren Körpersprache: Timo erscheint ihm als Alphatier. Sein Blick wirkt taxierend und etwas verschlagen. Wie auf dem Sprung, noch unentschieden zwischen Angriff und Flucht. Seine Augen strahlen aber auch etwas Verletzliches aus. Moor spürt, dass man Timo behutsam für sich gewinnen muss. Man kann ihn rasch überfordern. Er benötigt Klarheit und Autorität, aber auch Geduld. Während Patrik den typischen Mitläufer gibt: niemals in erster Reihe, immer auf Nummer sicher.

Timos Augen scheinen sein Gegenüber zu scannen. Die Prüfung fällt wohl positiv aus. Seine Körperspannung beginnt deutlich zu sinken. Der Jugendliche spielt gedankenverloren mit dem Kabel seines Kopfhörers, aus dem die Rhythmen eines Stückes hämmern. So eben unter der Schwelle offensichtlichen Störens, aber laut genug, um nicht einfach mal ignoriert zu werden. »AC/DC?«, fragt Moor interessiert.

»Und wenn schon.« Timo schaltet seinen iPod aus und schiebt die Hände in die Taschen. So wirkt er auf Moor ziemlich zugeknöpft und misstrauisch. Mit anbiederndem Taktieren ist hier wohl kaum etwas zu machen.

»Also«, versucht es Moor nun im zweiten Anlauf, »wir haben hier an Bord einen Toten. Und wir benötigen möglichst viele Details, um den oder die Täter zu finden. Bitte schildert uns alle Beobachtungen, egal wie wichtig oder unwichtig sie euch erscheinen. Manchmal werden Täter aufgrund von Kleinigkeiten überführt.«

Er scheint nun den richtigen Ton getroffen zu haben. Timo richtet sich etwas auf, blickt erst zu Patrik und dann zu Moor. »Mein Kumpel hat ihn gefunden, da war der aber schon hinüber. Ist stumpf gegen die Scheibe geknallt. War doch so, oder?«

Patrik nickt heftig und atmet tief ein. »Ja, genau so war es! Der saß da so merkwürdig. Also, erst habe ich gedacht: Komische Kiste, die Raucher da so einfach in einen Glaskasten zu setzen. Alle glotzen dich an und du musst dich noch entschuldigen. Und dann hat der auch noch so geraucht, irgendwie aber auch nicht. Also, wie soll ich das sagen? Er hatte eben so ein Zigarillo, das qualmte auch, aber das war's!«

Moor wartet kurz ab. Das Schweigen des Jungen signalisiert ihm jedoch, dass nun erst mal nichts mehr folgt. Patrik erscheint ihm eher unbeholfen, was seine sprachlichen Fähigkeiten betrifft. »Du meinst also«, greift er den Gesprächsfaden wieder auf, »der Mann hatte ein Zigarillo, das noch brannte, aber dann hat er nicht mehr daran gezogen?«

»Sagt er doch, Mann!«, lässt sich Timo vernehmen, in einer Art unterdrücktem Knurren.

»Gut«, erwidert Moor, »und was war dann?«

Patrik mustert kurz seinen Freund, der aber dumpf brütend auf seine ehemals weißen Sportschuhe blickt, in denen die Schnürsenkel fehlen. »Dann ist er stumpf umgekippt«, tastet sich Patrik weiter. »Aber ich habe nichts gemacht, das müsst ihr mir glauben!«

Moor hat schon etliche Jugendliche in vergleichbarer Situation getroffen. Und immer wieder erlebt er dieses Misstrauen gegenüber den Erwachsenen, den ständigen Generalverdacht. »Also«, versucht er nun Patrik zu beruhigen, »wenn ihr den umgebracht hättet und gleich danach die Sache meldet, dann wärt ihr ja ziemlich bescheuert, oder? Nun mach dir mal keine Gedanken, du bist hier unser wichtigster Zeuge. Der Mann hat also nicht mehr gezogen, an seinem Zigarillo, und ist dann umgekippt. Von wo aus hast du die Sache eigentlich gesehen?«

Patrik hebt den Blick und sieht Moor direkt an. »Ich stand im Shop und hatte nichts zu tun. Der Timo war gerade beim Besorgen und ich habe geprüft, ob das Schiff sich bewegt. Weil der Timo behauptet, dass man keine Bewegung sieht, wenn das Meer ruhig ist. Verstehst du, was ich meine?«

»Ich glaube schon«, tastet Moor sich vor, »erzähl mal weiter!«

Patrik wirkt angestrengt, greift den Faden aber wieder auf: »Ich habe also genau hingeguckt und den Typen gesehen, das Zigarillo und so. Am Ende war die Glut zwischen seinen Fingern verschwunden und das hat mich stutzig gemacht. Wenn man so ein scheißteures Ding hat, dann raucht man es doch auf. Also bin ich da hingegangen, in die Kabine, und hab ihn angesprochen. Ich glaube, ich habe ihn auch noch angefasst, an der Schulter. Und dann ist er eben umgefallen, nach vorne gekippt und gegen die Scheibe, das hat ›Zong!‹ gemacht.«

Moor will den labilen Gesprächsfaden mit Patrik nicht zu sehr strapazieren und geht zunächst mal nicht weiter in's Detail. »Was hast du dann gemacht?« fragt er den Jugendlichen.

Der errötet und blickt erneut zu Timo, der nun hilfreich einspringt: »Na, selbst umgekippt ist er, dieses Weichei!«

Moor kehrt noch einmal zu der für ihn wesentlichen Szene zurück: »Wenn ich das recht verstehe, hat er in dem Moment, als du ihn das erste Mal gesehen hast, vermutlich noch gelebt, denn er hat ja geraucht. Und dann ging aber das Zigarillo aus. Denk noch mal ganz genau nach!«

Patrik stiert auf einen imaginären Punkt im Raum und nickt dann heftig. »Ja, so war es! Und dann war da auch die Stimme, kurz vorher. Aus dem *Travel Shop*. Dass man sich beeilen soll, weil der Einkauf gleich aufhört, wegen Zoll oder so!«

Moor ist wie elektrisiert. Wenn das alles so stimmt, haben sie nun einen ziemlich konkreten Hinweis auf die Tatzeit. Er nickt Patrik zu und macht sich einige Notizen.

»War's das?«, schaltet sich nun Timo wieder ein. Sein Reservoir an Geduld ist offensichtlich erschöpft.

»Ja, vielen Dank, das hat uns sehr geholfen«, erwidert Moor. »Mein Kollege erfasst noch kurz eure Personalien, dann sind wir für heute fertig. Wir suchen euch die Tage mal zu Hause auf, also da, wo ihr lebt. Wir haben sicher noch die eine oder andere Frage.«

Timo verzieht sein Gesicht. »Also bei uns im Heim. Das passt mir gar nicht!« Und nach kurzer Unterbrechung fügt er hinzu: »Die im Heim wissen das überhaupt nicht, dass wir hier auf dem Schiff sind. Das ist wegen dem Einkauf. Muss das denn sein?«

Zum ersten Mal schaltet sich nun Fenderling ein: »Da müsst ihr durch, ist ja logisch!«

Moor spürt, dass er diese Ansage irgendwie noch abschwächen sollte. »Ja, so ist das. Aber die werden das schon schlucken, wir helfen euch!«

Timo erscheint ihm alles andere als überzeugt, aber schließlich auch hart im Nehmen. Mit einem angedeuteten Gruß öffnet der Jugendliche die Tür, schiebt Patrik hinaus und folgt ihm mit eiligen Schritten.

Gemeinsam mit dem Kapitän rekonstruiert Moor anschließend den zeitlichen Ablauf.

»Die Durchsage muss so gegen elf Uhr zweiunddreißig erfolgt sein. Da befanden wir uns etwa hier.« Olsen zeigt mit einem silberglänzenden Teleskopstab auf einen Punkt der nautischen Karte, den Moor zunächst nicht recht zuordnen kann.

»Befanden Sie sich da denn schon auf deutschem Hoheitsgebiet?«, fragt er nach.

»Na ja«, erwidert Olsen zögernd, »die Durchsage mit dem Hinweis, den Einkauf einzustellen, kommt immer relativ spät, wenn Sie verstehen, was ich meine.«

Moor nickt versonnen und rechnet eins und eins zusammen. »Danach dürfte der Fall wohl so liegen, dass der Tod in einem Zeitfenster zwischen halb zwölf Uhr und elf Uhr fünfunddreißig eingetreten ist, zumindest wenn man dem Jungen Glauben schenkt. Auch scheint es mir vernünftig zu sein, die Ermittlungen weiter unter deutscher Gesamtleitung zu führen, wenn es sich beim Toten um einen Deutschen handelt. Wissen wir denn bereits Genaueres dazu?«

Fenderling, der sich die ganze Zeit im Hintergrund gehalten hat, seufzt und gibt sich einen Ruck, offensichtlich nun auch davon überzeugt, dass sie um die weiteren Ermittlungen nicht mehr herumkommen werden. »Ich habe gebeten, mir die Informationen über den Toten so schnell wie möglich zuzuleiten. Er hatte aber erstaunlicherweise keine Papiere dabei. Auf die deutsche Nationalität sind wir dadurch gekommen, dass er ein iPhone in der Tasche hatte, das auf deutsche Sprache eingestellt war. Ich habe es dem Techniker gegeben für die KTU.«

Moor nickt Fenderling zu. Die kriminaltechnische Untersuchung dürfte noch einige Zeit benötigen. Bis dahin gilt es, zügig zu handeln. »Dann lass uns jetzt mal möglichst jene Leute befragen, die sich zum Tatzeitpunkt in unmittelbarer Nähe des Raucherraums befanden, bevor sich diese Personen entfernt oder gegenseitig beeinflusst haben.«

Moor und Fenderling koordinieren noch rasch die weiteren Ermittlungen durch die inzwischen eingetroffene personelle Verstärkung und begeben sich dann in einen Personalraum, der ihnen von Kapitän Olsen als improvisiertes Vernehmungszimmer zur Verfügung gestellt wurde. Die Kollegen haben mehrere ältere Passagiere ausfindig gemacht, die im Zuge ihrer Einkäufe etwas gesehen haben könnten. Einer nach dem anderen wird nun zur Zeugenvernehmung gebeten.

## Kapitel 9

Langsam öffnet sich die Tür und eine gebrechliche ältere Dame betritt mit kleinen Trippelschritten den Ermittlungsraum, von einer jungen Frau am Arm geführt. »Ich bin Inga Hermann«, stellt sich diese den ermittelnden Beamten vor. »Vielleicht ist es besser, wenn ich Frau Pichler im Gespräch begleite. Sie ist nicht mehr so ganz …« Der jungen Frau fehlen die Worte, vermutlich versucht sie gerade, politisch korrekt zu formulieren.

»Da machen Sie sich bitte keine Gedanken.« Fenderling bietet Frau Pichler einen Sitzplatz an. »Es reicht, wenn Sie sich vor dem Vernehmungszimmer zu unserer Verfügung halten, Frau Hermann.«

Die Zweifel stehen der jungen Frau zwar ins Gesicht geschrieben, sie verabschiedet sich aber dennoch von der älteren Dame: »Frau Pichler, die beiden Herren sind von der Polizei, Sie müssen sich keine Sorgen machen! Die haben nur ein paar Fragen. Ich warte draußen vor der Tür! Haben Sie denn Ihr Taschentuch dabei?«

Frau Pichler blickt die junge Frau zwar an, aber auch irgendwie durch sie hindurch. Eine direkte Antwort bleibt sie ihr schuldig.

Nachdem Inga Hermann die Tür geschlossen hat, ergreift Fenderling das Wort. »So, Frau Pichler, Ihre Ausweispapiere hat mir der Kollege gerade gegeben. Sie haben sich ja kaum verändert!« Er hält den Personalausweis prüfend in die Höhe und mustert abwechselnd das Foto und die ältere Dame, die nun ein feines Lächeln zeigt.

»Das sagt mein Johann auch immer! Wo ist er eigentlich geblieben?« Frau Pichler sieht sich suchend im Personalraum um. Ihr Blick gleitet ohne großes Erkennen über das Inventar: eine blau-weiße Milchtüte, eine Lesebrille, achtlos auf der Wachstuchdecke liegen gelassen, ein dänisches Kreuzworträtselheft. Mehrere Tassen mit Kaffeeresten wurden zur Seite gestellt, der Kaffeeduft schwebt noch durch den Raum, hat mittlerweile aber seine belebende Wirkung verloren. Kurz, als wolle sie diesen Effekt entkräften, gurgelt die Kaffeemaschine in der Kochecke mit einem kehligen Laut.

Frau Pichler hat den Blick bereits wieder mehr oder weniger in sich gekehrt. Sie scharrt mit ihren Füßen, die in den fleischfarbenen Stützstrümpfen und den blaugrauen Sandaletten formlos erscheinen. Durch den rechten Strumpf hat sich der Nagel der Großzehe gebohrt und blitzt im Schein des fahlen Neonlichtes auf.

»Wer ist denn Johann?«, erkundigt sich Fenderling.

Die ältere Dame schreckt auf. »Kennen Sie ihn?«, fragt sie in Richtung der ermittelnden Beamten, ohne diese aber direkt zu fixieren. Die Lippen der Zeugin formen lautlose Worte, dann ist ein Schmatzen zu vernehmen. Sie bricht in einen Hustenanfall aus. Mit sichtlicher Verlegenheit nestelt die alte Frau an ihrem Ärmel, holt ein Papiertaschentuch aus der Manschette, hustet hinein und schiebt das Taschentuch wieder in den Ärmel zurück.

»Ist Johann denn auch auf dem Schiff?«, greift Fenderling den Gesprächsfaden wieder auf.

»Was soll er denn auf einem Schiff? Was für ein Schiff?«, ist die zögernde Antwort, in einer leisen, gebrochenen Seniorenstimme, in die sich ein unwilliger Unterton geschlichen hat. Die ältere Dame lässt erneut einige schmatzende Geräusche hören. »Wer sind Sie denn überhaupt?«

Moor kommt seinem Kollegen zur Hilfe: »Meine liebe Frau Pichler, wir möchten Ihnen keine großen Unannehmlichkeiten machen, müssen Ihnen aber einige Fragen stellen. An Bord des Schiffes hat sich ein Todesfall ereignet. Wir ermitteln nun als Polizei, um die Ursache herauszufinden. Das werden Sie doch verstehen?«

Eine leichte Röte überzieht das ansonsten fahle, von kleinen kaffeefarbenen Punkten überzogene Gesicht der Frau, die mit energischer Stimme erwidert: »Ich bin nicht

Ihre Liebe, junger Mann! Und ich verstehe recht gut, bin zwar etwas schwerhörig, aber nicht plemplem!« Ihre Hand fährt unwillkürlich an das linke Ohr, sucht daran herum, der Bewegung nach zu schließen vermutlich ein Hörgerät, das sie aber nicht finden kann. »Und sprechen Sie bitte etwas lauter, es ist sonst sehr anstrengend mit Ihnen!«

Moor erhebt seine Stimme, lässt sich vom schärferen Ton der Frau aber nicht weiter beeindrucken. »Also, Frau Pichler, wie alt sind Sie denn?«

Seine Zeugin schnappt nach Luft, als wolle sie erneut und noch heftiger aufbegehren, ist dann aber plötzlich wieder irritiert. Ihre Augen nehmen kurz Kontakt auf und suchen in Moors Gesicht, vielleicht nach den Spuren vergangener Zeiten.

»Wann sind Sie geboren?«

In dieser Form scheint die Frage ihr Ziel zu erreichen. »Neunzehnhundertdreißig, ein wirklich guter Jahrgang!«, lautet die prompte Antwort, die Frau Pichler mit einem koketten Lächeln begleitet, das wie ein rosiger Hauch ihr ansonsten sorgenschweres Gesicht überzieht.

Moor rechnet nach: »Also jetzt dreiundachtzig! Habe ich recht?«

Frau Pichler mustert ihn verständnislos. »Erna Pichler, aus Jellingsdorf. Da stammt auch die Maren Tiedemann her, die mit der Fahne!«

Nun ist Moor völlig aus dem Konzept gebracht. »Welche Maren Tiedemann, um Himmels willen. Wen meinen Sie denn? Und welche Fahne?«

Erna Pichlers Antwort kommt wie aus der Pistole geschossen: »Die Maren Tiedemann hat gegen die Schweden die Fahne getragen, das war sechzehnvierundvierzig. Beim großen Landungsgefecht. Die Fehmaraner waren Helden und wir Frauen haben uns besonders teuer verkauft!«

Moor beginnt zu begreifen, dass sie auf ein Nebengleis geraten ist. Nun muss Erna Pichler aus sagenumwobener Zeit in die Gegenwart zurückbegleitet werden. »Ja, das war eine große Zeit, Frau Pichler. Und heute können Sie uns mindestens genauso helfen.«

»Ganz genau!«, lässt sich nun Fenderling vernehmen. »Es sind ja genügend Schweden an Bord, und ihre Fahnen kann man bis zum Oberdeck riechen!«

Moor und Erna Pichler blicken Fenderling zweifelnd an, wenn auch aus durchaus unterschiedlichen Gründen.

Bevor noch eine weitere Bemerkung die Situation verwirrt, greift Moor das ursprüngliche Thema wieder auf, indem er den Personalausweis der Zeugin betrachtet: »Also, Erna Pichler, geboren am siebten November neunzehnhundertdreißig in Neujellingsdorf auf Fehmarn.«

Erna Pichler nickt und ergänzt seine Angaben: »Das war eine Hausgeburt, müssen Sie wissen! In unserer Straße, in der Truerkamp, hat es manches gegeben, Freude und Leid. Da war um sechzehnsechsundneunzig eine Familientragödie. Und im Gel Öwer leben noch heute die kleinen Zwerge. Die helfen denen, die sich redlich mühen!«

Moor runzelt die Stirn. »Ja, das mag sein! Und Sie helfen uns doch sicher auch, Frau Pichler, habe ich recht?«

Die Zeugin beugt sich verschwörerisch leicht nach vorne und murmelt: »Na sicher, wenn Sie mich so freundlich bitten!«

Bevor die Stimmung gleich wieder umschlägt, fragt Moor nun ganz direkt: »Als Sie vorhin an Deck standen, was haben Sie da gesehen?«

Kurz mustert ihn Erna Pichler, dann antwortet sie mit erstaunlich fester Stimme: »Der Franz, der hat mir Komplimente gemacht, der Schwerenöter! Aber er bleibt immer ein Gentleman, ganz die alte Schule. Ich habe eingekauft, mit Franz zusammen. Dann war er kurz weg und die Inga ist mit mir zur Kasse gegangen.«

Moor hakt nach: »Meinen Sie die Inga Hermann? Die junge Frau?«

Erna Pichler nickt. »Ja, die können Sie auch gerne fragen, wenn Sie mir nicht glauben!«

Moor übergeht diesen Hinweis. »Haben Sie irgendetwas im Raucherraum gesehen? Ist dieser Franz da vielleicht auch gewesen?«

Erna Pichler schüttelt langsam den Kopf. »Der Franz, der ist kein Raucher. Das ist ein feiner Charakter und ein großer Denker. Der raucht doch nicht!«

Fenderling und Moor wechseln einen Blick. Moor sieht die Zweifel in den Augen seines befreundeten Kollegen und begreift, dass sie aus der älteren Dame nicht viel Konkretes herausbekommen werden. »Dann danke ich Ihnen wirklich vielmals, dass Sie uns Ihre kostbare Zeit geschenkt haben, liebe Frau Pichler. Ich habe vorerst auch keine weiteren Fragen.«

Er begleitet Erna Pichler noch bis zur Tür, in der Inga Hermann erscheint. »Ach ja, Frau Hermann. Kann ich Sie noch kurz das eine oder andere fragen?«

Die junge Frau nickt freundlich und hilft Erna Pichler auf einen neben der Tür stehenden Stuhl. »Sie bleiben jetzt schön hier sitzen, ja? Nicht weglaufen, sondern schön hier sitzen bleiben, bis ich wiederkomme. Ich bin hier drin!«

Erna Pichler nickt, begleitet von einem unwirschen »Ja, ja!«, während Inga Hermann den Raum betritt und verlegen in der Mitte stehen bleibt.

»Nehmen Sie doch bitte Platz, Frau Hermann!«, lässt sich Fenderling vernehmen. »Wir ermitteln ja in diesem Todesfall. Ich nehme mal an, dass Frau Pichler nicht so ganz auf der Höhe ist, habe ich zumindest den Eindruck. Sie hat uns vom Schwedenkrieg und von Zwergen erzählt, das hatte jetzt mit unserem Fall, glaube ich, wenig zu tun. Und von Johann und einem Franz, einem offensichtlichen Schwerenöter.«

Über das zarte Gesicht der jungen Frau huscht ein feines Lächeln. »Ja, diese Geschichten liebt Frau Pichler über alles. Sie hat sich mal mit der Inselgeschichte und dem Schwedenkrieg näher befasst, als es ihr besser ging. Muss schon einige Jahre her sein. Jetzt ist sie manchmal reichlich verwirrt. Aber manchmal auch ganz klar. Das weiß man vorher nie so genau. Im Moment ist sie, glaube ich, wieder eher durcheinander, was ich gut verstehe! So einen Todesfall hat man ja eigentlich nicht erwartet. Wir sind nämlich auf Ausflugsfahrt mit den älteren Leuten. Eine Gruppe von insgesamt knapp zwanzig Personen.«

Sie hält kurz inne und fährt dann unaufgefordert fort: »Der Johann Pichler hat aber nie bei uns gelebt, das war ihr Mann. Muss vor ihrer Zeit im Seniorenheim gewesen sein und auch vor meiner Zeit. Der ist wohl vor einigen Jahren verstorben. Erna Pichler ist dann bei uns eingezogen. Und der Franz?« Unwillkürlich huscht ein weiteres Lächeln über das junge Gesicht. »Der Herr Kolberg ist ein wirklich Feiner! Und sehr gebildet, ein Akademiker. Seit der Herr Kolberg vor einigen Monaten bei uns eingezogen ist, geben sich besonders die Damen viel mehr Mühe. Der Erna hat er es, glaube ich, angetan!«

»Herr Kolberg?« fragt Moor kurz nach. »Franz Kolberg, meinen Sie? Dem sind wir eben schon begegnet. Der wirkte aber auch nicht gerade richtig orientiert!«

Die junge Frau sieht Clemens Moor direkt an. »Na ja, auch Herr Kolberg ist nun nicht mehr ganz der Jüngste. Er sieht zwar deutlich jünger aus, hat sich eben gut gehalten. Da geht auch schon mal das eine oder andere durcheinander. Aber er gleicht das aus, mit seinem Charme!«

In diesem Moment hört man draußen ein lautes Poltern. Inga Hermann stürzt zur Tür, öffnet sie rasch und fällt beinahe über einen quer liegenden Stuhl, den offensichtlich Erna Pichler umgestoßen hat, während sie erfreut Franz Kolberg begrüßte. Die beiden stehen sich direkt gegenüber und ihre Wiedersehensfreude zaubert ein leichtes, verbindendes Rot über die zerfurchten Gesichter. »Ich glaube, ich muss mich jetzt mal um die beiden kümmern!«, hört Moor Frau Hermann sagen.

»Ja, das glaube ich auch!«, erwidert er und fügt hinzu: »Ich denke, wir haben fürs Erste alles. Wir kommen sicher noch mal die Tage bei Ihnen im Heim vorbei, mit der einen oder anderen Frage.«

Die letzten Worte gehen fast im lauten Grölen einer Gruppe schwedischer Touristen unter, die vor dem benachbarten *Travel Shop* Aufstellung genommen hat. Für einen Moment wünscht sich Moor Maren Tiedemann und eine Gruppe hilfreicher Zwerge herbei und schließt rasch wieder die Zimmertür.

# Kapitel 10

Moor holt tief Luft. In diesem Moment wünscht er sich weit weg von diesem Traumschiff, der *FS Prinsesse Benedikte*. Im Moment ist es auch eher ein Trauma-Schiff.

Die ersten Passagiere gehen von Bord, laut schwatzend, eigentümlich gelöst und entspannt. Fenderling schiebt sein Notizbuch von sich, legt den Stift ab und greift nach der unvermeidlichen Kaffeetasse.

»Lass uns mal kurz die ersten Eindrücke zusammenfassen!«, fordert Moor ihn auf. »Bis jetzt haben wir niemanden gefunden, der den oder die Täter beobachtet hat. Das ist doch bemerkenswert, oder?«

Fenderling nickt. »Aber den Zeitpunkt konnten wir ziemlich genau eingrenzen, so etwa gegen halb zwölf! Das wird uns Dr. Tomie nach der Leichenöffnung sicher bestätigen.«

Moor läuft es kühl den Rücken hinunter, allein bei der Vorstellung der Szene und der gleichgültig dozierenden Stimme des Pathologen. Er schüttelt den Gedanken sofort wieder ab. »Wir haben bislang weder eine Tatwaffe noch einen Hinweis auf das Motiv. Sicher ist allerdings, dass der Mann beim Rauchen in diesem Glaskasten getötet wurde, mit einem aufgesetzten Schuss. Mitten in die Stirn. Niemand hat etwas gehört oder gesehen.«

Fenderling schenkt sich aus der Kanne nach. »Ich tippe auf einen Schalldämpfer. Die Person ist auch ein ziemliches Risiko eingegangen. Man muss sich das vorstellen: tausend potenzielle Zeugen, ein von allen Seiten offen einsehbarer Ort. Ein quasi gläserner Mord. Das ist schon dreist!«

»Oder inszeniert!«, spinnt Moor den Gedanken seines Kollegen und Freundes fort. »Es wirkt mehr wie eine Hinrichtung. Er tötet gezielt und kühl berechnend an einem offen einsehbaren Ort, wie bei einer Exekution also. Vielleicht will er genau das demonstrieren.«

Fenderling nippt an seiner Tasse. »Dann wäre es also Rache! Oder eine Vergeltung, oder eine Warnung! Ach, was weiß ich?«

Nach kurzem Schweigen erhebt sich Moor entschlossen aus seinem Stuhl. »Wir haben jetzt halb zwei. Für zwei Uhr habe ich zu einer kurzen Lagebesprechung eingeladen, im *foodXpress*, gleich hinter der *Hall North* auf Deck 5. Wir können uns also noch einen Rundgang erlauben, um uns Details des Tatumfeldes einzuprägen.«

Sie verlassen den Personalraum und wandern den Gang entlang. Moors Gedanken wandern auch, zu seiner Greta, die in diesem Moment vermutlich in ihrer schicken Psychotherapiepraxis sitzt und sich mit den Gedanken und Sorgen ihrer Patienten beschäftigt. Die Praxis hat sie von ihrem Kollegen Raul von der Felde übernommen, der bereits einige Zeit nicht mehr unter den Lebenden weilt. Mit unguten Gefühlen erinnert sich Moor dieser Geschichte, der Verwicklungen des vorangehenden Falles, in denen Gretas Kollege eine so zentrale Rolle spielte. Nun, wie auch immer: Raul von der Felde ist tot, seine schicke Designer-Praxis aber hat ihn überlebt.

Greta Bartholdi, Diplom-Psychologin an Moors Seite, hat ihr allerdings inzwischen einen ganz besonderen, individuellen Stempel aufgedrückt. Das betrifft sowohl den innenarchitektonischen Stil als auch die persönliche Ausstrahlung: Viel weniger Blendwerk, dafür viel einladende Herzlichkeit. Clemens hat sie sehr darin bestärkt, ihre frühere Tätigkeit in der Kurklinik aufzugeben und die Therapiepraxis des Verstorbenen fortzuführen. Schließlich hat er selbst ja auch eine wichtige berufliche Entscheidung getroffen und sich vom großstädtischen Kiel nach Fehmarn versetzen lassen. Clemens Moor und Greta Bartholdi bewohnen seitdem Gretas kleines, gemütliches Haus.

In einer romantischen Anwandlung aber haben sie auch das Angebot von Herrn Kuntz angenommen, den

Saison-Stellplatz auf dessen Campingplatz in der ersten Reihe der Insel zu behalten, auf dem ihre Beziehungsgeschichte ihren Ausgang nahm. Moor läuft es warm über den Rücken, während er doch eigentlich die eisige Kühle des Tatortes registrieren und sich die Details einprägen sollte. Er ruft sich also innerlich zur Ordnung und blickt sich nach Fenderling um, der ihm für einen Augenblick aus dem Blickfeld geraten ist. Moor tritt an ihn heran.

Fenderling steht vor einem Info-Punkt und studiert den Übersichtsplan des Schiffes, mit den drei farbigen Balken der Reederei versehen, einer digitalen Zeitanzeige und dem Logo des *foodXpress*. Eine auf der Skizze gut erkennbare Linie verbindet den mit einem großen, roten Punkt markierten Standort des Betrachters in der *Hall South* mit besagtem *foodXpress*, streift den *Travel Shop* und erreicht schließlich die *Hall North*, die mit einem roten Stern gekennzeichnet wurde.

Moor überlegt kurz, was diese Darstellung ihm wohl über das Leben an Bord sagen kann. Offensichtlich erscheint der Reederei die Kombination von Eitelkeit und Appetit am lukrativsten. In der Kürze der Überfahrt, vielleicht einer Dreiviertelstunde, abzüglich der üblichen Sortierungszeiten, sollte der Tourist in der Lage sein, zumindest eines dieser Laster auszuleben. »Dann lass uns mal einen Blick in den *Travel Shop* werfen«, schlägt Moor vor und lässt seine Blicke bereits über die bunten Regalreihen schweifen, fast durchgängig mit englischen Schriftzügen versehen, die das gewaltige Einsparpotenzial für Käufer von Parfüms und anderen kosmetischen Artikeln verkünden.

Moor hebt den Blick und erkennt im Deckenverlauf eine lange Reihe verschiedener Strahler und Lampen, mal punktförmig, als kleine Spots, mal breitflächig, zur Ausleuchtung der Gänge. Und dazwischen verstreut bemerkt er die neugierig aus der Verschalung ragenden Glaskuppeln der Beobachtungskameras, die den Gang durch die Reihen beinahe lückenlos observieren. »Schau dir das an, Hubert!« Er lenkt den Blick des Kollegen mit einer Kopfbewegung zur Decke. »Die Filme dieser Überwachungsanlage sollten wir uns mal genauer betrachten. Vielleicht finden wir darauf ja das eine oder andere Detail!«

Moor macht sich eine Notiz und erkundet dann gemeinsam mit Fenderling den Kassenbereich und die kleine Reise-Boutique. Er nimmt immer wieder verschiedene Haltungen ein, um die Perspektiven zu erfassen. Den Glaskasten der Raucherkabine erkennt man aus den meisten Positionen. Seine Hoffnung steigt, dass sie durch das Filmmaterial einen wichtigen Hinweis erhalten könnten.

Im Besprechungsraum der *Hall North* herrscht bei ihrem Eintreffen eine lebhafte Atmosphäre. Nur langsam legt sich das Stimmengewirr, erst nach einigen Minuten ist schließlich völlige Ruhe eingekehrt. Moor lässt seinen Blick über die Reihen der Kolleginnen und Kollegen wandern. Manche wirken angespannt, ihre Haltung drückt ungeduldige Erwartung aus. Andere erscheinen gedankenverloren. Kurz gerät Polizeimeister Neumann in sein Blickfeld. Der mustert intensiv seine Schuhspitzen. In Moor wechseln Mitleid und Groll. Er wird ihn wegen der fehlenden Dienstwaffe zur Rede stellen müssen, das ist gewiss. Moors neue Rolle als Vorgesetzter erfordert es so. Diesen Teil seines Jobs wird er nicht delegieren können.

Er räuspert sich. »Liebe Kolleginnen und Kollegen! Ich begrüße Sie zu unserer ersten Lagebesprechung. Ich gehe davon aus, dass wir in dieser Zusammensetzung die nächsten Tage weiterermitteln werden. Das Team der Bereitschaftspolizei, das uns bei der Erhebung der Personalien tatkräftig unterstützt hat, wird uns jedoch in Kürze verlassen. So werden wir also insgesamt sieben Personen sein, die den näheren Tatkomplex bearbeiten, plus eine Abordnung der dänischen Polizei, die sicher in nächster Zeit zu uns stoßen wird. Wir haben eine große

Aufgabe zu bewältigen. Es sind viele Daten zu sichten, Personalien zu überprüfen und Aussagen zu bewerten. Wir benötigen ein möglichst differenziertes Täterprofil. Leider sind manche Aussagen, vor allem der älteren Herrschaften, mit gewisser Vorsicht zu genießen!«

Er referiert im Detail und fasst dann erste Eindrücke zusammen: »Insgesamt haben wir es offensichtlich mit einem ziemlich kaltblütigen Mörder zu tun. Er handelt zielgerichtet in einem überschaubaren Zeitfenster, tötet mit einem aufgesetzten Schuss und nimmt das Risiko einer Entdeckung durch die offene Einsehbarkeit und viele Zeugen in Kauf. Wir können nicht ausschließen, dass er dieses Szenario in der Absicht wählte, eine öffentliche Exekution, aus welchen Gründen auch immer, förmlich zu zelebrieren! Dann wären sehr persönliche Motive zu vermuten. Unsere weiteren Betrachtungen dazu erfordern detailliertere Kenntnisse. Wir nehmen uns jetzt den Toten vor, wer er ist, wo er sich bewegte, was sein Handy verrät. Dann sichten wir die Überwachungsfilme und erstellen ein erstes Täterprofil. Ihre Anweisungen werden Sie direkt durch Hubert Fenderling erhalten. Wir sehen uns morgen um sieben zur Frühbesprechung. Dann sind wir hoffentlich schon einen Schritt weiter. Herrn Kapitän Olsen und seiner Crew gilt unser herzlicher Dank für ihr umsichtiges Handeln und ihre Professionalität!«

Das Klatschen der Anwesenden verebbt, Stühle werden beiseite geschoben, die Versammlung löst sich auf. Moor und Fenderling folgen Kapitän Olsen, der sie direkt in die Nachrichtenzentrale führt, wo bereits die Video-Dokumentation auf sie wartet. Moors innere Spannung steigt. Die nächsten Minuten werden darüber entscheiden, ob sie mit einer raschen Aufklärung rechnen können oder aber mit einem mühsamen, steinigen Weg.

# Kapitel 11

Auf einer langen Reihe von Monitoren eröffnet sich den Betrachtern das Innenleben der *FS Prinsesse Benedikte*. Menschen verschiedenen Alters, vor allem Frauen, drängeln sich durch die engen Gänge der Parfümerie, sichten das Angebot, bedienen die Tester. Immer wieder senken sich die Köpfe der Menschen, die dann an ihren Handgelenken schnuppern, wie in einer ferngesteuerten Welle menschlicher Eitelkeit.

Bereits nach wenigen Minuten beginnt Moors Aufmerksamkeit bei der Betrachtung der stets wiederkehrenden Szenen nachzulassen. Er bemüht sich, der Ermüdung Einhalt zu gebieten, merkt aber immer wieder, wie er den Fixpunkt aus den Augen verliert. Dann huschen rasch wechselnde unscharfe Muster über den Bildschirm. Die Kameras erfassen diverse Perspektiven. Ihr Vorführer bemüht sich, durch Vor- und Zurückspulen und verschiedene Einstellungen alle Möglichkeiten des Systems auszuschöpfen.

Schließlich weckt die Gestalt eines groß gewachsenen, unscheinbar gekleideten Mannes Moors Aufmerksamkeit. Mehrfach wendet sich der Mann um und beobachtet den Gang hinter sich. Dann streift seine Hand wie nebenbei über die Regalreihen, die Packungen und die Schilder. Er macht nicht den Eindruck, etwas kaufen zu wollen. Sein Interesse zielt auf etwas anderes ab, bleibt aber vorerst unklar. Die Haltung des Mannes wirkt eigentümlich gespannt. Sein muskulöser Oberkörper zeichnet sich unter einem eng anliegenden, kurzärmeligen Hemd sehr deutlich ab. Er wirkt optimal trainiert. Die schwere Uhr am linken Handgelenk erscheint Moor etwas zu protzig, obwohl sie zu der muskulösen Erscheinung insgesamt stimmig passt. Der ganze Mensch ist eben irgendwie protzig. Moor prägt sich dessen Siegelring ein, mit einem blauen Muster versehen, einem Wappen vielleicht.

»Was ist mit dem? Irgendwie erscheint mir der verdächtig. Können wir die Szene noch einmal von vorne sehen?«

Fenderlings Aufmerksamkeit ist nun ebenfalls geweckt, während der Mitarbeiter der Schiffs-Crew gelassen reagiert. »Ja sicher, der ist verdächtig. Ein ganz typisches Muster, weil er nicht die Ware im Blick hat, sondern die Umgebung. Man könnte meinen, dass er etwas vorhat, eine kriminelle Aktion vielleicht. Das ist aber bloß Kalle, unser Detektiv!«

Moor fällt auf seinen Stuhl zurück, von dem er sich unwillkürlich erhoben hatte, folgt enttäuscht und kurze Zeit wieder schweigend der weiteren Vorführung. Nach einigen Minuten entdeckt er noch eine auffällige Person. Timo, der Jugendliche, der den Gang entlanggeht, als bewege er sich auf einem Boulevard. Es ist eine eigentümliche Mischung aus ziellosem Schlendern, Beiläufigkeit und dennoch spürbarer Konzentration. Auch Timo beobachtet seine Umgebung, ein irritierendes Muster, wie bereits in der Szene zuvor. Nur dass hier kein Detektiv seine Runden dreht.

Einige Sekunden später ist Timo aber wieder aus dem Blickfeld der Kameras verschwunden. Moor ist unwillkürlich versucht, ihn durch eine Veränderung seiner Körperhaltung noch weiter um die Ecke herum zu verfolgen, eine Täuschung der Sinne, die er bei vergleichbaren Anlässen immer wieder beobachtet und die ihn ein ums andere Mal fasziniert hat. Unwillkürlich erlebt man sich dann nicht mehr als Betrachter, sondern als Teil der Szene, die Timo aber bereits unwiderruflich verlassen hat.

Wenig später erkennt Moor den zweiten Jugendlichen, der um ein Parfümregal kurvt. Patrik steht einige Sekunden still, geht leicht in die Knie und blickt angestrengt den Gang entlang. »Moment! Halten Sie da mal an. Was macht er da bloß? Kann man diese Szene auch aus einer anderen Perspektive bekommen?«

Der Mann an den Monitoren drückt einige Schalter, bis

sich auf einem der Bildschirme ein ganz neuer Blickwinkel auftut. Es muss sich um eine Kamera handeln, die den Raum direkt hinter Patrik kontrolliert.

»Aha, das ist schon besser!«, bemerkt Moor, als er im Hintergrund den Raucherraum entdeckt. In dieser Ansicht können sie Patrik und die Kabine gleichzeitig erfassen.

Breit malt sich der Rücken des Ermordeten ab. Leider ist die Auflösung der Aufnahmen in dieser Einstellung so gering, dass sie kaum Details erkennen lässt. »Ich muss hier ziemlich weit aufziehen«, lässt sich der Vorführer hören, als habe er Moors Gedanken erraten. »Mit einem digitalen Zoom, der automatisch die Bildqualität verschlechtert.« Deutlich erkennbar ist jedoch, dass Patrik in die Hocke geht und den Ermordeten über mehrere Sekunden hinweg ganz bewusst fixiert. Dabei schüttelt er den Kopf.

Dann wird die Szene durch mehrere Personen verdeckt. Es handelt sich um eine Senioren-Gruppe. Moor erkennt inmitten der munter schwatzenden Menschen Erna Pichler und kurz hinter ihr auch Inga Hermann. Diese hilft einer älteren Dame aus ihrer Jacke, die für weitere Sekunden das Bild verdunkelt.

Als sie wieder freie Sicht gewinnen, erkennt Moor, dass Patrik sich weiter in Richtung des Raucherraums vorgeschoben hat. Mit sehr langsamen und zögerlichen Schritten nähert er sich der Tür. Unwillkürlich hat sich Fenderling von seinem Sitzplatz erhoben. Nun hält es auch Moor nicht mehr auf seinem Stuhl. Die nächsten Sekunden können darüber entscheiden, ob sie den oder die Mörder in Kürze überführen können.

Patrik steht mittlerweile unmittelbar vor der Glastür, streckt seine Hand aus, greift nach der Klinke. Seine Knabenfigur ist ziemlich schmächtig, verdeckt im nächsten Moment aber dennoch das halbe Bild. Langsam tritt Patrik in den Raucherraum, nähert sich der Gestalt des Opfers und berührt es mit der rechten Hand. Wie in Zeitlupe kippt der Mann langsam nach vorn. Die

Bewegung beschleunigt, bis der Kopf unsanft auf die Scheibe knallt. Dann rutscht der Schädel über das Glas und bremst, weil sich die gesamte Person zwischen Stuhl und Scheibe verkeilt hat.

Moor ist mulmig zumute. Seine Stirn signalisiert ihm zusätzlich fiktive Schmerzen. Die Millionen mitfühlender Spiegelneuronen seines Gehirns funken auf allen Kanälen. Dann beobachtet Moor, dass sich Patrik aus seiner kurzzeitigen Anspannung wieder löst. Leider schiebt sich in dieser Sequenz der Schatten eines Unbekannten zwischen Kamera und Szene und verdeckt so für kurze Zeit das Bild. Als sie wieder freien Blick gewinnen, ist der Jugendliche verschwunden. Die Gestalt des Toten kauert reglos zwischen Stuhl und Scheibe. Alles wirkt beinahe friedlich und dadurch auch ausgesprochen gespenstisch.

Die geschäftige Routine der Kunden erscheint im Angesicht des Todes eigentümlich absurd. Auch mehrere Versuche, durch alternative Darstellungen der Aufnahmen und andere Kameraeinstellungen zusätzliche Informationen zu gewinnen, bringen Fenderling und Moor nicht weiter. Es bleibt bei der Tatsache, dass sich der entscheidende Zeitraum der Tat leider nicht erschließt.

»So ein Mist!«, zischt Fenderling. »Da hat man schon mal den Klassiker und alles gefilmt. Aber am Ende ist die ganze Technik witzlos. Wir stehen also am Beginn.«

Auch Moor ist enttäuscht. Die Spannung der letzten Minuten fällt von ihm ab. Sie verabschieden sich und verlassen den Überwachungsraum. »Das Einzige, was wir jetzt mit Sicherheit wissen«, fasst Moor seine Eindrücke zusammen, »betrifft Patrik. Seine Darstellung des Ablaufs dürfte so stimmen. Und als Mörder scheidet er damit wohl weitgehend aus. Aber ansonsten sind die Karten völlig neu gemischt.«

Fenderling bestätigt: »Das sehe ich genauso. Ich denke, erst wenn wir wissen, um wen es sich bei dem Toten handelt, können wir zügig weiterermitteln!«

Nachdenklich verlassen die beiden Männer das Deck und stehen schließlich an der Reling, die eine mittlerweile tiefer stehende, dadurch nicht mehr so kraftvolle Sonne erhellt. Sie blicken auf das Vorschiff und auf dessen weit geöffnete Klappe, die sich wie ein riesiges Maul dem Ufer entgegenstreckt. Wie emsige Ameisen verlassen lange Reihen von Fahrzeugen das Schiff, um die Menschen nach aufregenden Stunden an Bord endlich in ihren verdienten Abend zu entlassen.

»Was wollen wir jetzt tun?«, hört sich Moor unwillkürlich fragen.

»Einen Korn könnte ich gut gebrauchen!«, ist Fenderlings Antwort.

Und so gehen auch die beiden Polizisten an Land, besteigen den Streifenwagen und fahren nach Burg. Bereits eine Viertelstunde später sitzen sie in ihrer abendlichen Stammkneipe, im *Mopsy's,* wo ein *Küstennebel* allmählich ihre überreizten Sinne entspannt.

# Kapitel 12

Die Strahlen der tief stehenden Sonne beleuchten das benachbarte Weizenfeld. Sein satter gelber Farbton bildet einen lebhaften Kontrast zu einem postkartenblauen Abendhimmel und einem in frischem Rot gestrichenen Gartenzaun. Moor genießt aus dem Küchenfenster dieses Panorama, das so kitschig erscheint, aber auch so prägnant. Es ist der Mangel an farblichen Zwischentönen, der ihn so angenehm berührt, diese Klarheit im Erleben, die ihn sinnlich erfrischt, nach so vielen verwirrenden Details der Ermittlungsarbeit und so vielen unbeantworteten Fragen.

Wie jeden Abend erzählen sich Moor und Greta Bartholdi ihre Geschichten vom Tag, die kleinen Ereignisse und Eindrücke. Bei einem Glas Wein oder einem Grappa fließen ihre Gedanken ineinander.

Greta beschäftigt sich mit dem ganz besonderen Fall einer jungen Frau. Gerade mal dreiundzwanzig Jahre alt, hat diese schon alle möglichen Herausforderungen erlebt. »Wie so viele«, meint Greta nachdenklich. »Wie kann es nur sein, dass manche Menschen das Unglück förmlich anziehen und andere völlig unbehelligt ein gleichförmiges Leben führen?«

Moor beobachtet weiter nachdenklich das Farbspiel vor sich. »Im Grunde genommen suchen wir alle nur das Glück«, murmelt er gedankenverloren. »Aber einige bekommen mehr davon.« Er hat diesen Spruch aus seinem Tageskalender, nicht vom aktuellen Datum, aber irgendwo aus den letzten Tagen. Einen weiteren Spruch, an den er sich gerade erinnert, vom ehemaligen US-Präsidenten John F. Kennedy, behält er aber lieber für sich: ›Das Leben ist ungerecht, aber nicht immer zu deinem Nachteil!‹

»Es ist schwierig, nicht zu verhärten«, hört er Greta sagen. Sie ist in Gedanken immer noch bei ihrer Patientin.

»Sie ist so gegensätzlich, so ganz extrem. Mal hat sie etwas Rührendes und Zartes, kümmert sich um alle und jeden. Dann wieder reagiert sie so schroff. Auch mir gegenüber.« Nach kurzem Überlegen fährt Greta fort: »Mal möchte ich sie einfach nur umarmen, aus so einem mütterlichen Gefühl heraus, dann wieder könnte ich ihr eine klatschen!«

Unwillkürlich zuckt Moor zusammen. Beinahe dreißig Jahre bei der Kripo haben es nicht geschafft, ihm seine Feinsinnigkeit auszutreiben. Es folgt ein längeres Schweigen. Die Reflexe der Sonnenstrahlen sammeln sich in einem Glas auf dem Küchentisch. Sie bilden wie in einem Kaleidoskop farbige Muster, die ständig neu entstehen und wieder vergehen.

»Ja, nichts ist wirklich beständig, leider!«, lässt er sich wieder hören. »Wie schön wäre es, einfach nur da zu sein und zeitlos zu genießen. Aber im Grunde sind wir wie die Wellen des Meeres, kurz an die Oberfläche gespült und dann schon wieder verschwunden, mit dem großen Ganzen vereint.« An solchen Punkten überfällt Moor leicht mal eine philosophische Melancholie. Und so rafft er sich auf und wechselt rasch das Thema.

»Heute ist etwas ganz Eigentümliches passiert. Stell dir das mal vor, Greta: Wir sind gerade auf dem Schiff, um zu ermitteln, da bekommen wir einen Hinweis von einem älteren, sympathischen Herrn. Möglicherweise habe sich der Täter in den Toiletten versteckt. Also pirschen wir uns kurz entschlossen an, Horst Neumann und ich. Dann kommt der entscheidende Augenblick. Mit der Waffe in der Hand stürme ich in die Räume und vermute, dass Horst mich sichert. Genau so, wie es tausendmal geübt wird, seit den Tagen der Polizeischule. Und dann sehe ich: Der Horst ist unbewaffnet! Der fuchtelt bloß mit seinen Händen herum.«

Allein beim Gedanken an diese Szene ist Moor wieder völlig empört. Er sieht Greta an und entdeckt in ihren Zügen eine Mischung aus Besorgnis und Amüsement.

»Das klingt wie eine erdachte Geschichte, oder wie in einem lustigen Film«, hört er sie sagen.

Und unwillkürlich muss auch er kurz schmunzeln, wird aber sofort wieder ernst. »Ich muss unbedingt mit ihm sprechen, so geht das nicht!«

Greta blickt ihn neugierig an. »Ach so, ich dachte, dass du das schon getan hast. Das muss doch sofort aus der Welt, oder? In deinem Beruf geht das ja wirklich gar nicht!«

Moor überlegt, wie er wohl das Gespräch mit seinem Kollegen führen soll. Eigentlich ist der ja ein netter Typ, auch pflichtbewusst, vielleicht etwas verschroben, aber immer freundlich. Harmlos eben! Könnte er es sich mit ihm verderben?

»Vielleicht kann ja auch Hubert mit ihm reden!«, bringt Moor heraus. »Der kennt ihn schließlich länger.«

»Aber du bist der Chef!«

Moor schüttelt sich, greift zur Flasche und gießt sich und Greta einen weiteren Grappa ein. »Was ist eigentlich mit deiner Patientin?«, wechselt er abrupt das Thema. »Was hat sie für Probleme? Ich meine: Warum ist sie da?«

Greta überlegt. »Das ist immer nicht so einfach, mit dieser Frage. Also eigentlich ist sie da, weil sie insgesamt nicht mit dem Leben klarkommt. Eine Unbeständigkeit zieht sich durch: immer neue Kerle, Alkohol und Drogen, Ausbildungsplätze. Im Moment arbeitet sie in einem Kinderheim, seit etwa acht bis zehn Wochen. Das muss man sich mal vorstellen: erst das Abitur und dann als Küchenhilfe! Zu den Kids ist sie super. Man hat aber auch das Gefühl, dass sie sich ständig selbst begegnet, also übertrieben angefasst reagiert. Die Jugendlichen finden sie klasse, besonders die Jungs. Ich muss das mal mit ihr thematisieren, sie grenzt sich zu wenig ab. Und dann ist da noch das Schneiden, also ihr selbstverletzendes Verhalten. Wenn du ihre Arme siehst, überfällt dich das Grauen! Eine Narbe neben der anderen.«

Moor spielt gerade gedankenverloren mit einem Küchenmesser und zuckt zusammen, als ihm der Zusammenhang bewusst wird. »Ist sie denn hübsch?«

»Wie man es nimmt«, lautet Gretas unbestimmte Antwort. »Sie hat zumindest was ganz Besonderes. So etwas Wildes, Ungezähmtes. Und auch so etwas Zartes. So eine gefährliche Mischung aus Vamp und Lolita.«

Inzwischen hat die wärmende Sonne den Horizont unterschritten. Ein angenehm weiches Strahlen verleiht Landschaft und Zimmer eine entspannte Note. Es hat den Schatten und Reflexen seine frühere Härte genommen. Ein Käfer quält sich über die Wachstuchdecke, einem unbekannten Ziel entgegen. Moor fragt sich, ob sie nicht alle wie kleine Käfer über die Wachstuchdecken ihres Alltags tappen, ohne das Große und Ganze zu erfassen. Immer nur von einem Punkt zum nächsten. Er seufzt. »Was ist denn nun das Ziel?«

Und Greta erwidert: »Na, sie fit zu machen, dass sie endlich mal was durchhält!«

Moor nickt etwas beschämt. Er hatte Gretas Patientin bereits wieder vergessen, aus der Perspektive seiner kleinen Käfer-Welt. »Morgen erfahre ich hoffentlich mehr, von diesem Toten«, wechselt er das Thema. »Dann können wir richtig starten! Und du hast recht: Ich muss mit Horst Neumann reden. Wir brauchen hier mehr Disziplin!«

# Kapitel 13

Moor hat sich vorgenommen, den Kolleginnen und Kollegen auf dem Revier ein gutes Vorbild zu sein und den Leitgedanken ›Wir brauchen hier mehr Disziplin‹ offensiv zu vertreten. Noch am Abend hat er, unter den kritischen Blicken Gretas, eine neue Anwendung auf sein iPhone geladen. Mit *Things* will er nun seine Pläne und Projekte auf dem Smartphone verwalten.

Greta meint, dass er damit in erster Linie seinem männlichen Spieltrieb fröne: »Entweder hast du Disziplin oder nicht. Da reicht zur Not auch das gute alte Notizbuch!«

Moor ist eingeschnappt, weil sie damit seine Ernsthaftigkeit anzweifelt, aber mehr noch deshalb, weil ja ein Körnchen Wahrheit darin steckt. In sein neues Smartphone ist Moor nun mal ziemlich vernarrt. Eine weitere App namens *Sonio – Sweet dreams* weckt ihn morgens mit angenehmem Vogelgezwitscher. Und Wetter.net hat ihn heute anschließend auf einen wunderschönen sonnigen Tag eingestimmt.

Moor beschließt also, das gute Beispiel ganz in den Vordergrund zu stellen und die kritische Aussprache mit dem unbewaffneten Horst Neumann noch etwas zu verschieben. Bereits fertig geduscht sitzt Moor um fünf Uhr dreißig am Frühstückstisch und verschafft sich anhand des *Fehmarnschen Tageblatts* einen ersten Überblick. Glücklicherweise widmet sich der Leitartikel nicht dem Mordfall, sondern einem gänzlich anderen Thema: *Kitesurfer kürten ihre Meister.* Auf der zweiten Seite stößt er dann auf einen kleineren Artikel: *Mysteriöser Todesfall auf dem Fehmarnbelt: Polizei ermittelt grenzüberschreitend!*

Offensichtlich hat sich die Brisanz der Geschichte bislang noch nicht herumgesprochen, so dass aus seiner Sicht zumindest eine Verschnaufpause besteht. Dass sich die Meldungen am nächsten Morgen ähnlich harmlos ausmachen werden, darf jedoch bezweifelt werden.

Moor wirft seine Kaffeemaschine an, füllt zwei Tassen mit Milchkaffee und macht sich auf den Weg ins Schlafzimmer, um Greta zu wecken. Er liebt es einfach, sie in diesem morgendlichen Zustand anzutreffen, weil sie dann auf ihn so schön hilflos und unsortiert wirkt. Überwiegend nämlich verfolgt sie einen straffen Tagesplan und jene Disziplin, um die sich Moor in dienstlicher Hinsicht gerade erst bemüht.

Clemens stellt die Kaffeetasse ab, haucht Greta einen Kuss auf die Stirn. Bis sie erwacht, entwirft Moor seinen weiteren Plan: Zunächst muss er unbedingt das Rätsel der Identität des Toten lösen, dann ein möglichst lückenloses Profil seiner Aktivitäten entwerfen, eventuell die Angehörigen aufsuchen und am Arbeitsplatz ermitteln. Und dann steht auch noch der Kontakt zu den dänischen Kollegen auf der Liste. Die weiteren morgendlichen Stationen lauten: Frühstück vorbereiten, Tasche packen. Diese Aufgaben erledigt Moor relativ zügig. Er bespricht außerdem mit Greta, dass sie sich noch um ihren Wohnwagen kümmern sollten. Dieser steht auf dem Campingplatz am Deich, am Nordstrand der Insel, und war in Moors erstem Fall die heimliche Einsatzzentrale. Seinerzeit hatte Moor noch als Beamter des Landeskriminalamtes auf Fehmarn ermittelt.

Mit einem angenehmen Gefühl der Vorfreude auf Wohnwagen und Naturstrand verabschiedet sich Moor schließlich von Greta und holt den Jaguar aus der Garage, um die überschaubare Strecke bis ins Revier zu fahren.

Fenderling, der Fahrrad- und Frischluftfanatiker, mustert ihn jeden Morgen kritisch und macht auch die eine oder andere Anmerkung, was das Umweltbewusstsein seines Chefs und Freundes anbetrifft.

Moor öffnet die Glastür des nüchternen, gelb geklinkerten Zweckbaus und betritt die Polizeiwache. Heute Morgen ist Moor ziemlich sicher, dass ihm kritische Kommentare erspart bleiben. Zum einen ist er mit Abstand der

Erste, der das Revier betritt, zum anderen gibt es genügend brisante Themen, die die absolute Aufmerksamkeit aller Beteiligten erfordern. Moor blickt auf die Dienstuhr: In einer halben Stunde beginnt die Frühbesprechung. Er kann sich also noch in Ruhe einen Kaffee kochen und in seiner Facebook-App stöbern.

# Kapitel 14

Punkt sieben schwingt die Tür auf, die Mitglieder des ermittelnden Teams betreten einer nach dem anderen den Besprechungsraum und nehmen ihre Stammplätze ein. Moors morgendliche Eingewöhnungsphase ist also abrupt beendet. Er registriert einzelne Details der Szene und zeichnet innerlich ein spontanes Bewegungsbild. Wer begrüßt wen? Wird jemand ausgespart oder gemieden? Kann man auffällige Untertöne vernehmen? Es ist wie eine Art kleiner Rasterfahndung unter Kollegen, die er aber nicht bewusst so plant. Er ist in dieser Hinsicht einfach ein Naturtalent. Oft hat er sich dafür aber auch innerlich verflucht, weil er Stimmungen aufgegriffen hat, die ihm überhaupt nicht galten und auf denen er dann am Ende hocken blieb.

Nichts erscheint ihm heute auffallend, langsam kehrt gespannte Ruhe ein. Die Kollegen blicken ihrem noch frischen und unverbrauchten Chef erwartungsvoll entgegen. Dann öffnet sich noch einmal die Tür. Horst Neumann stürzt atemlos in den Raum, unter den Arm geklemmt eine Aktentasche, in der einen Hand eine blaue Plastikdose und einen Schlüsselbund, in der anderen seine Lederjacke. Sein Blick signalisiert etwas zwischen Gehetztheit und routinierter Zerknirschung. Neumann deutet ein entschuldigendes Schulterzucken an, verliert dadurch die Kontrolle über die Aktentasche, die krachend einem Kollegen vor die Füße fällt, und sinkt seufzend in die erste Reihe. Dabei mustern seine unschuldigen Kinderaugen Moor so freundlich, dass dieser gar nicht anders kann, als dem Spätkommer freundlich zuzunicken.

»Liebe Kollegen!«, ergreift Moor nun das Wort. »Ich begrüße Sie zu Tag eins nach dem Fähren-Mord. Wir haben heute ein volles Programm zu absolvieren, dessen Ziel es zunächst vor allem ist, sich über die Identität des

Toten, sein Umfeld und seine Lebensweise Klarheit zu verschaffen. Wir müssen dazu unsere Kräfte bündeln und Unter-Teams bilden. Am Pinboard finden Sie die Liste der drei mobilen Gruppen und des Präsenzteams hier in der Wache. Bitte nehmen Sie daran keine Änderungen vor, ohne sich mit mir oder Hubert abzustimmen.«

Zwischen morgendliche Müdigkeit und dienstliche Routine schiebt sich unversehens ein Nebenthema, das Moor kurzzeitig aus dem Tritt bringt. Er hat die Duz-Thematik noch nicht befriedigend gelöst. Üblich ist diese vertrauliche Anrede allemal. Er hat aber schlicht noch keine passende Gelegenheit gefunden, sie in geeigneter Weise umzusetzen. Die offizielle Einführung in seinen Posten ist von Lübeck gerade auf den Folgemonat verschoben worden, wegen personeller Engpässe. Und so hat auch der geplante Umtrunk noch nicht stattgefunden. Einfach kommentarlos auf eine vertrauliche Anrede umzuschwenken, erscheint Moor aber irgendwie stillos.

Er gibt sich einen Ruck und fährt in seiner Ansprache fort: »Ihr habt euch vielleicht gefragt, was gestern bei der Videosichtung herausgekommen ist. Falls ihr es noch nicht wissen solltet, hier eine kurze Zusammenfassung: nichts!«

Erst jetzt bemerkt Moor, dass er auf die verbindlichere ›Ihr‹-Form eingeschwenkt ist, die er aus seiner Kindheit zum Beispiel von Handwerkern kennt. Mit Sätzen wie: ›Habt ihr Achter-Bohrer?‹ oder so ähnlich betraten diese einen Laden, ganz selbstverständlich. Das hatte dann nichts von Gemeinsam-SchweineHüten, es war schlicht der passende Code. Warum also nicht auch hier?

»Zumindest aber könnt ihr davon ausgehen, dass die Aussagen des Jungen, dieses Patrik, im Kern so stimmen«, fährt Moor fort. »Er hat das Opfer an der Schulter berührt und damit dessen Umkippen bewirkt. Gleich anschließend hat er sich dann aus der Aufregung heraus daneben gelegt.« Die letzte Bemerkung geht schließlich in allgemeine Erheiterung über. »Ich habe gestern noch unseren Kollegen Andy Menke gebeten, sein technisches Können unter Beweis zu stellen und das Handy des Opfers einer ersten orientierenden Untersuchung zu unterziehen. Lieber Andy, ich übergebe Ihnen nun das Wort!«

Eine Mischung aus Vorname und ›Sie‹ erscheint Moor gleichfalls praktikabel. Zumindest vertagt es die Duz-Zeremonie, bis ein angemessener Anlass gefunden ist.

»Danke, Clemens!«, ergreift der junge Kollege nun das Wort. »Du hattest ja die Vermutung, dass wir im Handy des Toten entscheidende Hinweise auf seine Identität finden könnten.«

Der traut sich was!, schießt es Moor durch den Kopf. Gleichzeitig aber ist er erleichtert, dass ihm eine umständliche Entscheidung abgenommen worden ist. So kann er den weiteren Ausführungen des technikverliebten Andy seine volle Aufmerksamkeit widmen.

»Ich habe gemeinsam mit einem Bekannten gestern Abend noch den Geräte-Code geknackt. Es ist uns mit einem kleinen Programm gelungen, das ihr im Internet herunterladen könnt. Bei Interesse kann ich euch die Adresse verraten. Dann haben wir uns um die PIN gekümmert. Das war schon eine ganz andere Sache. Die halbe Nacht haben wir uns um die Ohren gehauen und ich schätze mal, dass dafür mindestens eine Runde fällig sein dürfte!« Andy Menke zwinkert Moor verschwörerisch zu und setzt seinen Vortrag fort: »Wir konnten eine Sicherheitslücke nutzen und uns Zutritt zu seinem Handy verschaffen.«

Unwillkürlich fantasiert Moor ein überdimensionales Mobiltelefon, das Andy Menke und sein findiger Kumpel wie Piraten über eine Leiter entern. Eigentlich dürfte es diesen Kumpel überhaupt nicht geben, wegen der amtlichen Verschwiegenheitspflicht. Moor seufzt beim Gedanken daran vernehmlich. Für einen Moment wenden sich ihm daher alle Blicke zu. »In Ordnung!«, hört er sich selbst, wie aus weiter Ferne, sagen. »Ich erwarte euch heute Abend zu einem kleinen Umtrunk im *Mopsy's*. Die aus Lübeck kriegen das mit meiner Diensteinführung ja nicht rechtzeitig hin!«

Diese spontane Ansage hat Andys Vortrag ziemlich abrupt unterbrochen, ist aber auf allgemeines Wohlgefallen gestoßen. Die Kollegen klopfen beifällig mit den Händen auf die Tische.

Freundlich grinsend redet Andy Menke nun weiter. »Der Tote hatte ein iPhone der neuesten Baureihe, ziemlich teuer übrigens, wegen des großen Speichers. Satte vierundsechzig Gigabyte, da geht was drauf. Er hatte auch bereits jede Menge Apps geladen, die für uns von großem Interesse sein dürften. Besonders ein kleiner Helfer namens *Device Locator* dürfte uns noch jede Menge Freude machen. Diese kleine Anwendung sammelt kontinuierlich GPS-Daten, entweder nach einem zuvor definierten Zeitraum oder bei jedem Wechsel der Sende-Zelle. Man kann dann über Internet eine Karte der letzten Aufenthaltsorte einsehen. Wenn es klappt, haben wir bald eine lückenlose Dokumentation darüber, wo sich Mister X in den letzten Tagen und Wochen so herumgetrieben hat. Handys von euren Frauen und Freundinnen nehme ich übrigens jederzeit gerne für eine Bearbeitungsgebühr entgegen!«

Moor übergeht diese Anspielung mit einem Räuspern. »Lieber Andy, das ist ja ein toller Erfolg! Vielen Dank für dein Engagement. Wissen wir denn jetzt auch schon etwas über seinen Namen?«

Andy genießt offensichtlich seinen Auftritt, er ist ja schließlich der Jüngste der Runde und erst vor einigen Monaten als frischgebackener Polizeimeister nach Fehmarn gekommen. »Das wollt ihr wohl gerne wissen?«, lautet seine rhetorische Frage.

Leider bremst ihn Fenderling nach einem kurzen Verdrehen der Augen etwas unsanft aus. »Nun trab mal an, lieber Andy, wir wollen heute noch weiterkommen!«

Andy Menke verzieht keine Miene. »Wir haben natürlich auch die Kontaktdaten gecheckt. Der hat mindestens tausend Adressen in seinem Speicher. Seine eigenen Daten weisen ihn als Dr. Michael Hansen aus. Siebenundvierzig Jahre alt und von Beruf Jurist. Ich schätze mal, er war unverheiratet, vielleicht geschieden. Das schließe ich aus seinem Kontaktprofil, ziemlich viele Damen, würde ich sagen. Die Umfeldermittlung kann ich gerne übernehmen. Ich brauche dazu sicher keine Stunde!«

Moor ist hocherfreut. Mit einem so raschen Erfolg hat er nicht gerechnet. Er bedankt sich bei seinem jungen Mitarbeiter, verteilt einige Arbeitsaufträge, vor allem die Person des Getöteten betreffend, und zieht sich schließlich mit Fenderling in sein Büro zurück.

# Kapitel 15

»Gar nicht übel, unser junger Hüpfer!«, merkt Fenderling an. »Und die Sache mit dem Duzen hat er für dich ja elegant geregelt!«

Moor errötet und versucht diesen Eindruck von Unentschlossenheit auszulöschen. »Das hatte ich ohnehin vor, weißt du. Da ist jetzt lediglich dieser Fall dazwischengekommen. Ich bin auch sehr zufrieden. Allerdings macht mir dieser Doktor Kopfzerbrechen. Ich hoffe ja bloß, dass der nicht auch aus dem Ministerium stammt, wie der Tote am Oststrand vom letzten Jahr.«

Fenderling nickt. »Aber auch dieses Rätsel haben wir doch glänzend gelöst, oder? Schließlich hat uns dieser Fall erst zueinander geführt. Und Fehmarn hat einen begabten Inselpolizisten gewonnen!«

Moor freut sich über die anerkennenden Worte.

»Vielleicht sollte ich den Andy mal an Evas Handy lassen«, meint Fenderling. »Die kommt mir in der letzten Zeit so merkwürdig verändert vor.«

Zu Fenderlings Gattin kann Moor bislang noch wenig sagen. Für ihn ist sie ein weitgehend unbeschriebenes Blatt, eine sicherlich attraktive Enddreißigerin, als deren herausragendes Interesse er bislang einen Hang zu Schönheitsmasken festgestellt hat. »Wieso denn verändert?«

»Na ja«, beginnt Fenderling. »Sie hat mir plötzlich großherzig verziehen, dass ich mich nicht auf die Revierleitung beworben und dir den Vortritt gelassen habe.«

Moor muss unwillkürlich lachen. »Den Vortritt? Tritt mag ja sein, aber ansonsten hast du mich ja nun wahrlich ins Ziel geschoben, sonst hätte ich mich das nie getraut!«.

Fenderling nickt, bleibt aber ernst und an seinem Thema hängen. »Eva ist so merkwürdig gut gelaunt!«, meint er zögernd. »Und dann ist mir aufgefallen, dass sie überhaupt nicht mehr meckert, wenn ich abends später nach Hause komme.« Nach kurzem Nachdenken fährt er fort: »Gestern Abend zum Beispiel hat sie mir plötzlich die Wange getätschelt und von ihren Sorgen berichtet, dass ich so blass sei und dass ich mich vielleicht öfter mal mit Freunden treffen sollte. Sicher sei auch ein freies Wochenende gut, so ganz ohne Pflichten, auf dem Festland vielleicht. Sie könnte das durchaus mal ein paar Tage verkraften, ohne mich.«

Moors spontanes »Oha!« ist erkennbar ungeeignet, Fenderlings Argwohn zu entkräften.

»Irgendwas ist da bestimmt im Busche. Ich werde Eva mal ein bisschen im Auge behalten!«

Moor beglückwünscht sich innerlich, dass er solche Sorgen mit Greta nicht kennt. Schließlich gibt es in beruflicher Hinsicht schon ausreichend Baustellen zu bearbeiten.

Fenderling schnappt sich die mausgraue Umlaufmappe und verlässt das Büro mit einem freundlichen Kopfnikken, um an seine morgendliche Verwaltungsarbeit zu gehen. Moor ist ihm dafür grenzenlos dankbar. Er hasst jede Form von Bürokratie, das ständige Abzeichnen und Abhaken und den nervenden Dienstweg. Seine Erfolge sucht er gerne im Grübeln und im einsamen Monolog, seit einiger Zeit aber auch im Austausch mit Greta und mit Fenderling. Als Nächstes muss er die Rolle des Dr. Hansen ergründen: Was sucht so ein Doktor auf Fehmarn?

# Kapitel 16

Polizeimeister Menke hockt an einem wackeligen Schreibtisch im Großraumbüro des Reviers. Die Platzverhältnisse sind beengt. Hinter dem Tresen, an dem sich ab und zu Bürger einfinden, um Meldungen zu machen, Anzeigen zu erstatten oder auch nur irgendetwas an Beschwerden loszulassen, stehen aufgereiht mehrere Schreibtische, die von verschiedenen Beamten genutzt werden. Einige dieser Arbeitsplätze sind ein authentisches Abbild der unterschiedlichen Typen, einige aber auch unpersönlich und verwechselbar.

Horst Neumann zum Beispiel öffnet immer zu Schichtbeginn eine Schublade und stellt seine blaue Frühstücksdose hinein, die ihm seine Freundin mitgegeben hat. Dann entnimmt er der Schublade ein paar persönliche Gegenstände und baut diese in immer gleicher Reihenfolge an der Stirnseite des Schreibtischs auf. Erst wenn ein herzförmiger Stein, ein Foto der Liebsten und des letzten Thailand-Urlaubs sowie ein kleiner bronzefarbener Buddha ihren Platz gefunden haben, ist der Schreibtisch seiner. Und dann kann der weitere Dienstablauf beginnen. Neumann lässt sich in dieser wiederkehrenden Initiationshandlung niemals stören. Auf spöttische Ansprache seiner Kollegen reagiert er stets freundlich, aber unbeirrbar.

Andy Menke hingegen benötigt einzig ein Kunststoff-Modell seiner Harley, seines Traum-Motorrads, auf das er seit Beginn seiner Tätigkeit als Polizeimeister eisern spart. Mit ihr will er irgendwann, vielleicht schon in wenigen Jahren, die Route 66 befahren.

Er hockt jetzt an seinem Schreibtisch, vor sich der Bildschirm eines Windows-PC und in seiner linken Hand das Smartphone des Toten. Er ist inzwischen tief ins Telefon und damit ins Leben des Mannes eingetaucht. Er findet das spannend, denn so ein Smartphone eröffnet eine ganze

Welt: Erinnerungsfotos und Videos, Adressverzeichnis, Terminkalender, E-Mails, Einkaufslisten, Finanzsoftware und Ortungsdaten ergeben ein perfektes Profil, anhand dessen sich die Gewohnheiten eines Menschen rekonstruieren lassen.

Andy Menke ist gerade unterwegs in diesem biografischen Museum der besonderen Art. Er hat sich als Erstes die Fotos vorgenommen. Hier tut sich allerdings bereits ein neues Problem auf: Ein Teil der Bilder, vermutlich der interessantere, wurde verschlüsselt. Hatte der Tote also etwas zu verbergen? Vielleicht ein Doppelleben geführt?

Andy probiert zunächst relativ unsystematisch alle möglichen Zahlenkombinationen aus. Aber mit diesem Vorgehen könnte er wohl Tage oder gar Wochen zubringen. Anhand der Maske ist zumindest deutlich, dass es sich um vier Ziffern handeln muss. Andy Menke überlegt kurz. Vielen Menschen geht es ja vielleicht wie ihm selbst: Sie können sich PIN-Nummern und Codes einfach nicht merken. Sie stehen manchmal nach Urlauben oder bereits nach Wochenenden ratlos vor diversen Eingabemasken. Wenn die menschliche Psyche generell so funktioniert, warum sollte es beim Ermordeten anders gewesen sein? Polizeimeister Menke gibt also in die Abfragemaske des Geheimcodes erneut den PIN-Code ein und schlägt sich vor Begeisterung auf die Schenkel: Tatsächlich hat sich der Getötete keine große Mühe gemacht und den Code der SIM-Karte auch hier verwendet. »Nicht sehr originell!«, murmelt Menke und loggt sich dann erwartungsvoll in das geheime Fotoalbum des Telefons ein.

Was er sieht, mutet zunächst einmal eher harmlos an. Viele Porträt-Fotos von verschiedenen Frauen, allerdings immer in der gleichen Form: vor Schreck geweitete Augen, den Mund zu einem Schrei geöffnet, neben sich Dr. Hansen, der ihnen heldenhaft den Arm um die Schulter legt und sie beruhigt. Sie sitzen in einer Art Gondel, offensichtlich Teil einer Achterbahn. Was Andy Menke besonders irritiert, ist die Gleichförmigkeit dieser Fotos. Immer dieser selbstgefällige Gesichtsausdruck des Doktors, immer direkt in die Kamera gehalten und dadurch von den verschiedenen Frauen an seiner Seite abgewandt. Es scheint, als sei er lediglich auf diesen Effekt aus, von der Kamera aufgenommen zu werden als eine Art Held. Die Damen in seinem Arm erscheinen dadurch komplett austauschbar. Die Szenen wirken trotz der körperlichen Nähe völlig beziehungslos. Es ist eine inszenierte Demonstration männlicher Überlegenheit, in einer völlig unangemessenen, naiven Form.

Andy Menke grübelt, wie er diese Aufnahmen zuordnen soll. Gab es einen Fotografen, vielleicht einen Freund oder eine Art Komplizen, der den Auftrag hatte, die Bilder zu schießen? Wem diente diese eigentümliche Dokumentation? Was könnte einen Mann, einen offensichtlich gebildeten Menschen, dazu bewegen, solche Bilder mit sich herumzuschleppen?

Menke beschleicht ein unangenehmes Gefühl. Der Getötete begegnet ihm in seiner Marotte wie ein Sammler, der keine Käfer archiviert, sondern wehrlose, erschrockene, ihm ausgelieferte Frauen. Und irgendetwas an dieser Szene bewirkt eine zusätzliche, bislang noch unerschlossene Irritation. Polizeimeister Menke wechselt immer wieder fieberhaft zwischen den Fotos hin und her. Was ist es, was ihn so verwundert? Vielleicht nur ein kleines Detail?

»Die gab es wohl im Dutzend billiger«, hört er Horst Neumann sagen, der unbemerkt hinter ihn getreten ist.

»Na hör mal, das kannst du doch so nicht sagen, Horst!«, erwidert Menke entsetzt. »Wir wissen doch noch gar nicht, ob die Damen käuflich waren. Eigentlich sehen sie nicht danach aus.«

Horst Neumann schüttelt den Kopf. »Das habe ich nicht gemeint, Andy! Ich meine die Blusen. Alle Frauen tragen die gleiche Bluse, also den gleichen Typ. Blau-weiß gestreifte Sommerblusen!«

Andy Menke fällt es wie Schuppen von den Augen. Tatsächlich war ihm dieses Detail zunächst entgangen. Es hatte sich seinem Unbewussten aber durchaus mitgeteilt, als unterschwellige Irritation.

»Ganz schön krank, würde ich sagen«, hört er Horst Neumann murmeln, der sich mit einem weiteren, unartikulierten Brummen wieder entfernt.

Polizeimeister Menke beginnt die Aufnahmen zu zählen. Am Ende kommt er auf mehrere hundert Fotos der gleichen Machart. Es ist eine skurrile Sammlung, vordergründig harmlos, wenn man vielleicht an erotische Abenteuer denkt, aber im Detail doch beunruhigend. Was für einen Charakter entlarven solche Fotos? Wer ist dieser Mensch, dieser eigentümliche Doktor? Könnte man dessen Wesen ergründen und wäre dies ein Schlüssel zu seinem Tod?

Andy Menke hat einen Einfall: Er arbeitet fieberhaft und gespannt, öffnet schließlich ein Verzeichnis des Smartphones und stößt dort auf längere Zahlenreihen. Einige Klicks später hat er sein Ziel erreicht. Er schlägt sich mit der flachen Hand auf die Stirn. »Oh Mann!«

Sofort wenden sich mehrere seiner Kollegen zu ihm um.

»Dieser Doktor war ein echt kranker Typ! Der hat fast jede Woche, aber immer nur an einem Mittwoch, eine Spritztour gemacht. Dann ist er mit einer Frau, also immer mit einer anderen, in den Heidepark Soltau gefahren. Das liegt in Niedersachsen. Und dort ist er mit ihnen auf dieser Wildwasserbahn gefahren, hat immer an derselben Stelle ein Foto schießen lassen. Und die Frauen hatten immer das Gleiche an: blau-weiß gestreifte Bluse, beiges Halstuch und eine helle Jeans!«

Die Kollegen starren Andy Menke verständnislos an.

»Ich mach erst mal weiter«, verkündet er und vergräbt sich erneut in den Tiefen des Smartphones, das sich nach seiner Vermutung noch als wahrer Fundus menschlicher Rätselhaftigkeit erweisen dürfte.

# Kapitel 17

Fenderling sichtet gemeinsam mit Moor die morgendlichen Protokolle des Kriminaldauerdienstes. Allerdings erweisen sich diese Aufzeichnungen als wenig spektakulär. Jemand vermisst sein Fahrrad, auf einem Campingplatz wurde ein Notebook entwendet. Die üblichen kleinen Taten eben, für die Betroffenen aufregend und ärgerlich, für die Beamten aber die gewohnte Routine.

Während sie die Meldungen durchsehen, klingelt Moors Telefon. Er nimmt ab, lauscht längere Zeit in den Hörer und antwortet schließlich: »Ja, unbedingt!« Dann sieht er Fenderling an und flüstert: »Ein Anruf aus Dänemark, könnte interessant sein!«

Fenderling zieht eine Grimasse. »Dann sage denen mal gleich, dass sie den Fall auch gerne ganz übernehmen dürfen, falls sie sich langweilen.« Er nippt an seiner Kaffeetasse.

Moor wartet noch auf das angekündigte Gespräch und widerspricht: »Nein, das sind nicht die dänischen Kollegen! Es ist ein Dr. Nielssen, Geschäftsführender Gesellschafter der *Nordic Transport Consultancy*.« Dann wendet er die Aufmerksamkeit wieder seinem Telefon zu. »Guten Tag, Dr. Nielssen. Hier spricht Clemens Moor, Kriminalhauptkommissar auf Fehmarn, was kann ich für Sie tun?«, hört Fenderling ihn sehr verbindlich sagen. Dann folgt eine weitere Phase aufmerksamen Schweigens. »Das klingt interessant! In welchem Verhältnis standen Sie denn zu Dr. Hansen?«

Fenderling zuckt bei diesem Namen unwillkürlich zusammen und beobachtet gespannt Moor, der konzentriert den Ausführungen seines Gesprächspartner folgt. »Wie, sagten Sie, heißt dieses Forum?« Moor runzelt die Stirn. »Das bedeutet also, dass Sie Dr. Hansen seit gestern Mittag vermissen. Ja, ich verstehe! Und wann war das Meeting?«

Moor hat eine aufrechte Haltung eingenommen und sich einige Notizen auf einem Stück Papier gemacht.

Er fragt den Gesprächspartner nach seinen persönlichen Daten und notiert dessen Telefonnummer. »Wir werden uns kurz mit den Kollegen in Rødby abstimmen. Falls alles so läuft, wie ich es vermute, kommen wir heute gegen Mittag dort an. Können wir uns bei Ihnen treffen? Es wäre schön, wenn Sie uns dann etwas umfangreicher über das Projekt berichten!«

Moor beendet das Gespräch und kritzelt noch einige Wörter auf sein Papier. »Das war ein Dr. Nielssen. Er war gestern mit einem Geschäftspartner in Puttgarden verabredet. Es erscheint mir ziemlich sicher, dass es sich dabei um besagten Dr. Hansen handelt.«

Fenderling murmelt missmutig: »Nielssen, Hansen, am Ende noch Larssen oder Petersen?«

Moor lässt sich jedoch nicht von seinem Gedanken abbringen. »Man wollte zu einem Meeting fahren, in dem das neue Jahrhundertprojekt vorgestellt werden sollte: die feste Fehmarnbelt-Querung.«

Fenderling pfeift leise durch die Zähne und ist plötzlich hellwach. Die Fehmarnbelt-Querung ist der zweite große Inselaufreger. Nach dem geplanten Ferien-Resort am Oststrand, dem einer der letzten Naturabschnitte zum Opfer fallen sollte, das aber nach mehreren Todesfällen noch immer nicht realisiert werden konnte, richtet sich die Aufmerksamkeit der Inselbewohner aktuell verstärkt auf die »Vogelfluglinie«. Es gibt Planungen der dänischen Nachbarn, die bisherige Fährverbindung in den nächsten gut zehn Jahren durch eine feste Querung zu ersetzen. Dahinter stehen aber wohl handfeste wirtschaftliche Interessen, da ist sich Fenderling absolut sicher. Auf der anderen Seite gibt es Widersacher, zum Beispiel in einer Bürgerinitiative. Und außerdem kommt die feste Querung den Fährbetreibern und den dort tätigen knapp siebenhundert Beschäftigten alles andere als gelegen. Sie müssen mit dem finanziellen Ruin und dem Verlust der Arbeitsplätze rechnen.

»Und dieses Meeting«, fragt Fenderling nach, »das war gestern Abend? Was war denn dort geplant?«

Moor zuckt mit den Schultern. »Das wird er uns hoffentlich heute Nachmittag erläutern, dieser Dr. Nielssen. Wenn ich ihn in der Kürze unseres Telefonats richtig verstanden habe, ist sein Kollege Hansen irgendein Moderator, der im Dialog mit den Bürgern das neue Projekt erläutern und populär machen soll. Mehr weiß ich im Grunde auch noch nicht. Jedenfalls waren die Herren in Puttgarden verabredet, wollten gemeinsam essen gehen, ihr Vorgehen besprechen und später am Abend dieses Treffen besuchen. Dr. Nielssen hat aber umsonst gewartet. Er hat noch die Bediensteten der Reederei befragt, was denn mit der Fähre los sei, aber keine Antwort erhalten. Und als alle von Bord waren und sein Geschäftspartner fehlte, hat er sich zunächst nicht viel dabei gedacht. Erst als er noch nach Stunden nur die Mail-Box erreicht hat und nicht Dr. Hansen, ist ihm die Sache komisch vorgekommen.«

Fenderling überlegt kurz. »Ist Dr. Nielssen denn eigentlich Däne?«

Moor antwortet zögernd: »Davon bin ich jetzt mal ausgegangen, aber sicher bin ich nicht. Ich denke, auch das wird er uns später erzählen.«

Fenderling denkt darüber nach, mit welchen Verwicklungen sie möglicherweise zu rechnen haben, und macht sich ein paar Notizen. »Dann nehme ich am besten mal den Kontakt mit Rødby auf und kläre mit den dänischen Kollegen, wie wir grenzüberschreitend ermitteln wollen. Nicht, dass wir uns da Ärger einhandeln, die sind nämlich ziemlich sensibel! Und wenn es um dieses Fehmarnbelt-Meeting geht, sollten wir auch unsere Vorgesetzten informieren. Die politischen Verwicklungen sind da vorprogrammiert. Ich werde mich darum kümmern.«

Moor nickt ihm freundlich zu. »Mach das, Hubert! Wir können uns ja später bei Mirko im *Café liebevoll* treffen. Der hat da so eine Neuerung, hat er gestern angekündigt. Aber Genaueres weiß ich auch nicht!«

Fenderling verlässt nachdenklich das Büro, das bis vor Kurzem noch seines gewesen ist. Über lange Zeit musste er den früheren Revierleiter vertreten, der aufgrund einer Krankheit dienstunfähig geworden war. Das war aber überhaupt nicht sein Ding gewesen.

Er spürt in seinem Körper eine Spannung, die ihn immer überfällt, wenn er an komplizierte Sachverhalte und Dienstliches denkt. Leider hat man ihn so erzogen: Alle Dinge müssen erledigt werden, alles vom Tisch. ›Was du heute kannst besorgen, das verschiebe nicht auf morgen!‹, hatte sein früh verstorbener Vater doziert. Und so überfällt Fenderling auch heute noch Panik, wenn er seinen Schreibtisch abends nicht leer bekommen hat.

Insgeheim bewundert er Moor dafür, dass dieser Dinge einfach mal liegen lassen kann und ins *Café liebevoll* verschwindet, auch wenn um ihn herum die Ermittlungsarbeit tobt. Aber wenn er ganz ehrlich ist, mischt sich in diese Bewunderung immer auch eine Portion Ärger und Neid. Während er sich nun mit den Kollegen in Rødby herumschlägt und die Lage in Lübeck erörtert, träumt Moor vermutlich entspannt von seiner Greta.

Für diese Gedanken aber könnte sich Fenderling gleich schon wieder hassen. Er weiß schließlich um die drückende Verantwortung, und für die Möglichkeit, sie Moor auf den überladenen Schreibtisch zu kübeln, ist er unendlich dankbar.

Schließlich gibt es aber in seinem Leben noch diese andere Baustelle, mit Eva. Fenderling blickt aus dem Fenster und spürt erneut Unbehagen. Es nimmt irgendwo kurz unterhalb des Nabels seinen Ausgang und durchzieht bisweilen seinen ganzen Bauch. Es Schmerz zu nennen, wäre übertrieben. Leider kennt Fenderling keinen anderen, passenden Begriff. Er hat es immer, wenn er an Eva denkt. Sie erscheint ihm schon lange unzufrieden, mit sich und der Welt. Was hat er sich nicht schon alles ausgedacht, um sie froh zu stimmen! Längere Zeit war sie glücklich, wenn er ihr Blumen brachte, dann wechselte er auf Schuhe. Und schließlich Taschen. Wie viel Taschen hat er Eva im Verlauf der Jahre geschenkt? Ihr Ankleidezimmer ist zugestellt, allein mit Taschen. Und dennoch dauert ihre Freude nie lang. Sie verliert sofort wieder die Lust und verfällt dann in ihr übliches Brüten.

Fenderling betrachtet gedankenverloren den Parkplatz, das Rasenstück vor dem Revier und ein Enten-Pärchen, das gemächlich einem Gebüsch zustrebt. Auch zum Brüten? Wie nah liegen Freude und Leid beieinander? Nur in einem Begriff? Bei Eva und ihm gab es niemals so ein ›Brüten‹. Und mittlerweile haben sie sich darauf eingestellt. »Sie bekommen keine Kinder!«, hat die Ärztin gesagt. Knallhart! Und das sind die Fakten.

Vielleicht ist es ja auch gut so. Wie sollte schließlich ein Kind in sein Leben passen? Die Unruhe und die Unordnung, die Kinder gewöhnlich machen? Fenderling wendet sich mit einem Ruck vom Fenster und von seinen trüben Gedanken ab und greift zum Telefonhörer: ›Was du heute kannst besorgen, das verschiebe nicht auf morgen!‹

# Kapitel 18

Mirko steht in der Eingangstür seines Cafés, mustert die Straße, speziell die vorüberziehenden Touristenströme, und genießt die frühe Vormittagssonne.

Bei einem heißen Milchkaffee im Erker stöbert Moor derweil gedankenverloren in seinem Smartphone herum. In seiner Facebook-App gibt er in der Suchzeile *Michael Hansen* ein und wundert sich über die vielen Einträge. Es scheint in manchen Gegenden Skandinaviens ein ausgesprochen beliebter Name zu sein: Er trifft auf einen dänischen Nationalspieler, der seine Karriere beim *FC Midtjylland* beendete, bewundert die farbenfrohen Angebote einer Malerfirma und eines Fotografen. Schließlich landet er auf der Seite eines Managers, dessen Foto mit etwas Fantasie zum Toten auf der Fähre passen könnte.

Moor versucht sich dessen Antlitz ohne Einschussloch vorzustellen und studiert das Facebook-Profil, das ihm erstaunlich tiefe Einblicke in das Privatleben des Nutzers ermöglicht. Insbesondere die Fotoalben sind frei zugänglich und zeigen einen lebensfrohen Mittvierziger, der anscheinend keine Gelegenheit ausgelassen hat, im Kreise mehr oder weniger zeigefreudiger Damen die Abende ausklingen zu lassen.

Ein Foto zieht Moors Aufmerksamkeit ganz besonders an. Es zeigt einen Michael Hansen in Nahaufnahme, eine junge Frau im Arm, die mit schreckensweiten Augen in die Kamera blickt, den Mund zu einem Schrei geöffnet. Der Mann an ihrer Seite strahlt ein Maß an Ruhe und Gelassenheit aus, das die Panik seiner Begleiterin in absurder Weise konterkariert. Hansens Hand liegt in galanter Selbstverständlichkeit auf der Schulter der jungen Frau und kräuselt leicht den Stoff ihrer blau-weiß gestreiften Bluse.

Moor läuft ein kühler Schauer über den Rücken, als

ihm klar wird, dass seine Suche möglicherweise erfolgreich verlaufen ist: Der lebenslustige Michael Hansen der Facebook-Seite liegt mit hoher Wahrscheinlichkeit in diesem Moment in der Kühlkammer der Pathologie und erwartet seinen letzten großen Auftritt, unter den sachkundigen Händen eines Dr. Tomie.

Moor klickt auf das Freundschaftsverzeichnis und registriert mit Erstaunen, dass Michael Hansen nicht weniger als 420 Kontakte gesammelt hat, zwei Drittel davon junge Frauen.

Das Ganze erscheint im Angesicht der aktuellen Lage reichlich absurd: Während diverse Freunde und Bekannte munter Michael Hansens Bilder kommentieren, Beiträge teilen und sich die Finger wund posten, ist der Adressat all dieser Aufmerksamkeiten offensichtlich schon nicht mehr am Leben. Bis diese Tatsache noch dem letzten Nutzer bewusst würde, könnte theoretisch eine kleine Ewigkeit vergehen. Und Facebook wäre es sogar zuzutrauen, dass irgendein superintelligenter Algorithmus Michael Hansens charmante Uralt-Kommentare hochspült, so dass er als Internet-Mumie noch über Jahre seine Fan-Gemeinde erfreuen könnte.

Irgendwo in den Tiefen des Facebook-Accounts, in den Bildern und der Freundschaftsliste, mag der Schlüssel liegen, der den Fahndern die Antwort auf die zentralen Fragen dieses Falles erschließt. Ist einer der Facebook-Freunde vielleicht der Mörder? Oder vielleicht auch die Mörderin? Liegen die Motive vielleicht in dieser virtuellen Scheinwelt begraben? Galt der Mord eher dem Frauenheld Hansen oder dem Dialog-Manager eines Jahrhundertbauwerks?

Moor ruft auf der Wache an, um Andy Menke stolz seinen Fund mitzuteilen. Sein Kollege reagiert allerdings enttäuschend gefasst. »Ich weiß schon, Clemens, bin gerade dabei, den Facebook-Zugang des Smartphones zu knacken, dann haben wir bald mehr. Ich melde mich!«

Kaum hat er sein Gespräch beendet, erhält Moor einen Anruf. Fenderling ist in der Leitung.

»Hallo, Clemens, ich habe jetzt alles mit Lübeck geklärt. Wir sollen heute Mittag die Kollegen in Rødby aufsuchen und die Zusammenarbeit besprechen. Man lässt uns freie Hand!«

Moor nickt gedankenverloren. Nicht, dass er es nicht schon geahnt hätte. Natürlich lässt man ihnen ›freie Hand‹, was bedeutet ›Macht doch, was ihr wollt. Wenn es aber schiefgeht, habt ihr die Verantwortung!‹ Er bespricht, dass sie sich in einer halben Stunde am Fährhafen treffen, um nach Rødby zu fahren, und ordert einen letzten Milchkaffee. Denn schließlich gilt auch für Moor: ›Was du heute kannst besorgen, das verschiebe nicht auf morgen.‹

## Kapitel 19

Schon von Weitem erkennt Moor die Gestalt seines Freundes und Kollegen, als er den Jaguar auf dem Parkplatz der Reederei *ScanFerries* abstellt. Fenderlings Gestalt kommt ihm heute jedoch verändert vor. Die sonst so stolze, aufrechte Erscheinung ist einer eher widersprüchlichen, im Kern fragenden Haltung gewichen. Fenderling wirkt mit sich und der Welt nicht im Reinen.

Moor schlägt ihm zur Aufmunterung einen Hauch zu burschikos auf die Schulter und folgt ihm dann auf die Gangway und an Bord jener *FS Prinsesse Benedikte*, auf der sie keine vierundzwanzig Stunden zuvor in einer Blitzaktion den Tatort gesichtet hatten.

Nichts verrät in diesem Augenblick etwas von der Tragik des Todesfalls, alles ist längst wieder der alltäglichen Routine gewichen: Riesige Schiffstore verschlingen Unmengen von Fahrzeugen, vornehmlich aus Deutschland und Skandinavien, unvorstellbare Mengen von Alkohol und Zigaretten eingeschlossen. Die Geräuschkulisse verrät eine beiläufige Geschäftigkeit, die keinen Platz kennt für sentimentale Betrachtungen über Vergänglichkeit und Tod.

Vergleichbar knapp, so eben mal wiedererkennend, in einem angedeuteten Nicken, fällt die Begrüßung durch den Steward Broder Brodersen aus. Moor folgt Fenderling auf das Schiff, wo es sie unwillkürlich zurück an den Ort des Grauens zieht. Die Glaskanzel steht verlassen da. Scheiben und Boden wurden offensichtlich einer gründlichen Reinigung unterzogen. Ein Schild verkündet lapidar: *Heute geschlossen!* In einem Anflug von Pietät wollte man wohl niemandem zumuten, hinter jener Glaswand seinem Rauchgenuss zu frönen, an der keine vierundzwanzig Stunden zuvor die Pläne und Hoffnungen eines lebensfrohen Dr. Hansen so unsanft zerschellten. So viel Routine wäre wohl auch zu viel des Guten gewesen.

»Den Raucherraum werden Sie nicht mehr lange hier finden!«

Moor wendet sich um und erkennt Kapitän Bent Olsen wieder, der ihn mit routinierter Freundlichkeit begrüßt. »Wir haben uns entschlossen, dieses unwürdige Schauspiel zu beenden. Die Passagiere erlebten sich ohnehin wie auf eine Präsent-Teller, sagt man nicht so?«

Moor zaubert der Ausdruck ein Schmunzeln auf das Gesicht. »Wie auf einem Präsentier-Teller, pflegte meine Mutter zu sagen, ganz genau!«, lässt er den neugierig dreinblickenden Kapitän wissen. »Wir sind auf dem Weg nach Rødby, um dort die dänischen Kollegen zu treffen. Der Tote hatte irgendwie mit der künftigen Belt-Querung zu tun.«

Er registriert sofort die kleine Veränderung im Gesicht seines Gegenübers. Es ist nur eine Nuance, ein Hauch vielleicht, der die gewohnte Herzlichkeit des Mannes trübt.

»Ach ja, die feste Fehmarnbelt-Querung«, murmelt Olsen in sich hinein. »Ein Jahrhundert-Bauwerk, keine Frage! Aber es wird uns auf den Schiffen viele gute Arbeitsplätze kosten, etwa siebenhundert Stellen, schätzt man. *Euro A/S* heißt die Firma, die uns diese Innovation beschert. Absolute Transparenz und Bürgerbeteiligung haben sie propagiert. Wenn Sie mich fragen: Ich glaube denen kein Wort!«

Aufmerksam verfolgen Fenderling und Moor die Ausführungen des Mannes, der seine Worte für gewöhnlich sicher nicht leichtfertig wählt.

»Peter Lundborg«, fährt Olsen fort, »den habe ich noch gekannt. Er ist der ehemalige Geschäftsführer gewesen. Der wollte alle Planungsunterlagen frühzeitig auf den Tisch legen und die Skeptiker einbinden. Aber dann kam der neue Geschäftsführer und der verhandelt nur noch nach Plan. Ein Monat Planfeststellungsverfahren muss reichen. Allein dieses Wort: Planfeststellungsverfahren! Da habt ihr Deutschen uns was voraus!« Bitterkeit hat Olsen nun erfasst.

»Aber was hat das mit den Arbeitsplätzen zu tun?«

Der Kapitän unterstreicht seine Antwort mit einer wegwerfenden Handbewegung. »Lieber Herr Moor, die haben alles wunderbar kalkuliert, mit ihrem Tunnelprojekt. Aber profitabel wird das niemals werden, wenn man alle Kosten summiert. Und dann haben wir ein wunderbares Bauwerk, aber keine Arbeitsplätze mehr. Sagen Sie selbst: Sie können es sich hier an Bord gemütlich machen, ihre Rød pølse essen und dann entspannt weiterreisen. Warum soll es so nicht bleiben? Eins zumindest hat dieser feine Dialog-Doktor aber unfreiwillig geschafft: Geraucht wird ab sofort nicht mehr. Schluss mit lustig!«

Abrupt wendet sich Kapitän Olsen ab und lässt seine Gesprächspartner ratlos stehen.

»Der kann also auch anders!«, lässt sich Fenderling vernehmen.

Nachdenklich nickt ihm Moor zu. Dann verlassen sie den Tatort Richtung Speisesaal, um einem gefährlich absinkenden Milchkaffee-Pegel abzuhelfen.

Fenderling hat sich, offensichtlich zwecks einer Art Solidaritätsbekundung in Richtung Fähren-Lobby, eine Portion besagter Rød pølse besorgt und beginnt zu resümieren: »Ich war eben noch kurz bei Andy. Der zaubert uns im Minutentakt die merkwürdigsten Details aus Hansens Smartphone. Jeden Mittwoch hat der sich in diesem Heidepark Soltau herumgetrieben. Wenn du mich fragst: Der Kerl war pervers! Das finden wir noch heraus, warum der die ganzen Frauen über die Wildwasserbahn gejagt hat und was er von denen wollte. Die restlichen Tage ist Hansen in Norddeutschland und Dänemark umhergereist, jeden Tag woanders. Andy hat schon eine Karte erstellt und einzelne Fotos aus Facebook zugeordnet. Dann kommen noch die Postings und die SMS und wir sind fast am Ziel. Sagt Andy zumindest. Wenn es nach dem ginge, lösen wir unsere Fälle demnächst am PC auf der Dienststelle.«

»Oder im *Café liebevoll*« erwidert Moor mit einem Seufzer, nachdem er die noch halb volle Tasse etwas unwillig zurück auf sein Tablett befördert hat. »Da gibt es wenigstens einen ordentlichen Milchkaffee!«

Längere Zeit verbringen die beiden schweigend, während sie aus den großzügigen Fensterflächen des Schiffes auf das Meer blicken oder ›stieren‹, wie Greta bei solchen Gelegenheiten zu sagen pflegt. Gemeint ist damit eine Art stillschweigenden Einvernehmens, das sich des Augenblicks enthebt und eine besondere Nähe verkörpert, die nur Menschen kennen, die sich von Herzen zugetan und vertraut sind. Moors Blick streicht über die kräuselnden Lichteffekte des Wassers, erfasst den Horizont, gleitet absichtslos über die Aufbauten des Vorschiffs und erfasst die Szene unscharf, in einem unangestrengten, weichen Gesamtbild. Seine Gedanken sind in eine Art meditative Ziellosigkeit versenkt.

Erst die Lautsprecheransage des Bordpersonals reißt ihn und Fenderling aus ihrem schwerelosen Seelenzustand: »In wenigen Minuten erreichen wir Rødby-Hafen. Bitte begeben Sie sich zügig zu Ihren Fahrzeugen!«

Mit einem Seufzer erhebt sich Moor, um mit Fenderling im Schlepptau dem Deck entgegenzustreben. Langsam gleitet die Fähre in das Hafenbecken. Die Türme einer Siloanlage überragen als Skyline die Industriegebäude und begrüßen die Urlauber und Heimkehrer als Vorposten einer skandinavischen Inselregion, die es so, nach den Befürchtungen von Moor, nicht mehr lange geben wird. Er beobachtet noch einen Augenblick das Einlaufen des Schiffes, den Anblick der wartenden Menschen am Kai, mit ihren neugierigen Gesichtern und ihrer freudigen Erwartung. Dann beendet der unsanfte Stopp der Fähre die Betrachtungen der beiden Männer, die sich mit der trägen Lava der Reisenden zum Ausgang schieben lassen.

Am Anleger warten, lässig an einen Streifenwagen mit dem Schriftzug *Politi* gelehnt, zwei jüngere dänische

Kollegen in Uniform. Moor begrüßt beide, indem er die Reste seines nicht gerade geschmeidigen Schulenglischs zusammenrafft.

»Wir sprechen hier ganz gut Deutsch!«, erwidert der eine Kollege, der sich als Ingmar Paulsen vorstellt. »Wir arbeiten im Revier in Rødby, das den Bereich Sydsjælland und Lolland-Falster versorgt. Dies ist mein Kollege Bo Svensson, wir bringen euch nun direkt zur Wache, dort wartet ein guter Kaffee!«

Die Kombination von unkomplizierter Ihr-Form der Anrede mit der Aussicht auf guten Kaffee nimmt Moor sofort für Ingmar Paulsen ein, der den Kollegen aus Deutschland kurz später allerdings verdeutlicht, dass sprichwörtliche dänische Gemütlichkeit und hitziges Temperament keinen Widerspruch darstellen müssen. Nachdem er mit brüllendem Motor den Sydmotorvejen verlassen und mit hoher Geschwindigkeit die eher verschlafene Innenstadt erreicht hat, bahnt er seinen Gästen mit quietschenden Reifen und mehr als inflationärem Hupen den Weg in die Fruegade, wo er den Streifenwagen schließlich ziemlich abrupt vor dem Haus mit der Nummer sieben zum Stehen bringt.

»Hey, das ware vier Minüde, neue Rekord!«, ruft Bo Svensson mit wahrer Begeisterung. »Siebe Kilometer in vier Minüde, das macht ihm keiner nach!« Zufrieden und mit übertrieben breitbeinigem Gang betreten die dänischen Polizisten das altertümliche Gebäude des Polizeireviers, während sich ihre Gäste erst allmählich von dieser Demonstration jugendlichen Übermuts erholen.

Die beiden Kollegen stellen ihnen Lene Frank vor, Politidirektør des Reviers und im Gegensatz zu ihren jungen Kollegen eine ausgesprochen besonnene Person. Bei einem heißen Milchkaffee im Großraumbüro schildert Moor den bisherigen Ermittlungsstand und vor allem die technologischen Großtaten seines Kollegen Andy Menke, mit denen er bei den dänischen Kollegen erkennbar punktet.

»Nicht schlecht, mit diese Fähigkeiten kann sich euer Andy beim US-Geheimdienst bewerben«, freut sich Svensson und erntet postwendend einen tadelnden Blick seiner Vorgesetzten, die gerade zu einem kleinen Vortrag über grenzüberschreitende Kollegialität ausholt.

Natürlich werde man die deutschen Kollegen in jeder Weise unterstützen, vor allem was die Themen feste Belt-Querung und *Euro A/S* anbetreffe. »Ingmar und Bo stehen euch jederzeit zur Verfügung, dann müssen die Touristen eben mal auf ihre Urlaubsfotos warten.«

Als Fenderling und Moor nicht gleich verstehen, kommt ihnen Ingmar Paulsen zu Hilfe: »Sie meint die Radarkontrollen. Viel was anderes gibt es hier nämlich nicht zu klären. Aber nun gibt es ja endlich mal einen Mord, auf uns könnt ihr euch verlassen!«

Wieder streift ein tadelnder Blick der Politidirektør den jungen Beamten, der seine Begeisterung für die berufliche Herausforderung nicht im mindesten verstecken mag.

»Am besten bringen wir euch nun zu Dr. Nielssen, dem Chef der *Nordic Transport Consultancy*«, schließt Lene Frank ihre Ausführungen ab. »Der wird euch sicher in allen speziellen Fragen ein kompetenter Gesprächspartner sein. Vielleicht tauschen wir uns anschließend noch einmal aus.«

Nach einer freundlichen Verabschiedung nehmen sie erneut im Dienstwagen der jungen Kollegen Platz, die nun eine ganz neue Facette ihres Temperaments-Cocktails offenbaren. Statt die Strecke bis zum Firmensitz der *Nordic Transport Consultancy* wieder in Bestzeit zu bewältigen, trödeln sie mit ihrem Dienst-Volvo in lässiger Manier die Østergade entlang, als hätten sie nichts Besseres zu erledigen, als polizeiliche Präsenz zu demonstrieren. Nachdem sich Fenderling und Moor im Fond des Wagens gerade wieder stirnrunzelnd angeblickt haben, hält der Streifenwagen neben einer jungen Frau im Minirock. Bo wechselt durch das geöffnete Fenster ein paar offensichtlich scherzhafte Sätze, fängt herzhaft an zu lachen und lässt sie sichtlich genervt am Straßenrand zurück. Zu Fenderling und Moor gewandt fasst er zusammen: »Ich habe gesagt: Nächste Mal messe ich deine Gürtel nach, weniger als zehn Zentimeter sind strafbar!«

So also muss man sich in etwa die Dienstauffassung der Kollegen in Rødby vorstellen, irgendwo zwischen Rallye und plumper Anmache. Zumindest aber erscheint Moor diese Art der Fortbewegung deutlich zivilisierter. Und während er seine Blicke noch neugierig über die Auslagen der Geschäfte und die Fassaden streichen lässt, ist auch diese Episode polizeilicher Beschaulichkeit wieder beendet. Mit laut quietschenden Reifen und Blaulicht jagt Ingmar Paulsen den Volvo in Richtung Industrieviertel, wo Fenderling und Moor kurz später den imposant und stilsicher gestalteten Firmensitz der *Nordic Transport Consultancy* erreichen.

# Kapitel 20

Greta ist etwas außer Atem gekommen auf ihrem Weg zur Praxis, die in Fahrradentfernung in der Burger Innenstadt liegt. Sie schiebt das Rad in den Ständer und hängt sich ihre verspielte, quietschrote Umhängetasche über die Schulter. Seit sie ihre Arbeit in der Kur-Klinik beendet und die Praxis des Kollegen Raul von der Felde übernommen hat, schätzt sie die kurzen Wege und die morgendliche Radtour durch die Felder, die nun ihren Arbeitsweg darstellt. Greta schließt die Augen, atmet tief durch, genießt einen Moment die Wärme der mittäglichen Sonne auf ihrem Gesicht, um schließlich in die kleinen Routinen des beruflichen Alltags einzutauchen. Dieser beginnt gewöhnlich damit, dass sie mit ihrer Hand über das Praxisschild fährt und so die Spinnweben entfernt, die ein unbeirrbares Lebewesen in den Tiefen des Mauerwerks täglich neu entstehen lässt.

Der Gedanke, dass Entstehen und Vergehen so ein Gleichgewicht bilden und sie mit ihrer Kontrahentin eine Art künstlerische Schicksalsgemeinschaft bilden könnte, hat es Greta ermöglicht, ihre übertriebenen Ängste vor Spinnen auf ein alltagstaugliches Maß zu begrenzen. Kurz überfliegt sie den Text: *Greta Bartholdi, Diplom-Psychologin, Psychotherapie, Termine nach Vereinbarung.*

Moor hatte sie, die eher pragmatisch Gesinnte, dazu überredet, neben den Namenszug einen kleinen blauroten Leuchtturm auf das Schild zu setzen. Er sah es als verspielten Hinweis darauf, dass Greta ihren Patientinnen und Patienten ein Leuchtturm in widrigen Zeiten sein könnte, ein Orientierung gebender Fixpunkt ihres Alltags oder ihrer Suche nach innerem Verstehen. Greta hatte lange gezögert und sich mehr oder weniger überreden lassen. Und erst nach Wochen hatte sie für sich akzeptiert, dass dieses verspielte Detail auch etwas Verstecktes in ihr selbst repräsentieren könnte. Inzwischen aber sind sie zusammengewachsen: Greta, Logo und unsichtbare Spinne.

Außerdem setzte das Schild so einen überzeugenden Kontrapunkt.

Raul von der Felde, der Vorgänger, war im Zuge dramatischer Verwicklungen ums Leben gekommen. Umso mutiger erschien es Greta, die Praxis zu übernehmen und in ihrem eigenen, individuellen Stil neu zu prägen.

Beim Betreten der Praxisräume atmet sie erneut tief durch. Gerüche und Raumklima sind ihr ein lebhaftes Anliegen. ›Ich kann dich gut riechen‹ dient Greta als anschauliche Metapher dafür, dass Instinkt und Erkenntnis in enger Nachbarschaft existieren. Die Räumlichkeiten der Praxis atmen die Frische und Lebenskraft einer Greta Bartholdi, die sich nicht verbiegen lässt, im innersten Kern aber zart und verletzlich ist. Die prunkvollen Ledersessel des Vorgängers sind einer Komposition aus Weiß und Rosa gewichen, skandinavischen Möbeln aus Holz und Stoff, die den Besuchern feminine Leichtigkeit vermitteln.

Greta bereitet wie immer einen Tee zu, überfliegt ihren altmodischen Lederkalender und öffnet das Wartezimmerfenster, um die abgestandene Luft der Nacht gegen unverbrauchte zu tauschen.

Auf dem Anrufbeantworter findet sich die Ansage einer depressiven Patientin, die sich darüber beklagt, dass Greta ja nie zu erreichen sei, und den anschließenden maschinellen Vermerk: »Anruf, dreiundzwanzig Uhr elf, keine weiteren Anrufe.« Greta seufzt. Luisa Stadler hinterlässt ihr gerne solche vorwurfsvollen Nachrichten. Vom Leben enttäuscht, überträgt sie Hilflosigkeit und Wut wahllos auf Personen ihres Umfeldes, die sie dann als logische Konsequenz tunlichst meiden. Vereinsamung und Kränkung vervollständigen so einen seelischen Sud, den Greta in therapeutischen Grabenkämpfen mühsam sichten hilft.

Mit einem Seufzen setzt sie Luisa Stadler auf ihre Rückrufliste und wendet sich dann gedanklich ihrer ersten

Patientin zu. Vanessa Bohlen ist von gänzlich anderem Kaliber als die Anruferin. Dreiundzwanzig Jahre jung und so gegensätzlich, dass Greta schon mal scherzhaft meinte, sie könne die Sitzungen gleich dreimal berechnen, auf verschiedene Namen, versteht sich. Heute wird Vanessa wohl über ihre neue Arbeitsstelle berichten, nachdem sie ihren Job im Kinderheim von jetzt auf gleich gekündigt hat.

Vanessa betritt in diesem Augenblick tatsächlich die Praxis und wird umgehend von Gretas psychologischem Seismografen erfasst. Größere Erschütterungen scheint es nicht gegeben zu haben. Greta entspannt sich und bittet Vanessa in den Behandlungsraum, wo sie bereits der liebevoll zubereitete Tee erwartet, den die junge Patientin auch gerne mal als »diesen beschissenen Kräuter-Quatsch« tituliert, auf den sie aber niemals verzichten wollte. Ähnlich widersprüchlich gestalten sich die Sitzungen ein ums andere Mal. Umgehend berichtet Vanessa von ihrer neuen Arbeitsstelle im Senioren-Stift *Strandruh*.

Allein dieser Name bringt sie bereits zum Kochen: »*Strandruh*! Das musst du dir mal vorstellen ... *Strandruh*! Wer sich wohl so eine Kacke ausdenkt! Da mumifizieren die Senioren einer neben dem anderen in der brütenden Mittagssonne, brav aufgereiht, und geben Ruh! Kümmert sich doch ohnehin keiner drum, wie es denen geht ...«

Vanessa, der Greta seltsamerweise das scheinbar vertraute ›Du‹ nicht verübelt, geht es dabei nur vordergründig um die Heimbewohner. Eigentlich empört sie sich gerne über alles und jeden, kennt in dieser Hinsicht nur Schwarz oder Weiß. Die Menschen ihres Lebens sind entweder böse und herzlos oder aber einfach genial. Mit dem kleinen Schönheitsfehler, dass sie gerne mal von einer Kategorie in die nächste rutschen, je nach Tagesform und Vanessas Stimmungslage. So hat es sich Greta zu ihrer Aufgabe gemacht, in Vanessas Leben nach den Grautönen zu suchen. Wie die Eskimos zwischen zahllosen Formen von Weiß zu unterscheiden vermögen, sucht

Greta in Vanessas psychologischer Farbenlehre nach den Abstufungen von Grau, die es ihr erlauben könnten, die Menschen in ihren individuellen Stärken und Schwächen zu akzeptieren.

Mittlerweile hat sich Vanessa in ihren kriegerischen Betrachtungen auf Erna Pichler eingeschossen. Die Dreiundachtzigjährige wohnt seit wenigen Wochen im Heim, nachdem sie in ihrer Mietwohnung nicht mehr klargekommen war. »Das musst du dir mal vorstellen«, berichtet Vanessa sichtlich empört. »Da schenkt ihr der Sohn einen Kanarienvogel. Kommt extra Hunderte von Kilometern angereist, um ihr den zu überbringen, weil Erna doch schon immer ihren alten Vogel vermisst, den Rico oder so ähnlich. Der hat sich vor vielen Jahren das Genick gebrochen, als eine Tür zugeschlagen ist. Also denkt sich der Sohn diese Überraschung aus, kauft einen neuen Kanarienvogel, kostet richtigen Schotter, auch noch einen Käfig, und macht sich auf den Weg. Unterwegs hält er das Tier noch stundenlang mit Pfeifen und Quatschen bei Laune, bis er Fehmarn erreicht. Und da übergibt er den neuen Vogel stolz wie Oskar seiner Mutter. Und weißt du, was die dann sagt?«

Vanessa ist die Empörung förmlich ins Gesicht geschrieben, nervös zupft sie dabei an ihrem überdimensionalen Flesh Tunnel herum, einem riesigen Loch im linken Ohrläppchen, das sie seit geraumer Zeit millimeterweise vergrößert. Greta hat keine Idee, wie die Geschichte weitergehen könnte, und nickt Vanessa auffordernd zu.

»›Das ist ein ganz, ganz schlimmes Geschenk‹!« Vanessa knallt sich mit der flachen Hand vor die Stirn und kann die Undankbarkeit der alten Dame nicht fassen. »Das muss man sich mal vorstellen: ›ein ganz, ganz schlimmes Geschenk‹! Als wenn schlimm nicht auch schon reichte. Dafür buckelt der sich nun stundenlang ab!«

Greta überlegt, dass Erna Pichler in diesem Moment wohl verschiedene Mütter und Vanessas Über-Mutter repräsentiert und sucht nach den Grautönen: »Vielleicht fühlt sich die Dame auch überfordert und der Verantwortung nicht gewachsen, so dass sie ihre Freude nicht zeigen kann.«

Diese Bemerkung bringt Vanessa vollends in Rage. »Freude, meinst du? Dann will ich dir mal die Geschichte zu Ende erzählen: Deine überforderte Alte kommt gestern Morgen ins Dienstzimmer geschlurft und jammert da rum, über dieses undankbare Tier. Und als ich schließlich mitkomme und in den Käfig schaue, liegt der arme Kanarienvogel tot in seinem Trinknapf. Ertrunken! Und jetzt kommst du ...!«

Greta schluckt trocken und schweigt. Wieder ist es Vanessa gelungen, ihr bewährtes Schwarz-Weiß-Schema durchzuziehen. Auf der einen Seite der gute Sohn, auf der anderen die undankbare Mörder-Erna. Da bleibt Greta letzten Endes nur ein Trost: Heute Abend kann sie ihrem Clemens auch mal von einem ›ganz, ganz schlimmen‹ Mordfall berichten.

# Kapitel 21

Moor lässt den Blick über das Gebäude der *Nordic Transport Consultancy* wandern und ist beeindruckt. Eine mehr als imposante Kreation aus Stahl, Glas und Sandstein erhebt sich in den stahlblauen Himmel und zeugt von einer selbstbewussten Präsenz, die keinen Zweifel duldet: Hier hat jemand beschlossen, die Welt neu zu erfinden.

»Die haben dafür einen Preis gewonnen«, lässt sich Ingmar Paulsen vernehmen, »wegen der Synthese verschiedener Materialien.«

Moor ist beeindruckt und widmet dem Ensemble noch einen weiteren, umfassenden Blick. Im Verlauf der Stahlträger werden offensichtlich Andeutungen von Wellen und Schiffsmasten aufgegriffen und mit dem Naturmaterial so kombiniert, dass daraus kühne, quasi himmelstürmende, architektonische Aussagen resultieren. Wenn diese Grundidee die *Feste Fehmarnbelt-Querung* repräsentieren sollte, dann wäre die ursprünglich vorgesehene Brückenkonstruktion statt eines Tunnels wohl passender gewesen, überlegt Moor, dem aber auch bewusst ist, dass dieses Gebäude an sich schon als Marketing-Instrument fungiert. Er schiebt Fenderling in die Drehtür und bittet die sichtlich enttäuschten dänischen Kollegen, vor dem Haus ihre Position zu beziehen.

Im Gebäudeinneren setzt sich die architektonische Kühnheit ungebremst fort. Sanft gleitet der gläserne Aufzug in Richtung Penthouse-Etage, wo laut Aussage des schlicht gehaltenen Firmenschildes die *Nordic Transport Consultancy* residiert. Etwas beklommen erinnert sich Moor der gläsernen Raucherkabine auf der *FS Prinsesse Benedikte*. Er assoziiert damit unwillkürlich Zerstörung und Tod. Umso erleichterter verlässt er wenig später den Aufzug, um mit Fenderling im Schlepptau an einen imposanten Counter zu treten, hinter dem sie eine auffällig zierliche Person erwartet.

Mit stumpfen Blicken streift die Empfangsdame die Besucher eine Spur zu oberflächlich, wie Moor es empfindet. Ihre Frage: »Was kann ich für Sie tun?« klingt auswendig gelernt. Immerhin hat ihr kurzer Eindruck wohl irgendwie ausgereicht, die Besucher als Deutsche zu enttarnen.

»Mein Name ist Clemens Moor, Kripo Fehmarn, und dies ist mein Kollege Fenderling. Wir sind mit Dr. Nielssen verabredet.«

Ihr Gegenüber wechselt wie auf Schalterdruck in den Wach-Modus und zaubert ein übertrieben süßliches Lächeln auf das noch junge Gesicht. »Wir haben Sie schon erwartet, bitte nehmen Sie einen Augenblick Platz. Dr. Nielssen steht Ihnen in wenigen Minuten zur Verfügung.«

Tatsächlich haben Moor und Fenderling gerade mal zwei Minuten in der Sitzecke Platz genommen, als auch schon ein jovial lächelnder Herr aus den Tiefen des Penthouses erscheint und ihnen geschäftig entgegeneilt. Genau so hat sich Moor schon immer einen Geschäftsführer vorgestellt: Dunkler Anzug, schwarze Slipper, dezenter Schlips auf blau-weiß gestreiftem Hemd, mit Button-Down-Kragen. Das Hemd erinnert Moor allerdings unangenehm an Dr. Hansens Damenbekanntschaften. Er schüttelt diese lästige Assoziation ab und ergreift die kraftvolle Hand seines Gegenübers, das sich als Dr. Nielssen vorstellt, nebenbei drei Kaffee ordert und die beiden entschlossen in sein Büro schiebt.

»Eine unangenehme Sache, das Ganze«, lässt sich Dr. Nielssen mit sanfter Stimme vernehmen, bietet seinen Besuchern Platz an und legt die etwas überdimensionierten Hände gedankenverloren aneinander. Auf Moor wirkt er so, wie einem Dürer-Bild entsprungen, nur eine Spur zu derb. Solche Hände passen nicht zu dieser einnehmenden, weichen Stimme und weniger zu einem Edelholz-Füllhalter als an einen Betonmischer. Moor schätzt sein

Gegenüber auf Mitte vierzig. Ein eher handfester Typ im sprichwörtlichen Sinne.

»Da könnten Sie recht haben, Dr. Nielssen!«, fällt Moors Antwort etwas sibyllinisch aus. »Am besten erzählen Sie uns kurz von Ihren Beobachtungen, ich mache mir einige Notizen.«

Dr. Nielssen denkt kurz nach. »Ich kenne Michael seit einem halben Jahr. Man ernannte ihn zum Moderator des Bürgerforums, um der Bevölkerung Fehmarns die Vorzüge unseres Projekts zu präsentieren und lokale Supporter zu akquirieren.«

Moor zuckt bei der aufgesetzten Business-Diktion zusammen, ignoriert jedoch geflissentlich das kritische Stirnrunzeln seines Kollegen Fenderling und demonstriert weiterhin gespannte Aufmerksamkeit.

»Michael ist für diese Position eine Idealbesetzung. Er verfügt über juristisches Grundwissen, Business-Erfahrung und einen unwiderstehlichen Charme.«

Unwillkürlich assoziiert Moor wieder einmal kreischende Frauen in blau-weißen Blusen und einen Dr. Hansen, dessen Supporter-Team sich womöglich als ziemlich facettenreich erweist.

Unvermittelt wechselt Nielssens Präsentation in die Vergangenheitsform: »Michael konnte gut mit dem Betriebsrat von *ScanFerries*, unserer primären Problemgruppe. Aber auch die Connection zum gegnerischen Netzwerk *Pro Fehmarnbelt* fiel ziemlich positiv aus.«

Moor notiert sich einige Stichworte und wendet die Aufmerksamkeit erneut seinem Gesprächspartner zu.

»Vorgestern waren wir eigentlich verabredet, aber Dr. Hansen kam nicht.« Moor registriert, dass sein Gegenüber die Hände öffnet und den vertraulichen ›Michael‹ gegen ›Dr. Hansen‹ tauscht. »Ich machte mir zunächst keine Sorgen, ging von einer der üblichen Verspätungen aus. Als Dr. Hansen gestern jedoch nicht zum vereinbarten Meeting erschien, kam mir die Sache mehr als seltsam vor, zumal ich ihn telefonisch nicht erreichen konnte.«

Moor nickt wie bestätigend. »Welches Ziel verfolgte denn dieses Meeting? Hatte Dr. Hansen Feinde? Wie war er überhaupt als Mensch?« Er registriert selbstkritisch, dass er sein Gegenüber mit der Vielzahl seiner Fragen und Themen irritiert. »Bleiben wir vielleicht einfach bei dem Menschen. Wie war Dr. Hansen denn als Typ?«

Sein Gegenüber zögert zunächst mit der Antwort. Seinen Blick vor sich auf den gläsernen Schreibtisch gerichtet, scheint Dr. Nielssen geistesabwesend und unerreichbar. Wie aus großer Ferne greift er jedoch das Thema wieder auf: »Kollege Hansen war im Grunde seines Herzens ein ausgesprochen positiver Mensch, mit viel Humor und Lebensfreude. Er bezeichnete sich als unabhängig, was am Anfang missverstanden wurde. Sicher: Er war Single, soweit ich weiß. Und kein Kind von Traurigkeit, wenn Sie verstehen, was ich meine. Aber eigentlich meinte er das, glaube ich, doch anders. Er bildete sich unabhängig von Einflüssen seine eigene Meinung. Er klebte nicht an Konventionen, überkommenen Moralvorstellungen oder Privilegien. Er führte auch kein Büro. Alles, was er brauchte, hatte er entweder im Kopf oder in seinem Handy gespeichert. Überhaupt war sein Smartphone mehr oder weniger sein Kosmos. Überspitzt gesagt könnte man davon ausgehen, dass er Liebeserklärungen mit Sicherheit im Handy gespeichert hätte. Und es würde mich nicht wundern, wenn sich dort auch sein letzter Wille fände.« Dr. Nielssen errötet bei dieser Bemerkung. Hat er sich da vielleicht zu weit vorgewagt?

»Keine Sorge, da sind wir dran«, ergreift nun Fenderling erstmalig das Wort. »Aber unabhängig klingt so betrachtet ja eher nach bindungslos, oder wie sehen Sie das?«

Der Angesprochene errötet erneut, lässt sich nun aber nicht mehr zu einer unüberlegten Antwort verleiten. »Das sehe ich anders! Herr Hansen war ein aufrechter und loyaler Kollege, über jeden Zweifel erhaben.«

Moor, dem durchaus bewusst ist, dass die Tür zu Dr. Nielssens Offenherzigkeit nun ins Schloss gefallen ist und ein weiteres Abfragen von Hintergrunddetails kaum noch gelingen dürfte, nickt beiläufig vor sich hin und fragt noch einmal routinehalber nach: »Können Sie uns sagen, wo sich Dr. Hansen zu seinen Lebzeiten zuletzt aufgehalten hat? Haben Sie da zuverlässige Informationen?«

Die Antwort seines Gesprächspartners kommt überraschend schnell: »Wie gesagt, der Hansen war halt unabhängig. Über seinen Aufenthalt war er niemandem Rechenschaft schuldig.«

Als sich Fenderling und Moor höflich verabschiedet und einen koketten, wenn auch unverbindlichen, Augenaufschlag der Tresenkraft mit in den Aufzug genommen haben, resümiert Moor halblaut, welche Formen der Anrede ihm für den Toten in Erinnerung geblieben sind: »Michael, Dr. Hansen, Kollege Hansen, der Hansen, als Mensch stets unabhängig, aufrecht und loyal.«

»Bindungsgestört und nicht normal«, ergänzt Fenderling, »Das klang doch alles mehr nach einem Nachruf oder einem Arbeitszeugnis. Lebenslustig! Wenn ich das schon höre. Saufen und Huren, das war sein Programm.«

Während Moor noch darüber nachdenkt, was Dr. Nielssen bewogen haben mochte, all diese verschiedenen Bezeichnung zu wählen und was sein Freund und Kollege Fenderling wohl als normal bezeichnen würde, verlassen die beiden Männer auch schon das Gebäude und treffen auf ein Paar neugierige Kollegen, denen sie im Grunde nicht viel zu bieten haben. Also greift Moor stattdessen zu seiner Geheimwaffe. »Ziemlich besoffen, dieser Nielssen. Darauf müssen wir einen heben.« Und so beschließen die vier Männer den insgesamt mäßig erfolgreichen, aber höchst völkerverbindenden Ausflug in der Østergade, in einem typisch dänischen Pub namens *Lygten*.

# Kapitel 22

Moor und Fenderling erwartet heute noch eine lästige Pflicht im Rechtsmedizinischen Institut. Dr. Tomie wird dort eine seiner berüchtigten Vorlesungen halten, in denen er und seine blutrünstige Aufklärungsarbeit im Mittelpunkt stehen.

Vor der Tür treffen sie auf den Sektionshelfer Olaf Wohlgemuth, der sich gerade ein Zigarillo angesteckt hat und den Rauch genüsslich in den sonnigen Inselhimmel bläst. Die kunstvoll gestalteten Kringel verraten einen Sinn für Ästhetik, den Uneingeweihte niemals in einer Pathologie verorten würden. Wohlgemuth aber verkörpert diesen Anspruch auf eine völlig selbstverständliche Art, als wolle er damit dem Grauen und der Niedertracht, die sich in Form toter Körper ein ums andere Mal in das Bewusstsein der hier tätigen Menschen schieben, ein Gegengewicht bieten und einen Rest an Würde abtrotzen.

Sie betreten alle gemeinsam das Gebäude. Die Geräusche der Schritte, so behutsam sie sich auch bewegen, brechen sich und entfalten einen gespenstischen Widerhall. Der beißende Geruch des Formaldehyds reizt ihre Nasenschleimhäute. Ihre Blicke gleiten haltlos über die weißen Kacheln und die stählernen Schränke. Moor fragt sich immer wieder, wie medizinische Sterilität und Zersetzung eine so grauenhafte Liaison einzugehen vermögen, dass sie einem den Atem raubt und die Instinkte verstellt. Eigentlich möchte er das Weite suchen und sich mit einem Bericht begnügen, statt dem Pathologen zu huldigen, der in dieser Welt der Morbidität und Entwürdigung das medizinische Zepter schwingt. Aber die Rechtsmedizin fordert eben ihren Tribut.

Nach diversen Kurven und Wendungen, Türen und Treppen haben sie den Seziersaal erreicht. Sie nehmen ihre Positionen ein, Olaf Wohlgemuth an der Kopfseite, zumindest darf man diese anhand der sich abzeichnenden Konturen unter dem Leichentuch dort vermuten. Hier liegen auch die Instrumente, aufgereiht wie aus einem Kabinett der Grausamkeiten: Sägen, Bohrer, Zangen, Sonden, Pinzetten. Moor wird übel und er lenkt sich ab, indem er auf seine Schuhspitzen blickt. Es sind seine Lieblingsschuhe: rotes, glänzendes Leder, fein abgesetzte Nähte, alles auf Hochglanz poliert. Wie könnte ein Gegensatz absurder ausfallen als dieses lebendige, feurige Rot im Reich des Todes? Aus den Augenwinkeln betrachtet Moor die Begleiter, die jedoch seine Perspektive kaum teilen dürften. Fenderling blickt auf seine eigenen fußfreundlichen Birkenstock-Sandalen, die auch nicht stilsicher erscheinen. Lediglich Olaf Wohlgemuth fügt sich widerspruchsfrei in das Szenario mit seinen weißen Gummi-Überschuhen, auf denen vereinzelte Blutspritzer eine beinahe künstlerische Patina bilden. Nachdem Moors Blick weiterwandert, bleibt er schließlich auf edlen schwarzen Slippern hängen, geht die beigen Hosenbeine entlang aufwärts, streift einen blütenweißen Kittel und erreicht die glatten, feisten Konturen eines selbstgefällig grinsenden Dr. Tomie.

Moor zuckt unwillkürlich zusammen, als ein lautes »Hallo!« des Pathologen verkündet, dass man ihm nun die gebührliche Aufmerksamkeit zu zollen habe. Der Mediziner lüftet das Tuch und zögert einen Augenblick, dann beginnt er, die Geheimnisse der vor ihnen liegenden Leiche Schritt für Schritt zu lüften. Die Worte erreichen Moor nur sukzessive. Es sind mehr die Schlüsselreize, während der träge Brei des medizinischen Fachvortrags an ihm abtropft.

Die Exploration des Schädels hat sich Dr. Tomie natürlich für den Schlussteil aufgespart. Moor zuckt zusammen. Ein Schmerz bahnt sich in seinem eigenen Schädel den Weg von der Stirn bis in die Nasenwurzel, als Dr. Tomie eine schmale stählerne Sonde in den Einschusskrater schiebt. Dort sinkt sie tief ein, um etliche Zentimeter, die den mit Koageln gefüllten Schusskanal formen. Nun ist Moors Aufmerksamkeit unweigerlich gefordert. Konzentriert verfolgt er den Vortrag des Pathologen, der einen aufgesetzten Schuss demonstriert, die Stanzmarke der Laufstirn auf der Haut erwähnt, die hässliche Platzwunde und die klassische Schmauchhöhle.

Dann ergreift Dr. Tomie eine Nierenschale und setzt sie mit einem blechernen Geräusch dicht neben dem Schädel des Toten auf der Stahlplatte ab. »Hier haben wir also das Projektil, meine Herren! Es handelt sich um ein in unseren Breiten eher seltenes Exemplar, die Makarow Neunkommazwo mal achtzehn Millimeter, eine speziell für die Pistole Makarow entwickelte Patrone. Es handelt sich dabei, wie Sie vielleicht wissen, um eine Selbstladepistole aus der Sowjetunion, die bis in die neunziger Jahre standardmäßig zum Einsatz kam und noch heute in der Armee verbreitet ist. Eine sehr zuverlässige und – zumindest bei der Nähe im vorliegenden Fall – ausreichend treffsichere Waffe. Es gibt auch eine Variante mit einem eingebauten Schalldämpfer, sie wird gerne als PB – das steht für pistolet bes'schumnyj, die lautlose Pistole – bezeichnet.«

Es tritt ein kurzer Moment der Ruhe ein, dann beginnen sich die unter der Flut der Informationen erstarrten Körper der Zuhörer langsam wieder zu lösen. »Der Bericht ist übrigens schon diktiert, er geht Ihnen die Tage zu«, schließt der Mediziner den offiziellen Teil ab.

Moor bedankt sich höflich und strebt zügigen Schrittes dem Ausgang zu, einen schnaufenden Fenderling im Schlepptau.

»Ein Ort des Grauens!«, entfährt es Moor, als sie das Gebäude verlassen und noch kurz in der wärmenden Sonne stehen.

»Nur gut, dass ich keine Zigaretten dabei habe, ich würde sofort wieder mit dem Rauchen anfangen«, bemerkt Fenderling.

Nach einigen Minuten des Schweigens räuspert sich Moor und nickt Fenderling zu, der ihm die wenigen Schritte zum Dienstwagen folgt und schwer auf den Beifahrersitz fällt. Moor ist erschöpft, als habe er in der vergangenen Stunde Schwerstarbeit verrichtet. Schweigend biegen sie mit ihrem Wagen auf die Hauptstraße ein, die an diesem sonnigen Nachmittag eigentümlich unbelebt wirkt, und bahnen sich ihren Weg zurück ins Revier.

## Kapitel 23

Auf der Dienststelle haben sich die Beamten rund um den selbsternannten Technikspezialisten Andy Menke aufgebaut. Von ihm erwartet man offensichtlich die Antwort auf alle Fragen. Moor betrachtet diese Inszenierung mit gewisser Skepsis, weil er in der Tiefe seines Kriminalistenherzens davon überzeugt bleibt, dass solides Handwerk und ein Schuss freigeistige Genialität die Zutaten bilden, aus denen die polizeiliche Aufklärungsarbeit ihren Hauptnutzen zieht. Und natürlich geht Moor davon aus, dass er selbst es ist, der diese Eigenschaften in nahezu perfekter Form repräsentiert. Daran gemessen bildet das technikverliebte Herumstochern in Datenspeichern, so spannend es Moor in diesem Augenblick auch erscheint, eher die Kulisse für den genialen Streich, mit dem er den vor ihnen liegenden Fall mal eben bei einem heißen Milchkaffee oder einem kurzen *Küstennebel* zu lösen hofft.

»Na, Andy, dann pack mal aus. Haben wir den Fall schon gelöst?«, spricht er den jungen Kollegen an, dem die freundliche Ironie nicht verborgen bleibt.

Und natürlich legt sich Handy-Andy, wie ihn die Kollegen mit Spott und Neid hinter vorgehaltener Hand titulieren, angesichts der allgemeinen Technikskepsis umso mehr ins Geschirr. Mit triumphierendem Blick wirft er einen Beamer an, der im Stand-by-Modus auf den Auftritt gewartet hat und nun leise vor sich hin säuselt, während Andy mit großer Pose zu dozieren beginnt.

»So einen Datenspeicher müsst ihr euch als eine Art Mikrokosmos vorstellen, aus dem der Kundige eine Unzahl von Informationen zieht, die sich ein Laie überhaupt nicht vorzustellen vermag«, beginnt er seinen Vortrag. Dann folgt eine effektvolle Pause, die Horst Neumann ungewollt dadurch stört, dass ihm die blaue Brotdose neben den Schreibtisch fällt. Andy lässt sich dadurch aber nicht aus dem Konzept bringen. Er erhebt sich nun zu voller Größe, um seine frisch erstellte, farbenfrohe Powerpoint-Präsentation zu starten. Diese zeitgemäße Form der Darstellung hat er auf der Polizeischule erlernt.

»Da haben wir zunächst den Adressspeicher. Er bietet uns nicht allein Einblicke in die üblichen Telefonkontakte, wie sie uns bislang bei simplen Mobiltelefonen begegnen, sondern erschließt ein ganzes Netz von Kommunikationsdaten, die von sozialen Netzwerken über Foto-Strecken bis hin zu genauesten GPS-Daten reicht. Das moderne Smartphone verfügt also über die Fähigkeit, beispielsweise in Facebook gepostete Beiträge, sagen wir mal Fotos vom letzten Urlaub, per Gesichtserkennung mit den darauf abgebildeten Personen zu verknüpfen, deren Daten zu integrieren und ein Bewegungsbild abzurufen, aus dem ich erfahre, wer wann und mit wem an welchem Ort der Erde zusammengetroffen ist! Und diese geniale Technologie habe ich im vorliegenden Fall für einige Szenarien genutzt, die uns das Leben von Michael Hansen wie einen Bauplan vor Augen halten.«

Die sich anschließende Kunstpause wird erneut gestört, indem Horst Neumann gedankenverloren mit seinem Bronze-Buddha spielt, dessen simpler Bauplan in diesem Moment Stepptanz auf dem Schreibtisch vorsieht.

Aber Handy-Andy ist nicht so einfach zu stoppen: »Wie wir bereits wissen, hatte unser Michael Hansen die mehr als eigentümliche Gewohnheit, an diversen Mittwochnachmittagen im Heidepark Soltau blau-weiß gestreifte Damen zu erschrecken. Diese habe ich hier mal blau markiert.« Andy tippt kurz auf einen blauen Kreis und zaubert effektvolle Denkerfalten auf seine ansonsten noch makellos glatte Stirn. »Was sagt uns das über unseren Doktor?«

Alle blicken äußerst gespannt ihren jungen Kollegen an, als liefere er die Antwort auf alle Fragen. Diese kollektive Heilserwartung, von Andy Menke selbstbewusst inszeniert, gerät ihm nun zur eigenen Irritation. Für einen Moment wandert sein Blick orientierungslos über die farbenfrohe Powerpoint-Welt und sucht nach dem roten Faden.

»Bleibt also der Rest der Woche«, hilft ihm Moor wieder in die Spur.

Dankbar übernimmt Andy diese Vorlage und versenkt den imaginären Ball postwendend im gegnerischen Korb. »So ist es! Unser Doktor hatte eine ganze Reihe fester Gewohnheiten, die ich hier mal aufgelistet habe. Besonders interessant erscheinen mir folgende Punkte: Montag ist eine Art Ruhetag, da hat er keinerlei Aktivitäten, wenn man von Wellness-Angeboten und dem gelegentlichen Besuch eines Fitness-Centers einmal absieht. Jeden Dienstag hatte Hansen einen intensiven Mail-Tag. Da hat er in diversen Chats gebaggert, was das Zeug hält. Aber dazu kommen wir später.«

Andy hat nun seinen Laser-Pointer aus der Tasche gezogen und umkreist mit dessen rotem Strahl eine Kategorie namens ›Flirt-Mails‹. »Über den Mittwoch hatten wir bereits gesprochen. Am Donnerstag stand ›Meeting‹ auf dem Plan. Er bildete mit dem Freitag den beruflichen Block. Hier war stets ein Besuch bei *Euro A/S*, seinem Arbeitgeber, vermerkt. Und nun das Wochenende: Jeden Samstag nutzte unser Doktor für pikante Club-Besuche, irgendwo im Norden, am liebsten in Schleswig-Holstein. Hier haben wir zum Beispiel Westermarkelsdorf.«

Andy wechselt die Folie und lässt den gebündelten Strahl des Pointers effektvoll über das üppige Dekolleté einer unvermittelt auftauchenden, knapp bekleideten Schönheit kreisen, unter deren Bild weitere technische Details vermerkt sind. Sie charakterisieren die Zwanzigjährige 165-cm-Schönheit als ›Club Girl‹ und ›Sexy Luder‹ mit solchen Spezialitäten wie ›Bürobesuche‹, ›Fesselspiele‹ oder ›SM‹.

Neumann klopft bei diesem Anblick unwillkürlich lauter

mit seinem Bronze-Buddha, was die allgemeine Aufmerksamkeit automatisch auf seinen Schreibtisch lenkt.

»So so: Bürobesuche«, murmelt Fenderling und kann sich ein anzügliches Grinsen nicht verkneifen.

Als das anschließende Gelächter verklungen ist, fragt Fenderling nach: »Und was ist mit dem Sonntag? Gab es da vielleicht Kirchenbesuche?«

Andy Menke nickt. »Nicht ganz, aber schon nahe dran. Jeden Sonntag besuchte er das Seniorenheim *Strandruh*. Das liegt in Burgstaaken und hat eine düstere Geschichte. Dort hat möglicherweise die Witwe des stellvertretenden Reichs-Protektors von Böhmen und Mähren residiert. Da sollen in den dreißiger Jahren auch gewisse Herren den kinderlosen Nazi-Gattinnen zu artgerechtem Nachwuchs verholfen haben, so sagt man. Aber ob das stimmt?« Andy hat sich offensichtlich im Gewirr seiner Google-Recherche etwas vergaloppiert und wirkt erneut desorientiert.

»Nun, die heutige *Strandruh* wird ja wohl mit all dem nichts zu tun haben«, hakt Moor ein. »Oder hast du andere Informationen?«

Andy Menke schüttelt den Kopf und lässt die nächste Folie einschweben, auf der eine recht attraktive Blondine erscheint. »Hier sehen wir den Grund seiner Besuche: Andrea Walther. Sie ist fünfundvierzig und ledig, die Leiterin des Heimes. Von ihr gibt es im Handy noch einige nette Bildchen, die ich uns aber ersparen möchte. Sie lassen die Beziehung zu Dr. Hansen in einem pikanten Licht erscheinen. Sagen wir mal so: Das war eine handfeste Affäre!«

An dieser Stelle unterbricht Moor den Vortrag seines jungen Kollegen. »Lieber Andy, du hast dir große Mühe gemacht und uns erstklassig informiert, dafür erst mal meinen herzlichen Dank. Ich nehme an, dass du mir noch einen ausführlichen Bericht vorlegen wirst. Ich schlage vor, dass wir uns auf zwei Bereiche konzentrieren: diesen dubiosen Club in Westermarkelsdorf und das Seniorenheim *Strandruh*. Wer will im Club ermitteln?« Augenblicklich erheben sich sechs Männerarme und signalisieren lebhaftes Interesse. »Ist gut, habe ich notiert, ihr besucht mit mir die *Strandruh*. Und die anderen, unter Führung des Kollegen Horst, kümmern sich um die leichten Damen!«

Unter Raunen und Lachen verlassen die Beamten das Besprechungszimmer und lassen Moor mit Fenderling allein.

»Eva hat ja auch so ein schickes Smartphone«, lässt Fenderling seinen Freund Clemens nun wissen.

Der runzelt die Stirn und wirkt, als sei er in Gedanken, bevor er erwidert: »Manchmal ist es besser, ein schlichtes Leben zu führen. Heute Abend eröffnen wir die Campingsaison auf unserem Platz. Habt ihr Lust auf eine gemütliche Fortsetzung des Umtrunks in der ersten Reihe?«

Fenderling ist erfreut. In der letzten Saison haben sie gemeinsam so manches Glas Rotwein auf dem Campingplatz leeren und ihren ersten Mordfall erfolgreich lösen können. Er würde Greta und Clemens gern wieder dort besuchen. Und Eva käme so auch mal auf andere Gedanken.

Die Männer planen noch den Ablauf des Nachmittags, vor allem den Besuch im Seniorenheim, um sich dann erst mal zu verabschieden.

## Kapitel 24

Das Gebäude des Seniorenheims *Strandruh* wirft unter der tiefstehenden Sonne lange Schatten, die sich wie die Finger einer überdimensionalen Hand über den Sand hinweg erstrecken. Sie bemächtigen sich der spärlichen Strandvegetation, verflüchtigen sich in der Unschärfe ihrer Ausläufer und verlieren sich letztlich im kühlen Blau des Wassers. ›Wenn die Sonne der Kultur tief steht, werfen auch Zwerge lange Schatten‹, so heißt es in dem vielzitierten Bonmot, das Moor erinnert, als er in Begleitung seiner Kollegen auf den Strand hinausblickt. Ob es Erich Kästner zuzuschreiben ist oder wem auch immer: Darin stecken tiefe Wahrheit und Verbitterung.

Wahrheit und Verbitterung? Sind das die Zutaten, die es braucht, um an diesem Ort des Alterns und Vergehens zu überleben? Unwillkürlich fällt Moors Blick auf eine gekrümmte Gestalt, die sich im Zeitlupentempo aus dem Schattenspiel löst und sich um einen Pavillon herum in Richtung des Hauptgebäudes orientiert. Die Bewegungen des Menschen erscheinen wie ein Kampf, eine jede der Schwerkraft des Körpers und des Geistes abgetrotzt, der resignativen Trägheit des alternden Leibes entrungen, eine verzweifelte Geste des Überlebens in widrigen Zeiten. Wer hier ›ruht‹, hat den Willen zum Leben bereits verschenkt. Warum also heißt dieser Ort *Strandruh*? Warum nicht *Lebenskampf* oder *Strandwut*?

Die Gestalt hat eine Stufe erklommen und aufgeblickt. In diesem Moment erst scheint sie Moor und seine Männer zu entdecken, von denen einige in ihren Uniformen als Polizisten erkennbar sind. In zeitlupenartiger Langsamkeit hebt die Person ihren rechten Arm und führt den Zeigefinger in Richtung Stirn, als gelte es einen militärischen Gruß zu leisten. Soll diese Geste anerkennend gemeint sein oder höhnisch? Oder ist sie ein Reflex? Ein Irrtum in Ort, Person und Zeit?

Moor gibt sich einen Ruck, seinen Männern ein Zeichen und schreitet entschlossen dem Haus entgegen, wo er etwa zeitgleich mit der beobachteten Gestalt eintrifft. Er ist überrascht, als er in seinem Gegenüber eine Frau erkennt, die ihm bereits begegnet ist: Erna Pichler, die ihn umgekehrt jedoch nicht zu erkennen scheint.

»Guten Tag, Frau Pichler! Wir kennen uns doch vom Schiff, da haben Sie mir gestern von der Maren Tiedemann erzählt und den Schweden.«

Während die ältere Dame auf das Thema ›Schiff‹ völlig verständnislos reagiert, abweisend und misstrauisch, klart ihr Blick unverzüglich auf, als Moor den Namen ›Tiedemann‹ erwähnt. Ein angedeutetes Lächeln umspielt ihren von fein ziselierten Falten gesäumten Mund und ist im nächsten Moment schon wieder dem Ausdruck entschiedenen und unbeugsamen Trotzes gewichen.

Wortlos erklimmt Erna Pichler die nächste Stufe des Aufgangs, die letzte. Ihr ausgestreckter Arm kämpft noch um Halt, Moors hilfreiche Hand schüttelt sie jedoch mit einer unwirschen Wendung ab. Dann ist sie plötzlich verschwunden. Das alles geschieht wortlos und macht wortlos.

Moor betritt die Eingangshalle und zwingt sich zu einem lauten »Guten Tag«. Kurz darauf kommt irgendwo aus der Tiefe des altmodischen Gebäudes eine Erwiderung, die den imaginären Nebel von Alter, Verbitterung und Resignation durchtrennt. Es ist die Jugendlichkeit der Stimme, die Moor und seine Begleiter tiefer durchatmen lässt.

So gespenstisch düster die Szene eben noch wirkte, so freundlich und offen erscheint die junge Frau, die nun vor ihnen steht und sie mit offensichtlicher Neugier studiert. Als sie den fragenden Gesichtsausdruck ihres Gegenübers bemerkt, fügt sie schnörkellos an: »Ich bin die Vanessa. Vanessa Bohlen!« Und ergänzt nach einer sorgsam einstudierten Pause: »Wie der Bohlen, Sie wissen schon! Aber nicht verwandt, leider.«

»Macht nichts«, entfährt es Moor, der nun seinerseits die Runde komplett macht, indem er sich und seine Kollegen namentlich vorstellt. »Wir kommen wegen eines Todesfalles, Frau Bohlen. Wer ist denn bei Ihnen offiziell zuständig?«

Vanessa Bohlen verzieht ihre etwas zu grell geschminkten roten Lippen zu einem flüchtigen Schmollmund und korrigiert: »Vanessa!« Dann deutet sie in Richtung des Flures. »Ich bin hier nur die neue Küchenhilfe, da müssen Sie meine Chefin fragen. Sie sind hier durch den Nebeneingang gekommen, darf ich Sie um ein paar Ecken begleiten? Hier geht es zum Empfang.«

Mit einer geschmeidigen Bewegung wendet sich Vanessa Bohlen um und hüpft leicht wie eine Feder einige Stufen empor. Der Gegensatz zum gelebten Kampf einer Erna Pichler könnte nicht krasser ausfallen. Es ist irgendwie regelrecht gemein. Moor stellt sich insgeheim vor, er säße hier fest, in der gichtigen Mumifizierung seines greisen Alltags auf einen Stock gestützt und von der Gestalt der federleichten Küchenhilfe ein ums andere Mal vorgeführt und beschämt: »Sieh her, wie es geht, komm schon!«

Während er Vanessa zu folgen versucht, hat Moor noch nicht den älteren Herrn bemerkt, der hinter der nächsten Kurve in einem bequemen Sessel Platz genommen hat und die *Zeit* studiert. Dann aber fällt sein Blick doch auf Franz Kolberg, den er als den ehemaligen Richter vom Vortag wiedererkennt, unter anderem an seinem auffälligen Siegelring.

Auch in den feinen, angenehmen Zügen des älteren Mannes erscheint eine Anmutung vom Erkennen. Franz Kolberg lässt die *Zeit* etwas sinken und grüßt mit einem freundlichen Lächeln. »Da haben wir heute ja einen richtigen Clou, hier wird was geboten. Erst das junge Mädel, für uns Alte, und jetzt auch noch ein Männerchor.«

Es bleibt offen, ob der Männerchor ein Scherz sein sollte oder aber Franz Kolberg die Situation verkennt, wie Moor in diesem Moment vermutet. Er tritt aus einem Bedürfnis nach Höflichkeit und Form an ihn heran und nötigt den alten Herrn damit ungewollt, sich seinerseits aus den Tiefen der Polster zu erheben. Das gelingt Kolberg jedoch erstaunlich mühelos.

Ehrlich erfreut schüttelt er Moor nun die Hand, ohne sich jedoch nach dem Grund seines Auftauchens zu erkundigen, scheinbar spielt der auch keine Rolle. »Der Obama will sein Lager noch immer nicht schließen, stellen Sie sich das vor. Es ist ein Riesen-Skandal! Schließlich bin ich Richter…« Franz Kolberg deutet auf seine Zeitung und ein Bild des amerikanischen Präsidenten. Er ist sichtlich empört.

Moor beschleicht Unbehagen angesichts der Zeitung, die so veraltet ist wie der Rest des Inventars. Gibt es hier nicht einmal aktuellen Lesestoff? Oder liest der ältere Herr immer wieder diese eine Zeitung, weil sie ihm vertraut ist und der Inhalt bekannt? Er beschließt, die Heimleitung danach zu fragen, verabschiedet sich von seinem Gegenüber, das bereits wieder Platz genommen und sich in seine Zeitung vertieft hat, und denkt im Weitergehen kurz darüber nach, wie relativ die Zeit ist.

Am Empfangstresen erwarten Moor bereits seine Kollegen, Vanessa Bohlen und eine ihm unbekannte Frau, die er auf Mitte vierzig schätzt. Das also dürfte Andrea Walther sein, überlegt Moor, der die Frau von Andy Menkes Präsentation kaum wiedererkannt hätte. Im Moment wirkt die Leiterin der *Strandruh* weniger attraktiv als vielmehr irritiert und beunruhigt.

»Was kann ich für Sie tun? Ich hatte nicht mit Ihnen gerechnet.«

Moor nickt. »Wir ermitteln in einem Todesfall. Vermutlich wird Ihre Mitarbeiterin Sie informiert haben oder Sie wissen es auch von Ihren …« Kurz sucht Moor nach dem korrekten Ausdruck.

»Bewohnerinnen und Bewohnern«, ergänzt die Heimleiterin. »Ja, man hat mich informiert!«

Als sie nicht den Anflug einer Gefühlsregung erkennen lässt, greift Moor das Thema wieder auf. »Können wir vielleicht in Ihr Büro gehen? Ich möchte die Sache ungern hier erörtern. Ich gehe davon aus, dass meine Kollegen sich etwas umsehen dürfen, während wir die Details besprechen.«

Es ist Andrea Walther anzusehen, dass sie einiges gegen das polizeiliche Umsehen einzuwenden hätte, aber keine Komplikationen wünscht. »Wenn Sie mir bitte folgen wollen«, fordert sie stattdessen Moor auf und betritt einen Büroraum, der offensichtlich als Multi-Funktions-Bereich dient: Fotokopierer, PC-Schrank, diverse Technik führen eine friedliche Koexistenz mit Alpenveilchen, Miniaturschreibtisch und zwei Cocktailsesseln.

»Es ist hier etwas sehr beengt«, lässt Andrea Walther ihren Besucher wissen, als sie dessen Irritation bemerkt. »Wir wollen im Herbst anbauen. Die Planungen sind abgeschlossen, wir benötigen bloß noch das behördliche Okay.«

Während Moor es sich in einem der Sessel bequem macht, nimmt die Heimleiterin in aufrechter Position am Schreibtisch Platz. Die Frau wirkt auf ihn hellwach und angespannt. »Nun, Frau Walther, es ist eine unangenehme Sache, entschuldigen Sie bitte unseren Überfall!«

Sie gibt in nichts zu erkennen, ob sie sein Bedauern teilt.

»Dieser Tote auf der Fähre, ein Dr. Hansen, ist Ihnen ja sicher bekannt.«

Hatte Moor eine Regung vermutet, eine angedeutete vielleicht, so ist er nun von der plötzlichen Wendung der Dinge völlig überrascht. Der eben noch maskenhaft gespannte Gesichtsausdruck seiner Gesprächspartnerin beginnt ihr völlig zu entgleiten und das mühsam gewahrte Kartenhaus kühler Professionalität stürzt ein wie unter einem Tsunami. Andrea Walther beginnt hemmungslos zu schluchzen, lässt ihren Tränen freien Lauf.

»Michael und ich, wir sind verlobt«, bricht es aus ihr heraus, »wir wollten heiraten.« Moor wartet einen Moment und erfährt schließlich unaufgefordert weitere Details. »Es war noch nicht offiziell, aber im Frühjahr sollte es eigentlich passieren, nach dem Abschluss des Umbaus. Michael zog es nach Fehmarn, seine Familie stammte aus Burg. Und wir wollten das Versteckspiel auch endlich beenden!«

»Wie lange waren Sie denn eigentlich zusammen?«

Andrea Walther wischt sich mit einem Taschentuch über die Augen und denkt kurz nach. »Im nächsten Monat wäre es ein Jahr!«

Sie öffnet eine Schublade, aus der sie einen silbernen Rahmen zieht, um Moor schließlich etwas zögernd das Bild zu reichen. Darauf erkennt er Michael Hansen, aufrecht stehend an einen Stuhl gelehnt, und auf diesem sitzend direkt vor ihm Frau Walther. Auf der Abbildung sehr attraktiv, mit einem strahlenden Lachen, in engen hellen Jeans, klassischen Pumps, beigem Halstuch und eng geschnittener Bluse.

»Weiß-blau«, entfährt es Moor entgeistert.

»Wie bitte?«, fragt ihn die Heimleiterin irritiert.

»Ach nichts, ich meine nur, ein schönes Foto. Es war nur wegen der Kleidung, wegen der festlichen Bluse.«

Auf Andrea Walthers Gesicht erscheint ein flüchtiges Lächeln. »Ach, die gestreifte Bluse. Es war so eine Vorliebe, eigentlich fing alles damit an. Das mag jetzt vielleicht verrückt klingen, aber er schenkte mir eine Bluse aus England, von John Crocket, blau-weiß. Und er meinte, dass sie mir einzigartig stünde, die perfekte Bluse für eine perfekte Frau. Das hat mir sehr geschmeichelt und mich glücklich gemacht. Inzwischen habe ich eine ganze Sammlung, sie stehen mir so gut!«

Moor weiß nicht so recht, wohin er blicken soll. Langsam reicht er Andrea Walther das Bild zurück. »Was können Sie weiter über Ihren Verlobten sagen? Wie war er denn als Mensch?«

Sie überlegt kurz und beginnt dann zu erzählen. »Er sprach kaum über Persönliches, auch nicht von der Arbeit. Aber er war sehr aufmerksam. Niemals vergaß er einen Termin. Und er bestand auf Regeln, die forderte er ein. Wenn wir etwas geplant hatten, so zog er das durch. Und Veränderungen mochte er überhaupt nicht, dann verlor er auch schon mal seine Geduld!«

Sie verstaut den Silberrahmen hastig wieder in ihrem Schreibtisch und fährt fort: »Wir trafen uns sonntags, und immer um neun. Ich meinte zu ihm, dass es unter der Woche oft besser klappe, wegen des Schichtdienstes und dem knappen Personal. Aber da kannte er keine Ausnahme. Das fand ich ja auch gut. Nach so einem verlässlichen Partner hatte ich mich immer gesehnt. Aber er war schon besonders, ich meine speziell und häufig auch übertrieben. Also, lassen Sie es mich so sagen: Manchmal begann ich mich zu fragen, um wen es denn eigentlich geht. Er konnte meine Gefühle nicht immer teilen. Schon, dass er sie verstand, aber das letzte bisschen richtiges Verstehen, das fehlte dann doch. Ich versuchte es ihm oft zu erklären! Und er war sehr bemüht.«

»Wenn ich Sie so höre, dann gab es wohl das eine oder andere Rätsel?«, versichert sich Moor, erhält aber nicht sofort Antwort.

Nach einigem Zögern beginnt Andrea Walther aber doch zu sprechen. »Wer hat das bloß gemacht? Wie konnte das kommen? Ich grübele immerzu nach. Und was das Schlimmste ist: Ich habe nicht die geringste Idee! Im Grunde weiß ich wenig von seinem Leben, ich meine so außerhalb dessen, was ich unmittelbar kenne. Ich habe noch nicht einmal Menschen, um meine Verzweiflung zu teilen, kenne weder seine Familie noch weiß ich, wo er wohnt. Und das nach beinahe einem Jahr! Aber dieses Gefühl ist ganz frisch. Er war ja sehr zärtlich und ein toller Mann. Doch er liebte den Abstand und bestand auch auf dem Sie!«

Moor sitzt in seinem Sessel und reibt sich die Stirn. Hat er das eben richtig gehört? Machte das Sinn? Er denkt an eine Täuschung und fragt sicherheitshalber nach: »Liebe Frau Walther, das habe ich nicht ganz verstanden. Was war da mit ›Sie‹?«

Die Frau wirkt verlegen und schüttelt den Kopf. »Nicht, dass es der Erwähnung wert ist! Es war so eine Marotte: Er nannte mich Andrea und bestand auf dem Sie. Es war so schön altmodisch, so habe ich es mir zumindest erklärt. Er war ja so aufrecht, ein Gentleman!«

Andrea Walther blickt starr auf den Schreibtisch, wirkt ziemlich erschöpft. Moor beschließt daher, dass er genug gehört hat. Das Ganze muss er erst mal verdauen. Er erhebt sich von seinem Sessel, reicht Frau Walther die Hand, murmelt verlegen: »Mein herzliches Beileid!« und verlässt zügig den Raum. Irgendwie haftet an diesem Ort und den Menschen eine subtile Form von Verzweiflung, die ihn trotz aller Routine überfordert und irritiert.

Im Empfangsraum trifft er wieder auf seine Kollegen, die das Ganze anscheinend weniger verstört. Sie scherzen mit einer strahlenden Vanessa Bohlen und verabschieden sich mit herzhaftem Lachen.

Im Foyer sitzt ansonsten nur noch Franz Kolberg und winkt ihnen zum Abschied. Neben ihm entdeckt Moor eine schlanke Mittvierzigerin, die ihn nachdenklich anblickt.

Wenn es den sympathischen älteren Herrn hier nicht gäbe, so überlegt Moor im Gehen, dann wäre dieser Ort wie ein düsteres Grab. Im Freien atmet er tief durch, lässt die angenehm frische Seeluft in seine Lunge strömen und verabschiedet sich vom Rest seines Teams: »Bis gleich im *Mopsy's*, ich freu mich darauf!«

## Kapitel 25

Im *Mopsy's* herrscht bereits reger Betrieb, als Moor und Fenderling eintreffen und die Kollegen begrüßen, die bereits am Vorglühen sind. Im Hintergrund ist Stimmengewirr zu hören, zeitweise unterlegt mit den typischen Geräuschen eines gastronomischen Betriebs, dem leisen, entspannenden Klacken der Queues etwa, wenn sie auf die Billardkugeln treffen, dem Jubel im Erfolgsfall oder dem Stöhnen des Scheiterns. Gläser werden aneinandergeschlagen, vorsichtig oder behutsam, aber auch wild und ungestüm. Füße scharren, eine WC-Tür fällt ins Schloss. Das Rattern eines einarmigen Banditen drängt sich für einen Moment in den Vordergrund und wechselt mit dem Zischen, wenn das Bier aus dem Hahn tritt und ein neues Glas füllt.

Moor fällt ein Stein vom Herzen. Das Beisammensein im Kreise der Kollegen vertreibt die düsteren Gedanken, die ihn eben noch nach dem Gespräch in der *Strandruh* begleiteten. Er beginnt sich nicht nur heimlich, wie in den letzten Wochen, sondern nun auch ganz offiziell zu freuen, dass er hier auf Fehmarn endgültig gelandet ist. Und damit meint er nicht nur den dienstlichen Part, sondern auch den privaten. Diesen sieht er in den kommenden Wochen besonders am Strand von Wenkendorf, mit Greta im Camping am Deich. Der vor ihm liegende Abend ist außerdem ein passender Anlass, offiziell das steife Sie durch ein verbindendes Du zu ersetzen.

Er denkt an die Zeit zurück, als er als der Kieler Exot aus dem Landeskriminalamt erstmals das Burger Revier betreten hatte, scheinbar ignoriert von den geschäftigen Kollegen, tatsächlich misstrauisch beäugt und je nach Belieben in Schubladen sortiert. Davon ist nun, nachdem er die Dienststellenleitung übernommen hat, nichts mehr zu spüren.

So erhebt sich Moor von seinem Holzstuhl, genießt den Augenblick der allgemeinen Beachtung, klopft an sein Glas und beginnt die Rede, die er in der letzten halben Stunde entworfen und in der Kürze der Zeit schon mindestens ein Dutzend Mal umgeschrieben hat. »Liebe Kollegen! Alles, was ich euch jetzt in der männlichen Form sage, gälte selbstverständlich auch in der weiblichen, wenn es unter uns denn Frauen gäbe. Sie könnten sich also, rein grundsätzlich, mit angesprochen fühlen.« Moor ergreift sein Glas und nimmt einen tiefen Schluck.

»Unser Chef kommt geradewegs aus dem Altenheim, vielleicht färbt das ja ab!«, gibt unterdessen Andy Menke zum Besten.

Als das folgende Grölen verebbt, setzt Moor seine Ansprache fort. »Also, liebe Kollegen! Ich sage mal so: Auf Fehmarn gibt es eine Menge nette Menschen, die sich redlich mühen und solide sind. Aber es gibt auch ein paar Schweine, die gilt es für uns zu hüten, damit nichts Schlimmes passiert. Und wenn wir denn schon mal so schön zusammen Schweine hüten, dann geht das am besten mit dem Du! Wenn jemand Einwände hat, dann bitte auf dem Dienstweg, direkt über Hubert zum Aktenvernichter. Wie ihr wisst, heiße ich Clemens. Und ich freue mich auf hoffentlich viele erfolgreiche gemeinsame Jahre, beim Schweinehüten auf dem Knust. Prost, ihr Lieben!«

Die Männer sind bester Laune und Moor ist erleichtert, endlich diese Hürde gemeistert zu haben. Er verfolgt die Gespräche, die sich natürlich weiterhin um den Fall drehen, der keinen der Männer unbeeindruckt lässt. Eigentlich benötigte er sehr viel mehr Mitarbeiter, um die Ermittlungsarbeit entsprechend ihrer Bedeutung aufzuziehen. Im Moment fehlt ihnen nämlich so ziemlich alles: die Tatwaffe, verwertbares Spurenmaterial und konkrete Täterhinweise. Sicher ist nur: Es handelt sich um einen Typ, der ausgesprochen kaltblütig mitten auf einer Bühne, vor unzähligen Menschen, tötete und diese Inszenierung bewusst suchte. Insofern wäre auch eine gehörige Portion Intelligenz zu unterstellen und beträchtliches Know-how. Und die Motivlage zeigt sich zumindest unübersichtlich.

Andy Menke setzt sich neben Moor und prostet ihm zu. Für ihn ist Clemens der erste Chef und dadurch ein besonderes Vorbild. »Na, Chef, ich muss dir noch was Neues erzählen. Bevor ich dir nämlich den Bericht auf den Tisch legen kann, werden noch einige Tage vergehen. Ich habe mich mal in die Mail-Sammlung vertieft und bin auf mindestens dreißig bis vierzig seiner Streifenhörnchen gestoßen.«

Unwillkürlich muss Moor an Andrea Walther denken, die er in so fassungslosem Zustand verlassen hat. Wenn sie wüsste, dass sie nur eine unter vielen war, die dieser rätselhafte Mann hinters Licht führte, dann würde sie sicherlich völlig zusammenbrechen. Und dieser Dr. Hansen ist zwar das Opfer, keine Frage, erscheint ihm aber auch ziemlich unsympathisch. In seiner inneren Wahrnehmung mutiert der Tote allmählich zum Täter, irgendwie auch verrückt. Moor nimmt sich vor, Greta von diesem Dr. Hansen zu erzählen. Vielleicht hat sie ja eine Idee davon, wie solche Verhaltensmuster zu verstehen sind.

Noch in Gedanken, hat Moor den ersten Sätzen seines jungen Mitarbeiters nicht so viel Interesse gewidmet, wie es sich eigentlich für einen umsichtigen Chef gehört. Also richtet er nun seine volle Aufmerksamkeit auf dessen weiteren Bericht. »Im Grunde folgen diese Mails einem festen Schema. Teilweise hat er sie auch schlicht hin und her kopiert. Dass er bei all dem Copy and Paste nicht die Übersicht verloren hat, ist ein kleines Wunder und spricht zumindest für organisatorisches Geschick.«

Andy Menke nimmt einen tiefen Schluck aus seinem Glas und fährt fort. »Da gibt es seit einigen Wochen zum Beispiel eine Neue. Er nennt sie nach ihrem Chat-Namen den Paradiesvogel. Das ist vielleicht nicht sonderlich originell, aber zumindest in seiner Namenssammlung einzigartig. Er hat sie in einem Chat angebaggert, in dem es um Neuigkeiten ging. ›Du kommst vom Knust, wenn du ...‹ nennt sich die Gruppe, in dem sich die Nutzer über Blitzer austauschen, Unfälle analysieren, Todesfälle diskutieren und gewaltig über einander herfallen, wenn ihnen die andere Meinung nicht gefällt. Im Grunde ist das Letztere wohl das eigentliche Ziel. Im Moment zum Beispiel geht es um fleischfreie Ernährung. Da drischt die Fleisch-Lobby auf die Veganer ein und die wieder auf Tiermörder und am Ende kriegen es diejenigen von allen Seiten, die Fisch essen, aber kein Fleisch.«

»Klingt ja nicht gerade begeisternd«, meint Moor. »Und das machen die freiwillig?«

Andy schmunzelt. »Na ja, ein bisschen ist es wohl auch der Tratsch! Die Leute lieben Sensationen, die ihren Alltag erfrischen. Und dann schärfen sie ihre Feindbilder, auf der Suche nach Schuldigen, denen sie ihr bisweilen eintöniges und ungerechtes Leben aufbürden und die verpassten Chancen!«

Neugierig betrachtet Moor den jungen Kollegen, der sich als erstaunlich vielseitig und tiefschürfend entpuppt. Er beschließt schon mal, dieses Talent unter seine Fittiche zu nehmen und gezielt zu fördern.

»In dieser Gruppe hat also unser Doktor gebaggert. Dem Paradiesvogel hat er bedeutet, man sei irgendwie über die breite Masse der Chatter erhaben. So eine intelligente Frau habe dort doch eigentlich kein Forum. Er hat ihr ordentlich den Bart gepinselt, bis sie sich auf einen privaten Mail-Kontakt einließ. Das war wohl mehr oder weniger sein Prinzip: Frauen imponieren durch geistreiche Beiträge, irgendwelche Gemeinsamkeiten betonen, ihnen galante Komplimente machen und auf eine separate Ebene gehen. In den Privatmails ging es dann schnell zur Sache. Aber ihren Adam, so nannte er sich gerne, wird der Paradiesvogel jetzt ja nicht mehr sehen. Für morgen Abend wären sie nämlich verabredet gewesen, in einem Club in

Scharbeutz. Nach dem, was ich gelesen habe, geht die Frau weiterhin davon aus. Irgendwie kann sie einem ja leidtun.«

Moor ist sich noch nicht sicher, ob sein Mitgefühl überwiegt. »Ist sie denn alleinstehend?«

Sein junger Kollege schüttelt den Kopf. »Natürlich nicht! Sonst wäre der ganze Aufwand doch wohl nicht nötig, dann hätte ja eine Kontaktanzeige genügt! Nein, die bieten das volle Programm: Der Ehemann ist nur am Arbeiten und auch so gleichgültig, er trinkt zu heftig und das Geld ist knapp. Und im Bereich der Erotik ist mehr als Ebbe: Sie lässt ihn nicht mehr ran!«

In diesem Moment gesellt sich Fenderling zu ihnen, hat wohl die letzten Sätze aufgeschnappt. »Oha, was muss ich da hören! Wer lässt wen nicht mehr ran? Mein lieber Andy, dafür bist du noch entschieden zu jung!«

Moor bringt seinen Freund auf den neuesten Stand und beginnt zu überlegen, was für sie daraus folgt. »Im Grunde hat der Paradiesvogel ja mit unserem Mordfall nichts zu schaffen. Die Frau sucht einen Geliebten und wäre das ideale Opfer. Und wenn sie erst mal in gestreiften Blusen herumliefe, wüssten wir vielleicht Bescheid.«

Andy denkt an den Paradiesvogel und beginnt zu grinsen. »Als eine Art Eva im Adams-Kostüm?« Aber Moor und Fenderling bleiben ernst.

»Vielleicht könnte ich diesem Paradiesvogel ja schreiben, dass aus der Sache nichts wird und ihr feiner Adam sie nur verarscht hat«, meint Fenderling.

Moor widerspricht sofort. »Das überlassen wir lieber dem Andy. Der steckt ja schon drin und der kennt das Prinzip. Kannst du, lieber Andy, aus den Mails erkennen, ob irgendeine Sache aktuell noch lief? Hat er sich in den letzten Wochen noch mit jemandem getroffen? Gab es eine aktuelle Enttäuschung? Gibt es überhaupt Anhaltspunkte dafür, was mit den Frauen läuft? Das solltest du unbedingt mal vertiefen, weil da möglicherweise der Schlüssel zum Verständnis liegt.«

Andy Menke zeigt sich begeistert, während Fenderling mault. Er ahnt schon, was kommen soll und wird von seinem Freund nicht enttäuscht.

»Wir beide, lieber Hubert, sollten vielleicht das politische Feld beackern. Wir besuchen die Initiativen, klären wirtschaftliche Interessen und kümmern uns vor allem um das Geld!« Und um ihn wieder aufzumuntern, fügt Moor an: »Außerdem hast du ja morgen in Westermarkelsdorf dein Date mit dem Büro-Luder. Das sollte für einen Herrn deines Alters genügen!«

## Kapitel 26

Nachdem der Umtrunk beendet ist und sich die Kollegen gut gelaunt in verschiedene Richtungen entfernt haben, verabschiedet sich auch Fenderling, um seine Eva abzuholen und dann auf dem Campingplatz wieder mit Moor zusammenzutreffen.

Fenderlings Stimmungslage ist ihm selbst unklar. Natürlich hat er das Beisammensein genossen. Im Kreis der Kollegen zu sein, die er schon seit langen Jahren kennt, hat seine angenehmen Seiten. Eigentlich sehnt er sich nach Freunden, Kumpels wie damals in der Schulzeit. Wenn die Sommerferien sich dem Ende zuneigten, kam diese Sehnsucht nach den anderen stets mächtig auf: Endlich wieder dabei sein, etwas aushecken, sich der Kontrolle der Eltern entziehen.

Eva hat viel in seinem Leben verändert. Fenderling taucht gedanklich in die Vergangenheit ein, die Zeit des Kennenlernens und des zarten, später auch leidenschaftlichen Beginns. Er war nicht gerade der Frauenheld gewesen, eher spröde und scheu. Aber Eva hatte seinen verborgenen Charme entdeckt und mit fraulicher Intuition freigelegt. Er konnte regelrecht humorvoll sein, besonders nach dem einen oder anderen Korn.

Im Grunde ist es heute noch so. Fenderling muss schmunzeln, als ihm bewusst wird, dass es immer so geblieben ist wie damals, vor über zwanzig Jahren: Der erste Korn ist zum Schütteln, der zweite zum Erwärmen und der Dritte für die Stimmung. Mehr braucht es eigentlich nicht. Fenderling ist heute ausnahmsweise mit dem Wagen unterwegs, um den restlichen Abend gut zu nutzen. Er biegt auf einen wenig befahrenen Schleichweg ein.

Man hatte bald geheiratet, die rassige Eva den soliden Hubert. In der dazugehörigen Zeitungsanzeige war es auch deutlich zu lesen gewesen: Rasse trifft Klasse! Darauf hatte Eva bestanden und Fenderling erinnert sich bis heute, dass es ihn merkwürdig berührte, einerseits mit Stolz, andererseits mit Zweifeln. Fehlte es ihm etwa an Temperament? War er überhaupt gleichrangig? Oder wurde er lediglich auserwählt? Eva beantwortete seine Nachfragen stets auf die gleiche Weise: Sie schüttelte den Kopf und gab ihm einen langen Kuss. Später fehlte Letzterer, aber das Kopfschütteln gab ihm Ruhe, dem passionierten Grübler. Und in letzter Zeit?

Fenderling durchfährt ein körperlich unmittelbar spürbarer Schmerz. Etwas in ihrer Beziehung hat sich verändert, erst allmählich, aber in den letzten Wochen in rasantem Tempo. Und Fenderling grübelt, was sonst? Soll er sich lieber Freunde suchen, mit denen er abhängt, so wie heute Abend? Oder vor allem die Freundschaft zu Moor pflegen, die ihn seit Monaten so angenehm berührt? Oder lieber um Eva kämpfen? Mit solchen Gedanken im Sinn, einerseits ermutigt, andererseits melancholisch, nähert sich Fenderling seinem Zuhause und seiner Eva. Er biegt erneut in einen Feldweg ein: Klasse trifft Rasse!

# Kapitel 27

Die Sonne hat an Kraft verloren, ihre Strahlen sind zögernd und diffus geworden. Durch Wolkenrisse hindurch bäumt sie sich auf, streut weit über die Wiese, um schließlich darin zu zerfließen. Augenblicklich zieht die Kühle des Abends an, begleitet von der Lebhaftigkeit kleinteiliger Existenz in der Tiefe, an Stengeln und Zweigen, teilweise unterhalb der Schwelle bewusster Details. Aber auch leises Rascheln hier, ein verklingender Laut dort, über allem das meditative Singen eines schwer verortbaren Tons. Der Wind trägt diesen allabendlichen Reigen seliger Geister herüber, über den seichten Graben und die verspielte Böschung.

Wie lange wird es so sein? Wann wird er kommen? In der Ferne, dem Weg folgend, der unweigerlich diese Stelle passiert, beginnt ein feines Brummen. Es gewinnt an Direktheit. Das Geräusch eines Motors. Der Wagen gleitet näher, beleuchtet den Weg mit greller Präsenz. Für einen Augenblick gleichauf und dann schon vorbei.

Er war es nicht. Wann wird er kommen? Die Konturen weiter oben, wo der Deich sich in Richtung Wasser verliert, beginnen zu verschwimmen. Verschwinden die Dinge, löst der Anblick sich auf. Löst der Anblick sich auf, verschwinden die Dinge. Solche dialektische Spannung zu halten, gelingt nur selten. Es ist solch ein Augenblick. Wieder richtet sich die Aufmerksamkeit auf das Lauschen und wird belohnt.

Ein erneutes Geräusch von Motor und Wagen. Der rote Lack glänzt in der Sonne, an manchen Stellen. An anderen erscheint er bereits stumpf und besiegt. Die Spannung steigt, erfasst den Körper: Endlich! Er ist gekommen. Einen Schritt vor, auf den Schotter, ein zweiter, zögernd die Spur entlang, ein weiterer, schon entschiedener. Schritt für Schritt in den Leuchtkegel tretend.

Das Fahrzeug verzögert, bremst, am Ende unsanft. Irritiert blickt der Fahrer durch die Scheibe, durch tote Existenzen, die daran kleben, Mücken, Flügel, Spritzer von Blut. Noch immer bewegt sich nichts, leise surrt der Motor, der Fahrer blickt angestrengt, sein Gesicht verzerrt. Die Hand greift zielsicher nach dem Griff, die Tür schwingt auf. Sein Mund formt ein Wort, es bleibt unerhört. Der Schein der Armaturen, lustlos und fahl, beleuchtet seine Züge. Langsam senkt sich der Lauf, über das Gesicht hinweg und die Brust, auf den Bauch. Die Augen zeigen Erstaunen, sie bitten, flehen, können nicht verstehen. Die Hände krallen sich fest am Lenkrad, suchen Halt. Der ganze Körper spannt sich, als nähme dies den Dingen die Wucht. Der Lauf rückt noch Zentimeter tiefer, unterhalb des Bauches, tief in die Lenden, mit genüsslichem Kreisen, wie suchend, rückt in die Position.

Was, wenn nun nichts geschähe? Alles nur Versehen, ein makabrer Scherz?

Dumpf das Geräusch, erst einmal, dann wieder und wieder. Ein wütender, heftiger, schmerzender Ton, ein ums andere Mal. Die Augen geweitet, mit leisem Röcheln, bäumt er sich auf. Er wird herumgerissen. Ein letztes Mal dieser Ton, dicht über den Augen, wieder dumpf, aber entscheidend. Der Wille bricht, das Leben verschwindet. Löst der Anblick sich auf, verschwinden die Dinge. Behutsam, fast zärtlich fährt das Gummi des Handschuhs über die erstarrte Physiognomie. Streicht ein letztes Mal über die Stirn, die Nase, den verzerrten Mund, über den Körper hinweg, den Gürtel, die Hose, das Blut. Am Ende erscheint es nahezu obszön, indem die Hand noch einmal zupackt, das Geschlecht zerquetscht.

Alles Weitere wirkt technisch und routiniert: Das Lösen des Gurtes, das Umwenden des leblosen Körpers, der Griff unter die Achseln, das Herausziehen und Schleifen, über den Schotter, über das Gras, bis hin zum Stein. Der Tauben-Stein! Das grobe Tau schlägt einige Windungen, so dass es den Toten nur oberflächlich hält. Der Körper kippt vornüber, der Kopf schlägt auf, verdeckt sind die Wunden. Es ist wie eine letzte, hingebungsvolle Verbeugung vor dem Leben, in Richtung des Belts.

Die Fahrertür schlägt zu, das Brummen des Motors wird allmählich leiser, dann beginnt die Nacht. Die Konturen des Mannes werden vage und versinken schließlich im Dunkel. Farben und Mensch wirken gebrochen. Ein feiner Nebel zieht auf. Gelegentliches Rascheln aus den Wiesen und Büschen. Die Minuten vergehen, formen längere Perioden, die sich der Metrik entwinden und ein eigenes Dasein erhalten. Es ist geschafft: Löst der Anblick sich auf, verschwinden die Dinge!

# Kapitel 28

Als Fenderling das Haus betritt, findet er seine Frau in einer außergewöhnlich erregten Verfassung vor. Nichts ist erkennbar von ihrer sonstigen, katzenhaften Eleganz, von ihrem spöttischen Lächeln oder ihrer sinnlichen Präsenz. Auf dem Ehebett liegt ihr Koffer, darin wahllos Wäsche, ein paar Strümpfe, die berüchtigten High Heels, die Kulturtasche. Eva beachtet ihn kaum, rennt scheinbar planlos hin und her. Sie packt! Fenderling ist sprachlos und verwirrt. Will sie ihn etwa verlassen? Ist es so weit? Evas Bewegungen sind fahrig.

»Was guckst du so?«, ist ihre einzige Entgegnung, als sie seinen fragenden Blick auffängt. »Das ist doch schon lange besprochen! Ein paar Tage Wellness in Scharbeutz, mit Sauna und Dampfbad, lecker Essen und Tanzen. Mit meiner Freundin, du weißt doch!«

Fenderling schüttelt verstört den Kopf. Von solchen Plänen hat er nichts gewusst. Und das wüsste er immer: Eva in Scharbeutz, das mag ja was geben.

»Welche Freundin denn, liebe Eva?«

Sie greift sich theatralisch an die Stirn und äfft Hubert nach: »Welche Freundin denn, liebe Eva?« Dann beginnt sie zu streiten: »Ja, welche denn? Was weißt du eigentlich schon von meinem Leben? Dich interessieren doch nur deine Parksünder und Leichen. Da wird er plötzlich so unendlich wichtig, der kleine Hubert! Dann darf er ermitteln. Die Revierleitung zu verdaddeln, für den Schnösel aus Kiel, das hast du entschieden, ganz für dich allein. Aber glaube ja nicht, dass ich hier auf diesem Knust verblöde und kampflos verwelke. Ich hab noch was zu bieten.«

Sie greift in den Schrank, holt einen BH heraus, sehr transparent, schwarz und sexy, und wirft ihn mit Eleganz in den Koffer. »Und versuch ja nicht, mich anzurufen oder am Ende zu suchen. Das Handy bleibt aus, damit wir uns schön entspannen, die Ute und ich.«

Fenderling durchzuckt es in diesem Moment: Welche Ute? Und dann erblickt er etwas Blau-Weißes, das ihn gänzlich verstört: »Was ist das für eine Bluse?«

Eva mustert ihn in einer Weise, die er überhaupt nicht kennt, am ehesten so, wie man ein seltenes Insekt betrachtet. Dann schnaubt sie. »Was glaubst du, was Frauen so tragen? Eine Bluse vielleicht? Eine Perlenkette? Wann hast du dich das letzte Mal darum gekümmert? Mir etwas gekauft? Ein paar schicke Schuhe?« Wütend schlägt sie den Deckel zu, schließt den Reißverschluss, hebt den schweren Koffer.

In einer hilflosen Geste greift Fenderling zu, ihre Köpfe prallen in der Vorwärtsbewegung unsanft aufeinander. Eva verdreht die Augen, wuchtet dann den Koffer auf den Boden, zieht ihn ächzend aus dem Schlafzimmer, packt den bereitliegenden Trenchcoat und die Schlüssel und verlässt den Raum. Dann hört Fenderling nur noch die Haustür, die krachend ins Schloss fällt, und ein klagendes Mauzen. Die Katze schleicht um seine Beine, blickt ihn aufmerksam an. Eine zarte Geste. Aber jenseits seiner Wahrnehmung, denn in Fenderling tobt ein Kampf.

Er ist aufgewühlt, hilflos und verzweifelt, wütend und verletzt. In ihm überschlagen sich die Bilder, von ausschweifenden Szenen, lasziv entblößten Körpern, einer blau-weißen Bluse auf dem Boden, zwischen Strümpfen und Schuhen und diesem unerträglich leichten BH. Warum gerade jetzt und so? Hat er sie überrascht? Oder war es Absicht? In ihm explodiert eine bislang unbekannte Wut. Er packt eine Vase und schleudert sie Richtung Eingangstür. Dort zerspringt sie mit lautem Klirren in unendlich viele Teile und Splitter, die sich in sein Herz bohren, das aufgewühlte, gekränkte Herz. Er steht da, in einer tiefen Lähmung und überreizten Spannung, unfähig zu entscheiden. Er wünscht sich weit weg, und spürt die

Tränen. Und gleich darauf Beunruhigung. Er muss hier raus, aus diesem Mausoleum.

Dann sitzt er in seinem Wagen, lange Minuten. Fenderling ergreift sein Handy, wählt Evas Nummer und muss kaum warten. Die Box springt an, der übliche Vortrag, wütend knallt er das Gerät auf den Sitz.

Nach einigen weiteren Minuten startet er den Wagen. Dann irrt er umher, auf dieser Insel, die ihm so vertraut ist, in diesem Moment jedoch auch so fremd. Alles alte Bekannte, die Bäume und Häuser, die Läden, die Schilder. Alte Bekannte, doch was ist schon bekannt? Kennt er sich aus in diesem Leben? In seinem Leben?

Fenderling tastet nach dem Handy, blickt kurz auf das Display: Keine Nachricht. Er drückt eine Taste, das Gerät beginnt zu wählen. »Clemens Moor?«, meldet sich die vertraute Stimme.

»Hallo, ich bin's!«, hört er sich sagen, reichlich banal. Dann räuspert er sich. »Du, Clemens, es ist etwas passiert, ich kann es dir jetzt nicht sagen. Jedenfalls ist mir nicht nach Feiern, du verstehst?«

Auf der anderen Seite geschieht Sekunden gar nichts, dann hört er Moors ruhige Stimme: »Ich glaube, das kenne ich, ist allerdings Jahre her. Mein lieber Hubert, das tut nicht gut, das Alleinsein, meine ich. Wir sind doch Freunde. Wenn du es willst, können wir auch alleine sprechen, das wird Greta verstehen. Schließlich ist sie vom Fach!«

In Fenderlings Kopf drehen die Gedanken, aber die Dankbarkeit überwiegt. Er nickt, unhörbar für sein Gegenüber, und räuspert sich erneut. »Ist gut, lieber Clemens! Gib mir eine Viertelstunde, dann bin ich da!«

Fenderling stoppt den Wagen an einer Böschung, lässt das Fenster herunter, atmet die bereits nachtfrische Luft. Die Minuten vergehen. Dann ist er entschieden, lässt das Fahrzeug anrollen, biegt ab in Gammendorf und nimmt den Niobe-Schleichweg nach Wenkendorf. Der schmale

Weg rechts führt Richtung Nordstrand, gleich erreicht er den Zielpunkt.

Im grellen Licht des Scheinwerfers erkennt er die Kurve, verlangsamt das Tempo, wegen der Schlaglöcher, die Lichtkegel erfassen Gebüsche, ein Kaninchen und dann links am Wegrand den riesigen Stein. Er steht da wie ein Monument. Er ist ein Relikt, dieser Stein. Ein Taubenschlag auf einem Holzpfahl in feuchtem Grund, das geht nicht lange gut. Darum hat ihn der Landwirt auf einen massiven Stein gesteckt und diesen sicher im Morast gegründet. Die Tauben sind abgeschafft, aber der Stein kündet von alten Zeiten und wurde hier an den Weg gestellt, um das Grundstück zu begrenzen: der Taubenstein.

Fenderling hat ihn in diesem Moment erreicht, tritt auf die Bremse, der Wagen kommt zum Stehen. Der Anblick raubt Fenderling den Atem. Im erbarmungslosen Licht der Scheinwerfer erfasst er eine Unfassbarkeit: Am Stein hängt eine leblose Gestalt, vornübergebeugt, wie an einem Marterpfahl. Sie scheint sich in Richtung des Fehmarnbelts kraftlos zu verneigen. Der Kopf baumelt hin und her im leichten Wind, die Arme sind krampfhaft verbogen und in dieser demütigen Pose fixiert. Blut benetzt die helle Hose, die Spuren sind deutlich zu sehen. Es ist eine Hinrichtung, da ist sich Fenderling sicher, ein öffentliches Fanal. Übelkeit steigt in ihm auf, erneut ergreift er sein Handy und wählt, automatenhaft.

»Hubert?«, hört er Moor fragen.

»Ja, ich bin's. Ich stehe hier auf der Zufahrt zum Campingplatz, keine zwei Minuten entfernt. Ich glaube, da geht es einem noch schlechter als mir. Ich brauche deine Hilfe!«

Keine Sekunde später kommt die Antwort: »Ist gut, Hubert, bin schon bei dir!« Das Gespräch ist beendet. Fenderling öffnet die Fahrertür und blickt zum Stein hinüber. Der Anblick entzieht seinem Körper die letzten Reserven. Er schließt einfach nur die Augen. Löst der Anblick sich auf, verschwinden die Dinge!

## Kapitel 29

Moor drückt Greta kurz die Hand, schwingt sich auf sein Fahrrad und nimmt den Weg zur Campingplatz-Schranke. Normalerweise wäre dies eine genüssliche Tour durch die Reihe der Camper, die sich im Prinzip einer zumindest vorübergehend klassenlosen Gesellschaft zusammengefunden haben, um einfach nur die weitgehend erhaltene, natürliche Prägung dieses Küstenabschnitts zu genießen. Sie ahnen nichts davon, dass in unmittelbarer Nähe die Idylle abrupt endet, um vor der düsteren Seite menschlicher Existenz zu kapitulieren. Er tritt heftig in die Pedale, im Gedanken an seinen Freund Hubert, der in aufgewühlter Verfassung auf ihn wartet. Dann weicht er einem Kaninchen aus, das völlig unbeeindruckt den Schotterweg kreuzt, erfasst mit einem kurzen Blick das Waschhaus, das sich in die Waldnische duckt und aus dem gerade zwei müde Gestalten treten, mit ihren Kulturbeuteln unter dem Arm, die Handtücher kunstvoll um die Schulter gelegt. Der kleine Spielplatz liegt nun schon hinter ihm.

Moor keucht, als er die Steigung zum Empfangswagen nimmt, wo Herr Kuntz neben seinem langjährigen Gehilfen Buddi und seinem neuen Platzwart Janosch steht und sich eben gerade die Strickmütze auf dem Kopf zurechtrückt. Moor grüßt nur knapp und verzichtet auf den sonst üblichen Schnack, aus dem er oft schon Details des Insellebens gezogen hat. Bereits völlig außer Atem lässt er die Mülltrennungs-Station hinter sich und biegt an der kleinen Gaststätte, in der sich einige Touristen versammelt haben, in die Zufahrt ab.

Seine Spannung steigt mit jedem Tritt in die Pedale. Er rast nun förmlich dem Ort entgegen, den ihm Fenderling so charakteristisch beschrieben hat, dem Taubenstein. In der Ferne entdeckt er bereits die Scheinwerfer eines

Fahrzeugs, die sich mit scharfen Konturen aus dem fahlen Restlicht der Randböschung lösen, dann die Umrisse des Wagens. Schließlich erkennt er auch die Silhouette eines kauernden Mannes.

Erst auf den letzten Metern scheint ihn dieser zu bemerken. Fenderling weist in Richtung des Steines, an dem die Gestalt eines Unbekannten in einer grotesken Verformung hängt, als sei es in seiner Ergebenheit das Natürlichste der Welt. Moors Assoziationen streifen ein unvergessenes Festival seiner Jugendzeit in Bad Segeberg, auf dem der edle Winnetou seinen Blutsbruder Old Shatterhand vom Marterpfahl der bösen Komantschen befreite. Aber diese Szene hier hat nichts mit der erinnerten Idylle gemeinsam.

Beklommen blickt Moor auf den stumm dasitzenden Fenderling und seine Hand berührt vorsichtig dessen Schulter. Fenderling hebt den Blick und wirkt in diesem Moment unendlich zerbrechlich. Moor spürt einen spannungsvollen Zwist zwischen Fürsorge für den Freund und kriminalistischem Instinkt. Dann gewinnt jedoch seine professionelle Seite das Übergewicht.

Er zieht sein Smartphone aus der Tasche. Der Sucher des Hightech-Geräts erfasst den Stein und den Toten, fokussiert und bannt die gespenstische Szene auf den Mikrochip. Noch einige Bilder aus verschiedenen Perspektiven folgen.

»Hast du schon die Kollegen informiert?«, fragt Moor in Fenderlings Richtung, der nur mit einem angedeuteten Kopfschütteln verneint. Moor erreicht kurz darauf mit dem Handy den Kriminaldauerdienst, ordert die Kollegen der Kriminaltechnischen Untersuchung und ist dankbar, dass ihnen kein Fahrzeug in die Quere kommt und die Situation kompliziert. Verstörte Kinder, entsetzte Erwachsene, schreiende Frauen, was er so kennt aus langen Berufsjahren, kann er jetzt am wenigsten gebrauchen. Die Lage mit Fenderling ist kompliziert genug.

Der hat in diesem Moment vielleicht seine Gedanken

gelesen, jedenfalls beschlossen, die jämmerliche, am Boden liegende Seite seines Lebens abzuschütteln und wieder seine Rolle zu spielen. Er erhebt sich, nickt Moor zu und beginnt seinen Bericht, der nach wenigen Minuten bei der Inszenierung des Tatorts endet. Viel mehr, als Moor ohnehin schon weiß, hat er auch nicht zu bieten.

Plötzlich hören sie Schritte, sie kommen aus der Richtung des Ortes. Eine Gestalt naht, ein Mann in gebückter Haltung, eine Art Gestell auf seinem Rücken. Er scheint die beiden zunächst nicht zu bemerken, schreitet zügig voran. Jetzt sehen sie es immer genauer: Ein Mann, sein Fahrrad geschultert, nähert sich dem Tatort. Moor tritt ihm entgegen und erkennt ihn plötzlich. »Dieter, bist du es?«

Der Mann blickt auf, sein Gesicht ist schmerzvoll verzogen. Es ist tatsächlich Dieter aus Bremen, der Vater einer befreundeten Familie, die am Vortag für einige unbeschwerte Urlaubswochen angereist ist. Im Moment jedoch scheint es mit der Unbeschwertheit nichts zu werden.

»Was ist mit deinem Rad?«, fragt Clemens irritiert. »Seit wann schleppst du das Teil durch die Gegend?«

Dieter knurrt und präsentiert die kläglichen Reste seines Rades. Ein Rahmenbruch hat es unbrauchbar gemacht. Und Dieter hat sich beim unglücklichen Sturz einige Blessuren zugezogen.

Moor äußert sein Mitgefühl und beschließt, die Regeln der üblichen Ermittlungsroutine zu missachten und den eigentlich in diesem Moment höchst verdächtigen Dieter in Ruhe zu lassen. Er wird ihn noch öfter sehen in den folgenden Tagen. Voller Mitgefühl schiebt er ihn daher an dem Fahrzeug vorbei, über dessen Existenz sich Dieter in diesem Moment überhaupt nicht zu wundern scheint, so dass es Clemens am Ende sogar gelingt, ihm den grauenhaften Anblick des Toten zu ersparen. Er gibt Dieter einen kleinen freundschaftlichen Klaps, so dass dieser leise vor sich hin grummelnd in Richtung des Platzes verschwindet. Rosi, seine Frau, wird ihn sicher trösten.

Fast zeitgleich huschen die ersten Reflexe von Blaulichtern über den Horizont. Moor atmet tief durch, die Routine naht. In wenigen Minuten wird es hier wie auf einem Film-Set aussehen: Die Absperrung wird errichtet, der Tatort gesichert, die Spurenlage erfasst.

Und genau so kommt es. Für Moor und Fenderling ist wenig zu tun in diesem Augenblick. Sie umrunden den Stein und den Toten, registrieren die inzwischen angetrockneten Spuren des Blutes, die irgendwo im Bereich des Unterleibs ihren Ursprung haben, und den unschönen Krater auf der Stirn: erneut ein aufgesetzter Schuss! Bedeutet dies eine Parallele? Haben sie es mit einer Wiederholungstat zu tun?

Noch heute Abend erschien es ihnen anders. Der tote Dr. Hansen gab Rätsel auf, keine Frage, aber in der Eigentümlichkeit seines Lebens schien die Lösung zu stecken: eine gekränkte Frau, vielleicht ein gehörnter Ehemann. Ja, am Ende vielleicht auch ein verärgertes Opfer der festen Belt-Querung. Aber dies hier riecht nach langer Hand, nach einem Plan. Die *Fehmarnsche Zeitung* dürfte die Spur aufnehmen. Besteht für die Bevölkerung Gefahr? Sind die Touristen betroffen? Die vielen absehbaren Fragen treiben Moor in die Konfusion. Denn im Moment ist nichts auszuschließen und alles denkbar.

Er berät sich kurz mit Fenderling, der eigentlich nur noch nach Hause will. Dieser Tag ist für ihn endgültig gelaufen. Da es in diesem Moment auch nichts Konkretes für ihn zu tun gibt, verabschiedet Moor seinen völlig erschöpften Kollegen mit einer herzlichen Umarmung. Das Fahrzeug startet, Fenderling hebt eine Hand zum Gruß und fährt los. Moor verfolgt noch die rasch kleiner werdenden Lichter des Wagens und wendet sich dann den Männern der Spusi zu. Für ihn gibt es hier noch einiges zu tun. Der gemütliche Abend mit Greta ist leider beendet. Es bleibt höchstens noch Zeit für den üblichen Austausch, für Fragen nach dem seltsamen Verhalten des Dr. Hansen, in der Hoffnung auf psychologischen Sachverstand und weibliche Intuition.

# Kapitel 30

Fenderling lenkt den Wagen auf die Auffahrt seines Hauses und stellt ihn ab. Er ist irritiert, als er Evas Auto entdeckt, das dort unerwartet parkt. Fenderling tritt auf das unbeleuchtete Haus zu, öffnet einen Spalt breit die Eingangstür und späht in das Dunkel. Dann betritt er vorsichtig das Haus. Er schließt leise die Tür und wartet. Irgendwo aus der Tiefe des Gebäudes hört er ein leises Geräusch. Er pirscht sich schrittweise an, der Ton kam irgendwo aus dem Bereich des Schlafzimmers. Plötzlich stößt sein Fuß gegen etwas Hartes am Boden, er gerät ins Stolpern, aber fängt sich. Er tastet mit der rechten Hand und fühlt etwas Festes, vermutlich Evas Koffer. Ob sie im Haus ist? Aber warum? Und was bedeuten in diesem Fall Stille und Dunkelheit? Dann ist da wieder kurz dieses Geräusch, jetzt eher ein Wimmern. Wenn Fenderlings Puls eben schon raste, dann ist er nun dem Herzflattern nahe. Er nähert sich entschlossen der Schlafzimmertür, sie ist angelehnt. Das Wimmern wird lauter.

Fenderling stößt die Tür auf, betätigt den Lichtschalter, das grelle Deckenlicht zündet, der Raum ist nun hell erleuchtet. Auf dem Bett entdeckt er ein Knäuel, eine Decke, einen Fuß, der herausragt und dann Evas verzerrtes Gesicht. Sie liegt da und weint. Am Boden liegen ihre Sachen, die blau-weiße Bluse, zerrissen. Er stürzt auf Eva zu, nimmt sie in seine Arme und fragt atemlos: »Hat er dir etwas angetan?«

Erst das völlige Unverständnis in Evas Augen bringt ihn zurück in die Situation. »Wer hat mir was getan?«, fragt Eva. Sie kann offensichtlich Huberts Worte nicht verstehen, zumindest nicht zuordnen. Seine überreizten Sinne waren kurzzeitig außer Kontrolle. Dr. Hansen, den er kurz mit Bluse und Eva verknüpfte, ist ja bereits tot. Und Eva ist zwar verstört, aber offensichtlich allein.

»Warum bist du denn hier?«, fragt Fenderling verwundert. »Was ist mit Wellness und so?«

Evas Hand ballt sich unwillkürlich zu einer Faust, die rasch aber wieder entspannt. »Nichts mit Wellness! Ich erzähle dir alles morgen, jetzt bin ich einfach nur müde und enttäuscht. So unendlich müde!«

Fenderling nickt, mehr in sich selbst hinein. Auch er spürt in diesem Moment die körperliche Schwere, zentnerschwer. Auch steht ihm der Sinn eigentlich nicht nach Erkenntnis, nicht in diesem Augenblick. Eigentlich ist er einfach nur froh zu leben, hier in seinem Haus, neben seiner rätselhaften Eva, die aber gesund ist und am Leben.

Er löscht das Licht, gleitet aus seinen Sachen, lässt sie entgegen seiner Natur einfach nur fallen und schlüpft unter die Decke. Es ist warm. Er spürt ihre Hand und hält sie. Dann wendet sie sich um und schmiegt sich an ihn. Wie lange ist das jetzt her, das letzte Mal? Dass sie sich so unverstellt nahe waren? Er, der passionierte Grübler, verscheucht diese Frage, ist dafür heute zu erschöpft. Er schließt die Augen, ist einfach nur dankbar und fällt augenblicklich in einen tiefen, bleiern schweren Schlaf.

Eva liegt noch einige Zeit wach. Ihre Blicke ruhen auf ihm. Ihre Augen füllen sich mit Tränen, verraten etwas zwischen Dankbarkeit und Schmerz. Dann ist auch für sie der Punkt gekommen. Ihre Atemzüge werden ruhiger, münden wie selbstverständlich ein in das rhythmische Gleichmaß zweier Schlafender, zumindest für diesen Augenblick vertraut und vereint.

# Kapitel 31

Am nächsten Morgen werden in der Frühbesprechung die Informationen ausgetauscht und Aufträge vergeben. Moor ist müde und übernächtigt. Nach dem Abschluss der Ermittlungsarbeiten vor Ort und dem Abtransport der Leiche hatte er am Vorabend lange nicht zur Ruhe gefunden.

Nun berichtet er den Kollegen von den ersten Ergebnissen. »Die Identität des Toten ist bislang noch offen. Papiere hatte er leider nicht dabei. Der Tod trat erneut durch einen aufgesetzten finalen Kopfschuss ein! Was die Fälle unterscheidet, ist aber die Tatsache, dass dem Getöteten zunächst durch mehrere Schüsse, anschließend auch manuell, genitale Verletzungen zugefügt wurden. Eine sexuelle Komponente ist demnach zumindest in Betracht zu ziehen. Möglicherweise hat hier jemand seine sadistischen Neigungen ausgelebt. Es gibt die Möglichkeit, dass es sich in beiden Fällen um denselben Täter handelt, aber auch die Alternative, dass beide Fälle nur zufällig zeitlich korrelieren, aber nicht unmittelbar zusammenhängen. Vielleicht hilft uns in dieser Frage Dr. Tomie weiter. Ein Trittbrettfahrer scheidet weitgehend aus. Bislang hat ja die Presse zum Fall Hansen kaum berichtet.«

»Das wird sich jetzt ändern, fürchte ich!«, schaltet sich Neumann ein.

Er bekommt von Moor den Auftrag, die dänischen Kollegen in Rødby auf dem Laufenden zu halten und dann gemeinsam mit Fenderling im Sex-Club zu ermitteln. Moor will die politische Szene beleuchten, also mit den Projektskeptikern sprechen. Weitere Kollegen schickt er zur Leichenschau bei Dr. Tomie.

Dann meldet sich Andy Menke zu Wort: »Auch ich bin ja, wie ihr wisst, gerne nachtaktiv. Ich habe die gesamte Korrespondenz des Dr. Hansen gesichtet und dabei weitere Systeme entdeckt. Der war ja ziemlich crazy, hatte immer etliche Sachen am Laufen. Die Frauen hat er grundsätzlich gesiezt, auch wenn er mit ihnen intim war. Da hatte er allerdings ganz besondere Vorlieben. Am Anfang war er noch charmant und werbend. Er hat in Foren Beiträge von Nutzern gesammelt, sie in Dateien gesichert und nach einem stets gleichen Fahrplan an die Frauen verschickt. Im Prinzip war er viele Stunden damit beschäftigt, immer Montag und Mittwoch.«

Menke registriert das Raunen seiner Zuhörer, vereinzelt auch verständnisloses Kopfschütteln und fährt fort.

»Er hat sich dabei stets als Witwer und Unternehmer ausgegeben. Im Weiteren wurde der Ton immer fordernder und härter. Die meisten Frauen sind dann ausgestiegen, aber in Anbetracht der Unmengen von Kontakten blieben immer auch welche über. Die hat er dann getroffen, in besagter Wildwasserbahn. Erkennungszeichen: blau-weiß gestreifte Bluse! Nach diesem Date gab es einen festen Ablauf, wie er die Frauen gefügig machte. Man könnte sagen, er hat sie ab einem bestimmten Punkt regelrecht gedemütigt und dressiert.«

Kurzzeitig herrscht Schweigen im Dienstzimmer. Dann räuspert sich Moor. »Danke, lieber Andy. Ausgezeichnet ermittelt! Auch wenn die Details im Moment mehr Fragen aufwerfen, als sie beantworten.«

## Kapitel 32

Als Greta die Praxistür aufschließt, wird sie von Telefonklingeln empfangen. Der Anrufbeantworter springt an, verkündet wie üblich die Sprechzeiten und zeichnet dann auf. Greta stellt einen Strauß frischer Blumen in die Vase, verteilt auf dem Schreibtisch einige Steine, die ihr Clemens vom Strand mitgebracht hat, und öffnet die Fenster. Eine unschuldige Morgensonne wirft kleine Reflexe an die Wand, die sich wie zufällig reihen und wieder vergehen. Die Faszination dieses Wechselspiels lenkt Greta kurzzeitig ab.

Ansonsten verfolgt sie noch die Geschichte des vergangenen Abends. So beunruhigt hat sie ihren Partner selten erlebt: Erst der Anruf des Kollegen Fenderling, dann diese grässliche Szene, aber auch die Tatsache, dass ihnen das mörderische Verderben so nahe kam. Unmittelbar vor diesem friedlichen Stückchen Erde, ihrem Stellplatz in der ersten Reihe, das war entschieden zu dicht. Und er erzählte ihr noch von dem ersten Opfer, dem fahlen Geschmack und der Beklemmung, die das merkwürdige Verhalten des Mannes hinterließ.

In diese Gedanken hinein dringt erneut das Klingeln des Telefons. Etwas beunruhigt greift Greta nun doch zum Hörer und meldet sich: »Praxis Greta Bartholdi, Diplom-Psychologin, Psychotherapie!«

Sie erntet zunächst nur ein Schnaufen. »Frau Nartholdi, sind Sie es?«, fragt die Stimme dann irritiert.

»Bartholdi«, verbessert Greta, »mit wem spreche ich denn?«

Erneutes Schnaufen, dann fährt der Anrufer fort: »Hier spricht Richter Kolberg, entschuldigen Sie die Störung. Ich weiß nicht ob das so recht ist, aber Sie machen doch Psychologie?«

Noch tappt Greta im Dunkeln, was die Absicht des

Anrufers betrifft. Aber seine Stimme klingt sympathisch. »Wie kann ich Ihnen denn helfen? Was ist das Problem?«, erkundigt sie sich ungewohnt direkt.

»Tja, wenn ich das so wüsste«, erwidert ihr Anrufer. »Ich bin Franz Kolberg, vom Landgericht. Und meine Tochter, die Luisa, die hat mir Ihren Namen gegeben. Es gibt da eine Dame, die mir am Herzen liegt!«

Gretas Züge zaubern ein Lächeln, als sie seine Worte vernimmt. Vor allem ist es dieser Tonfall, ein bisschen schmeichelnd und am Ende fast zärtlich, als er die Herzensdame erwähnt. »Sie haben also eine, sagen wir mal: Bekannte? Und die hat das eigentliche Problem?«

In die eintretende Pause hinein hört Greta förmlich sein Nicken.

»Aber wie kann ich da helfen? Ist Ihre Bekannte informiert?«, fragt Greta weiter.

Es folgt wieder ein Seufzen und dann Kolbergs Stimme: »Also, es geht um die Erna, um Erna Pichler. Sie ist noch nicht lange hier. Und ich spüre ihre Sorgen, wissen Sie? Sie stammt aus, na Sie wissen … Und die Frau sagt immer: Lieber Herr Kolberg, das ist ganz normal!«

Greta ist verwirrt, ihr erscheint das Denken des Anrufers so flüchtig. »Lieber Herr Kolberg, ich muss nochmal fragen: Wen meinen Sie mit der Frau? Offensichtlich nicht Frau Pichler?«

Wieder folgt eine Art unsichtbares Nicken und Franz Kolbergs Stimme. »Oh, verzeihen Sie! Ich war nicht immer so fahrig, ich meine im Beruf. Aber heute ist es wieder schlimmer, ich vergesse alles. Ich bin hier im Heim und die Erna auch. Sie macht mir halt Sorgen. Und wir haben hier so eine Dame, die das alles leitet. Wenn Sie mit der mal sprechen, dann wäre mir besser. Nichts für ungut, junge Frau!«

Der Knacks in der Leitung kommt plötzlich, das folgende Rauschen erscheint garstig und rau. »Hallo, Herr Kolberg?«, hört sich Greta selbst fragen und ist sich dabei der Sinnlosigkeit ihres Handelns bewusst. Herr Kolberg hat das Gespräch beendet, nicht unfreundlich, eher seltsam.

Unwillkürlich erinnert sich Greta an frühere Patienten und das Schicksal ihres eigenen Vaters, einige Jahre zuvor. Wie er nicht nur kleinschrittig ging, sondern letztlich auch dachte, zunehmend den Faden des Denkens verlor. Der Anruf eben war ja wohl nicht sinnlos, er verfehlte nur die konkrete Situation. Greta konnte sich doch nicht um die Sorgen eines dementen älteren Herrn kümmern, in irgendeinem Heim. Oder am Ende doch? Hätte es sich um ihren eigenen Vater gehandelt, der am Ende so verwirrt war, sie wäre dankbar gewesen, wenn sich jemand gesorgt hätte. Greta Bartholdi ist hin und her gerissen zwischen alltäglicher Routine und Gutmütigkeit. Am Ende siegt, wie so häufig, ihre weiche Seite. Schließlich kann es so viele Heime nicht geben und der Anruf kam sicher von der Insel, das ist schnell getan.

Greta fährt den Rechner hoch, öffnet den Internet-Browser und die Gelben Seiten. Bereits nach wenigen Angaben in die Maske erscheinen die Einträge, es sind bloß zwei. Greta greift nach dem Hörer und wählt die Nummer der *Strandruh*, aus naheliegenden Gründen. Und tatsächlich kennt sie die junge Stimme, die sich dann meldet, genau. »Hallo, Vanessa, das ist ja ein Zufall! Ich bin es, Frau Bartholdi, ich habe da eine Frage!«

Am anderen Ende der Leitung erschallt lautes Lachen. »Das kann ich nicht glauben! Am frühen Morgen ruft meine Therapeutin an und hat eine Frage! Vielleicht auch ein Problem? Na da bin ich ja gespannt, wie kann ich denn helfen?«

Auch Greta muss schmunzeln, denn alltäglich ist das Ganze nicht. »Also, das hat weder mit Ihnen noch mit mir zu tun! Ich bekam gerade einen Anruf von einem Richter. Der sorgt sich um eine Erna, genauer: Erna Pichler.«

»Das kann ich mir vorstellen«, bestätigt Vanessa. »Das

ist diese ganz, ganz schlimme Frau, von der ich erzählte. Die mit dem Kanarienvogel!«

Greta erinnert sich an die Szene. »Ja, die mörderische Dame. Aber hier liegt der Fall ja so: Der Herr Kolberg hat eine Tochter, die gab ihm meine Nummer. Und eigentlich hat er nicht Angst vor der Dame, sondern eher um sie. Ist das zu verstehen?«

Ohne Zögern erfolgt die Antwort: »Liebe Frau Bartholdi, das war jetzt aber Unsinn und ein ziemliches Durcheinander. Aber das rechne ich dir nicht zu. Ansonsten bist du ja ganz gut zuwege. Aber der nette Herr Kolberg, der kriegt das schon hin, dass man völlig konfus wird, meine ich. Da braucht man viel Geduld!« Und dann ergänzt Vanessa: »Die ich ja schließlich habe, mehr als genug!« Ihr anschließendes Lachen wirkt auf beide befreiend. »Ich mache dir einen Vorschlag: Du kommst heute Mittag einfach mal vorbei. Dann stelle ich dir unsere Leitung vor, die liebe Frau Walther, und koche dir einen starken Kaffee. Und was du dann weiter machst, das geht mich nichts an!«

Greta ist erleichtert und stimmt diesem Vorschlag zu.

Einige Stunden später betritt sie erstmalig die Senioreneinrichtung *Strandruh*. Die Lage des Heimes ist wirklich fantastisch. Durch die große Scheibe des Leseraumes blickt man direkt auf das Meer. In der Ferne sieht man die Kitesurfer mit ihren Lenkdrachen, die fröhliche Akzente setzen, und Segelboote.

Greta hört Stimmen von Menschen, die näherkommen. Eine ältere Dame schiebt ihren Rollator durch die schmale Tür, beginnt sich zu verhaken, stößt die zugreifende Helferin jedoch fort. »Das kann ich schließlich selber!« Die ältere Frau wirkt auf Greta gleichzeitig zerbrechlich und resolut. Der Gegensatz dieser Beschreibung ist ihr durchaus bewusst, aber sie kennt solche Menschen aus täglicher Erfahrung, besonders die depressiven. Sie sind bisweilen unendlich empfindlich, ziehen aus Banalitäten den Nektar ihrer Kränkung, erscheinen aber andererseits auch unfair und hart. Solch ein Gegensatz liegt auch in dieser Szene: Die hilfreiche Geste der Pflegerin wird unwirsch ausgeschlagen, gleichzeitig erscheint die Dame aber auch verletzt und verstört.

Hinter ihr entdeckt Greta ihre Patientin Vanessa, die mit dem Zeigefinger auf die ältere Dame weist und mit ihren übertrieben rot bemalten Lippen lautlose Worte formt. ›Die da!‹ meint Greta zu entziffern. Und sie ahnt, dass Vanessa Frau Pichler meint.

Jetzt hat die Dame die Tür bezwungen, schiebt ihren Rollator in eine Ecke und lässt sich vor Greta nieder. Misstrauisch sieht sie auf und fragt: »Wer ist die Frau?«

Vanessa gibt ihr die Antwort: »Das ist die Therapeutin, Frau Pichler, die heute kommt, um mit Ihnen zu sprechen. Die ist schwer in Ordnung und meist gut drauf!«

Frau Pichler schüttelt den Kopf und fährt sich verlegen durch ihr Haar. Sie zeigt alles in allem eine sehr gepflegte Erscheinung, ist schwer zu schätzen, was das Alter betrifft. Greta tippt in Gedanken auf Mitte siebzig, jedoch mit weiter Toleranz.

»Guten Tag, Frau Pichler, haben Sie schon gegessen? Was gab es denn heute?«

Erna Pichler verzieht ihren Mund zu einem verächtlichen Ausdruck. »Das kann ich Ihnen sagen, einen schlimmen Fraß! Den kann hier keiner vertragen, vor allem das Gemüse, diese schrecklichen Erbschen. Da macht sich keiner Gedanken, dass ich jetzt den ganzen Abend Schmerzen habe. Das war ja noch roh, das Essen. Und diese Kroketten vertrage ich auch nicht, das wissen die doch! Ich habe ständig Gewicht verloren, bin müde und schlapp.« Erna Pichler ist aufgebracht.

»Liebe Frau Pichler«, hört Greta eine Stimme und bemerkt kurz darauf eine Frau, die sich von hinten nähert. »Meine liebe Frau Pichler, das sage ich der Köchin.

Schließlich soll hier niemand verhungern, stimmt ganz genau!«

Neugierig betrachtet Greta die Frau und entziffert ihr überdimensioniertes, dadurch seniorenfreundliches Namensschild: *Andrea Walther, Leitung*. Frau Walther zeigt ein reflexhaftes Lächeln, streckt Greta ihre rechte Hand entgegen und säuselt: »Sie sind sicher Frau Bartholdi. Schön, Sie kennenzulernen! Wir haben hier immer wieder Bedarf an psychologischer Hilfe. Einen Psychiater auf der Insel gibt es ja nicht. Und oft sind es ja mehr die Worte, die heilen. Wie gesagt: Schön, Sie zu sehen, habe viel von Ihnen gehört!«

Greta erscheinen die Worte eine Spur zu konventionell und förmlich. Sie lächelt zurück. »So geht es mir auch! Ich freue mich, Sie kennenzulernen und bewundere ihr Heim, überhaupt diese Lage!«

Kaum hat Greta das Wort ›Heim‹ ausgesprochen, entgleiten ihrem Gegenüber kurzzeitig die Züge. Dann fängt Andrea Walther die unbedachte Entgleisung mit zuckersüßer Miene wieder ein. »Ja, sicher, früher hatte man Heime. Unser Haus ist eine Residenz. Der Senior ist heutzutage Kunde und deshalb König!«

»Ja, so sagte man früher«, erwidert Greta. »Heute sagt man Seniorin und Kundin, denn die Mehrzahl der älteren Menschen ist heute ja wohl Frau!«

Der Blick von Frau Walther bleibt verständnislos. Zumindest hat Gretas Erwiderung aber eines bewirkt: Sie werden keine Freundinnen, diese Chance ist vertan.

Während Erna Pichler laut mit ihren Lippen zu schmatzen beginnt, zieht sie Bilder aus ihrer Handtasche und winkt Greta heran. Diese setzt sich zu der älteren Dame, die zu erzählen beginnt. »Also, das ist mein Sohn, der Hansi-Rudi.« Frau Pichler zeigt auf das Bild eines grauhaarigen Mannes. Neben ihm steht eine jüngere Frau.

»Und wer ist das?«, fragt Greta interessiert.

»Wer?«, entgegnet Erna Pichler verwirrt. Dann betrachtet sie die attraktive Frau auf dem Foto und murmelt vor sich hin: »Das ist mein ehemaliger Schwiegersohn!« Und führt Greta damit restlos in die Irre.

»Unsere Frau Pichler ist manchmal etwas philosophisch!«, übersetzt Andrea Walther und klopft der älteren Dame begütigend auf die Schulter. »Vielleicht gehen wir jetzt lieber ins Büro. Frau Bartholdi und ich, wir haben noch Geschäftliches zu besprechen!«

Greta fühlt sich mehr oder weniger genötigt, Frau Pichler allein zu lassen, die das aber offensichtlich gar nicht registriert. In ein Kreuzworträtsel versunken hat sie sich bereits weitgehend in ihren inneren Mikrokosmos begeben. Gretas zum Abschied gereichte Hand wird völlig ignoriert.

Wenig später sitzt Greta bei einem passablen Kaffee in Frau Walthers Büro. »Da haben Sie mal einen Eindruck von unserer Arbeit bekommen, liebe Frau Bartholdi. Unsere Frau Pichler ist ein gutes Beispiel. Sie ist erst seit Kurzem hier, hat Eingewöhnungsprobleme. Gesundheitlich ist sie fit. Ihre einzige Krankheit, so sagt Dr. Michell, ist ihr hohes Alter. Mit siebenundachtzig Jahren ist man eben nicht mehr jung. Sie leidet an ihrer Schwäche. Zurzeit klagt sie über Allergien und Augenbrennen. Die Woche zuvor war es ihr Zucker. Dann hält sie ihre ganz spezielle Diät, keine Hülsenfrüchte, aber gerne mal Schokolade. Na ja, das hat ihr Sohn, der Rudi, auch erzählt. Dass sie zeitlebens kränkelte, sie war schon immer depressiv. Und körperlich leidend, aber nie ernsthaft krank. Schon als Mädchen wurde sie vom Schulsport befreit. Ihr jüngerer Sohn, der Hansi, der weiß davon sehr schön zu berichten.«

Greta ist sich im Unklaren, worauf diese Ansprache zielt. Sie möchte Andrea Walther aber nicht weiter verärgern und nickt ihr deshalb ermunternd zu.

»In den letzten Jahren hat sie schwere Demenz entwickelt. Vergisst besonders die Namen. Und da sie auch ihre Kinder verwechselt, heißen die eben beide ›Hansi-Rudi‹. Das wird akzeptiert. Aber warum sie ihre

Schwiegertochter verwechselt, also das mit dem ›ehemaligen Schwiegersohn‹, das kann ich mir nicht erklären, das war neu.«

Greta berichtet Frau Walther von ihrem morgendlichen Anruf. Ihre Gesprächspartnerin nickt: »Das ist unser Herr Kolberg, ein feiner Mann. Bis vor ein paar Jahren war er ein rüstiger Pensionär und davor Vorsitzender Richter am Landgericht. Das verwechselt er öfter, rutscht in die alte Rolle rein. Dann sitzt er auch schon mal im Esssaal bei einer Zeugenvernehmung und befragt die anderen Seniorinnen!«

Greta registriert die weibliche Form und bescheinigt Andrea Walther innerlich Lernfähigkeit. »Und das meint er dann sicher ernst?«, erkundigt sie sich. »Dann irrt er in der Zeit?«

»Genau so ist es! Im Moment belastet Franz Kolberg die Sorge, dass Frau Pichler sich vergiftet. Sie magert tatsächlich etwas ab, aber das haben wir hier bei Neuen öfter. Nach einigen Wochen geht das vorbei. An anderen Tagen hat er aber die Vermutung, dass Frau Pichler selbst mordet. Wir hatten da so eine Irritation: Frau Pichlers Kanarienvogel war leider plötzlich tot, lag einfach im Trinknapf! Sie müssen wissen, dass es bei einer Fahrt nach Rødby auf der Fähre auch einen Todesfall gab. Da sind jetzt alle ziemlich durcheinander. Hoffentlich geht das bald vorüber!«

Greta betrachtet Andrea Walther und bemerkt deren Betroffenheit. Für kurze Zeit tritt sie förmlich aus dem Gespräch heraus, erscheint traurig und verstört. Dann schüttelt sie leicht ihren schlanken Körper und blickt Greta wieder aufmerksam an. »Liebe Frau Bartholdi, ich habe da eine Bitte! Wenn Sie uns vielleicht helfen könnten? Wir haben hier manche Probleme seelischer Natur. Herr Kolberg zum Beispiel leidet an immer gleichen Alpträumen. Sowas mit Männern und Gewalt. Kommt vielleicht von seiner früheren Arbeit. Im Alter spült so manches wieder hoch. Wenn Sie uns ab und zu unterstützten, vielleicht mit Beratungsterminen, oder mit Einzelgesprächen, aber auch der einen oder anderen Gruppensitzung, dann wäre uns sehr geholfen. Wir könnten das dann in unsere Leistungsbeschreibung aufnehmen. In finanzieller Hinsicht werden wir uns sicher einig. Es geht ja um die Menschen.«

Greta ist über die Direktheit des Angebotes überrascht. Andrea Walther begegnet ihr rätselhaft. Das Angebot aber erscheint ihr reizvoll. Also sagt sie spontan zu, über Einzelheiten müsse man sprechen, aber grundsätzlich: »Ja!«

Andrea Walther beginnt freudig zu strahlen. »Dann sind wir uns ja einig, ich freue mich sehr! Wir sollten noch mal die Tage telefonieren, aber von mir aus ist klar: Willkommen im Team!«

## Kapitel 33

Fenderling und Neumann sind um ihre Aufgabe wahrlich nicht zu beneiden. Von verschiedenen Seiten hagelt es im Revier Anspielungen, ihr heutiges Ermittlungsziel betreffend, das inmitten von Westermarkelsdorf in dörflicher Idylle liegen soll. Sie machen sich mit dem Dienstwagen auf den Weg.

Beide Männer entstammen eher bodenständigen Familien, durchliefen daher konventionelle Formen der Sozialisation. Sicher, ihr beruflicher Alltag hat ihnen manchen Einblick zugemutet, in die Abgründe und Variationen menschlicher Existenz. Und Fenderling hat gegenwärtig ohnehin einen Punkt in seinem Leben erreicht, an dem er sich gelinde gesagt im Umbruch erlebt. Streng genommen hat auch der neben ihm im Dienstwagen sitzende Neumann seinem Leben eine entscheidend andere Wendung gegeben, indem er Currywurst gegen Reisplatte und Dienstwaffe gegen Buddha tauschte. Fenderling sieht seinen langjährigen Kollegen an und spürt ein bislang unvertrautes Verlangen, sich mitzuteilen.

In der Krise mit Eva ist etwas neu erwacht, das er als kleiner Hubert, irgendwo in den Schichten seiner kindlichen Vergangenheit, wohl begraben haben musste, nämlich ein richtiger Junge zu sein, mit den anderen zu bolzen, Frösche aufzuspießen, über die Mädchen zu lästern. Irgendwann hatte er sich abgekoppelt, war seiner Wege gegangen und ein etwas einsamer Sonderling geworden, der die Natur erforschte und schon immer in den öffentlichen Dienst strebte, sehr zum Wohlgefallen seiner spießigen Mutter. Überhaupt: ›spießig‹! Wie er dieses Wort hasste, das ihn wie ein Fluch verfolgte. Es war irgendwann sein Markenzeichen. Er war wie bestimmt für diese Kiste klischeehaften Denkens, mit seinem Stofftaschentuch und der Kassenbrille. »Wir sind nicht die anderen«, hatte seine Mutter gemeint, wenn er sich in seiner Not doch mal beklagte, weil er zum Beispiel eine Jeans haben wollte, so eine wie die anderen.

Ob Neumann auch so einer gewesen war, der keine Spielkameraden fand und in stillen Stunden seine Mutter hasste, ihr aber niemals widersprach? Fenderling mustert Neumann verstohlen aus den Augenwinkeln und ist erstaunt. Er hatte ihn längst als bieder und dröge gespeichert, als jenen Kollegen, der Neumann vor Jahren mal war. Aber der hat sich verändert: Seine Haare haben einen eigenwilligen Schwung bekommen, er hat ein kleines goldenes Männchen am Ohr und seine Brille ist teuer, ein schwarzes Gestell, ganz flott.

›Flott‹ ist auch so ein Wort, das überhaupt nicht geht. Das liebte nun mal seine Mutter. Wer sagt das denn heute? ›Stylish‹ vielleicht?

Der Gedanke an Eva schmerzt. Sie ist seine große Liebe. Auf ihre bisweilen oberflächliche und zickige Art hat sie ihn zumindest von seiner geheimen Bestimmung befreit, für immer Mamas Liebling zu bleiben. Und er spürt in diesem Moment, dass er seinem Leben diesen Schwung der ersten Jahre, des plötzlichen Aufbruchs, wieder erkämpfen möchte. Das ist nun seine Baustelle und es scheint, dass es in seiner Schatzkiste des Lebens Perlen gibt, die es neu zu entdecken gilt. Eine davon ist möglicherweise Neumann, mit dem Buddha im Holster.

Sie erreichen Westermarkelsdorf. Als der Wagen auf den Dorfplatz biegt, huscht ein Lächeln über Neumanns Gesicht. »Hättest du das gedacht, Hubert? Dass wir zwei alten Hengste uns mal im Rotlichtviertel vergnügen?«

Sie halten vor dem Club, dem von außen kein Rotlicht anzumerken ist. Es ist ein schmuckes Anwesen, samt Nebengebäude, mit blauer und weißer Farbe aufgehübscht. Fenderling fragt sich unwillkürlich, ob dieses ständige Auftreten von Blau-Weiß irgendeinen Sinn verfolgt. Zumindest entkräftet die seriöse Fassadengestaltung mit Sicherheit die Ängste der Anwohner, die anfangs ein Sodom und Gomorrha befürchteten und touristenschädliche Neon-Herzchen. In diesem biederen Gebäude also treibt das Club-Girl und Sexy-Luder sein Unwesen?

»Tja, lieber Horst«, sagt Fenderling, »ich leih dir auch mein Stachelhalsband, wenn du mich auf Knien bittest!«

Neumann schmunzelt und ist mit sich, der Welt und offensichtlich auch mit Fenderling zufrieden. Die beiden schälen sich aus dem Dienstwagen und betreten das Grundstück. Nachdem offensichtlich kein Kampfhund-Rudel ihren Weg versperrt, umrunden die beiden Männer den Gartenteich und erreichen den Eingang, an dem lediglich ein unscheinbares Messingschild auf *diskrete Club-Ferien* hinweist. Auf ihr Klingeln kommt Bewegung in das verschlafen daliegende Gebäude. Die Tür wird geöffnet und vor ihnen steht eine Person vom Typ stattliche Frau, Größe etwa einsachtzig, aber nicht in Lack und Leder, sondern ausgewaschener Jeans.

»Herzlich willkommen«, schallt es ihnen freundlich entgegen. »Zwei Herren haben wir selten.«

Neumann läuft rot an und Fenderling ergreift das Wort: »Das ist bei uns aber anders, wir kommen immer als Pärchen. Ich bin Kriminalkommissar Fenderling von der Polizei und neben mir steht Kollege Neumann, wir möchten gerne mit Ihnen sprechen.«

Zögernd gibt die Frau den Eingang frei. »Verzeihung, ich vergaß mich vorzustellen. Ich bin die Biggy, also Biggy Beckmann. Für meine Freunde auch BB. Bitte treten Sie näher, wir haben nichts zu verbergen.«

Neugierig treten die beiden Besucher in die Tiefe des Flurs, wo sie ebenfalls nichts Spektakuläres erwartet. BB umrundet fluchend ein Bobbie-Car und ordnet im Vorübergehen ein Häkeldeckchen, dann öffnet sie die Wohnzimmertür und bittet die Männer herein. Ein bisschen Enttäuschung beginnt Fenderling schon zu beschleichen, hat er doch mindestens irgendeinen Hinweis erwartet, nach dem Motto: Ich kann auch anders! Vielleicht eine achtlos hingeworfene Peitsche oder kunstvoll drapierte Handschellen. Stattdessen bahnen sie sich durch ein mittleres Chaos von Playmobil-Autos und Pampers den Weg zur Couchgarnitur, über der Urlaubsbilder von Mallorca hängen und in der sie nun neben einem schwarzen Kater versinken.

»Darf ich Ihnen etwas anbieten?«

Die Männer verneinen. »Wir kommen wegen einer Nachfrage«, sagt Fenderling. »Machen Sie sich keine Umstände. Es ist auch bloß reine Routine.«

BB wirkt bei dieser Ankündigung aber keineswegs entspannt. Denn reine Routine sieht in ihrem Leben offensichtlich anders aus.

»Wir sind gekommen, um Sie nach einem Mann zu fragen, einem Gast hier in Ihrem ...« Fenderling stockt.

»Club«, ergänzt nun Biggy und grinst. »Wir sind hier kein Puff im klassischen Sinne. Eher Dienstleister einer besonderen Art. Insofern passen Sie in unsere Zielgruppe der älteren Herrn.«

Fenderling verzieht keine Miene. Mit freundlichem Nicken greift er sein Anliegen wieder auf. »Club, ganz genau! Sie müssen mir mal helfen: Entgegen Ihren Erwartung bin ich bei Clubs gänzlich unerfahren. Ist man da Mitglied? Bekommt man einen Ausweis oder alle paar Wochen einen Rundbrief?«

Aus dem etwas groß geratenen Mund der Frau erschallt ein herzliches Lachen. »Nein, nein, nicht so! Wir sind kein Club in diesem Sinne. Wir sind diskret. Unsere Kunden mieten Wohnraum, für Stunden oder Tage. Das reicht vom reinen Erholen in ländlichem Umfeld bis hin zum kompletten Service. Wir haben hier ein Studio, können Sie gerne mal ansehen. Da bieten wir das volle Programm. Aber dann nur als Pärchen, gemeinsam mit meinem Mann. Allein wäre mir das viel zu gefährlich. Sie müssen wissen, wir haben hier eine ganz besondere

Klientel. Das reicht vom verklemmten Spießer bis hin zum Fetischisten. Und irgendwie tendieren alle zur Gewalt. Die einen wollen sich selbst bestrafen, die anderen leben sich aus. Aber eine Macke haben alle, das glauben Sie wohl. Und bevor einer richtig austickt, habe ich lieber die Kontrolle. Sicher ist sicher!«

Neumann wirkt sehr beeindruckt: »Dann haben Sie hier ja einen harten Job. Ist vielleicht ein bisschen wie Psychiatrie?«

BB zeigt nun ein feines Lachen. »Das haben Sie korrekt erkannt! Wir sehen hier die düsteren Seiten des Lebens. Und wenn wir das nicht machten, dann wären die ja nicht einfach weg. Also versuchen wir sie zu verstehen und diskret zu entschärfen. Über jeden unserer Kunden gibt es Unterlagen. Die verzeichnen die Vorlieben und speziellen Themen. Zum Beispiel Sklave und Domina oder Matrose und Kapitän. Oder immer gerne genommen: gestrenger Lehrer. Manche brauchen immer was anderes, aber die meisten, die lieben ihr spezielles Programm. Und das feilen wir dann aus, mit verschiedenen Varianten. Wie heißt denn Ihr Kunde?«

»Also, wir fragen nach Michael Hansen, etwa Mitte vierzig«, erklärt Fenderling. »Aber vielleicht hat er einen anderen Namen benutzt.«

»Ach ja, der Doktor!«, entfährt es BB. »Das ist einer unserer besten Kunden, seit Jahren schon. Er kommt jeden Monat, immer am Samstag, hat vorbestellt. Wenn Sie mir mal eben ins Studio folgen, dann kann ich in unserer Kartei nachsehen.« Sie erhebt sich von ihrem Sessel und durchschreitet eine Tür in das Nebengebäude.

Geht es nun in das Reich des Dunklen und des Perversen?

Sie gehen durch eine weitere Tür, dann greift BB nach einem schweren Schlüssel, steckt ihn in ein mittelalterlich anmutendes Schloss, schließt um und zieht eine schwere Eichentür auf. Als sie das Licht einschaltet, eröffnet sich

Neumann und Fenderling eine gänzlich neue, ihnen bislang unbekannte Welt. Auf einer Art Bühne prangt das Herzstück des Ganzen, ein martialisch anmutender, überdimensionaler Käfig. An den Gitterstäben sind Handschellen befestigt. Auf einem Regal türmen sich Schraubzwingen und Zangen. An einer Wand über dem Käfig präsentiert sich eine Sammlung diverser Schlaginstrumente, vor allem Peitschen, aber auch verschiedene Stöcke.

BBs Blick ist offensichtlich dem von Fenderling gefolgt. Zumindest scheint sie sein Erstaunen zu bemerken. »Der Hit ist der klassische Rohrstock. Da fahren fast alle drauf ab. Der darf im Grunde niemals fehlen und ist der zentrale Baustein beim Schulprogramm. Das ist auch meine beste Nummer. Ich habe da so ein Lehrerinnenkostüm genäht, bin ja leidenschaftlich am Schneidern. Das habe ich von alten Fotos, die wir auf einem Flohmarkt gefunden haben. Also eigentlich ist es mehr das Model Gouvernante. Aber die meisten setzen das mit strenger Lehrerin gleich. Im Prinzip sind die Rollen ja austauschbar.«

Es folgt die raumgreifende Schilderung eines Züchtigungsprogramms und anschließend ein Einblick in die speziellen Vorlieben von Hansen. Der Doktor halte es anders. Er sei immer mit irgendwelchen Damen hier. Die Papiere würde man prüfen, damit keine Minderjährige unterkomme. Die Damen seien stets klassisch gekleidet: Gerne enger Rock und strenge Bluse. Und auffälligerweise auch nur in Blau-Weiß.

Fenderling nickt. »Und wie, liebe Frau Biggy, wie sah das nun konkret aus?«

Sie vertieft sich kurz in ihr Notebook und fährt dann fort: »Der Doktor befiehlt ihnen, sich niederzuknien. Dann müssen sie sich selbst entblößen. Ich bin meist seine stumme Assistentin und reiche ihm den Stock. Speziell sein Rohrstock ist sehr gefürchtet, bisweilen treibt er es auch ziemlich bunt. Er schlägt sich dann förmlich in Rage und kriegt einen ganz, ganz seltsamen Blick. Irgendwie kann ich das schwer beschreiben. Es ist schon sehr speziell und manchmal muss ich dann auch intervenieren. Eine Unterbrechung des Ablaufs scheint ihn wiederum sehr zu irritieren. Wenn Sie mich fragen, bin ich auch nicht immer sicher, ob die Frauen das wirklich wollen. Das Geheimnis von SM ist ja eine geheime Übereinkunft. Die Gewalt ist ein Bedürfnis, eine Klammer der Seele. Sie öffnet sich für einen Einblick, legt Abgründe frei und sucht dann wieder Begrenzung. Diese Grenze wird zuvor vereinbart und mit einem Vokabular belegt. Es gibt so Begriffe, mit denen man stoppt. Ein ›Nein‹ heißt nicht immer, dass der andere nicht will. Ganz im Gegenteil! Und dann gibt es tatsächlich ein Stopp-Wort, das die Aktion sofort beendet. Das haben wir auch stets vereinbart. Aber der Doktor ist manchmal so rasend, dass er alles ignoriert und die Frauen weiter schlägt. Dann müssen wir dazwischen, ziemlich unangenehm. Und: Das verdirbt die Nummer!«

Neumann und Fenderling starren ihre Gesprächspartnerin fassungslos an. Ohne es recht zu merken, sind sie in die berichtete Szene eingetaucht.

Fenderling ist doppelt betroffen. Als Kind wurde er von der Mutter häufig mit dem Rohrstock gezüchtigt, was diese heutzutage aber bestreitet. Er zuckt bei der Vorstellung zusammen und spürt den Schmerz. »Und wie reagierte der Hansen? Und was war mit den Frauen?«

»Der Doktor kommuniziert wenig. Der hat ein Problem. Ich meine, der hat ganz viele, aber eins fällt aus dem Rahmen: Er hat so gar keine Vorstellung vom Gegenüber. Verstehen Sie mich?«

Fenderling ist sich im Moment nicht sicher, was er wirklich versteht, hat aber eine vage Ahnung. Er fragt nach und ist verwundert, wie detailliert die Frau berichtet.

BB schildert einen Mann, der sein Gegenüber nicht spürt. Der die Stimmung nicht einschätzt und einfach sein Programm durchzieht. Ihm fehle so ein Organ, er sei auch reichlich humorlos. Fenderling wird das Bild des Toten immer unangenehmer.

BB ist mit ihrem Wissen am Ende. Sie weckt Fenderlings Sympathie, erscheint ihm klug, unverstellt und ehrlich.

Als sie mit den beiden Polizisten schließlich zum Ausgang geht, fragt sie neugierig nach: »Ich nehme an, dass Sie uns nicht wieder beehren, denn Sado-Maso ist wohl nicht Ihr Fall. Aber ist es nicht witzig, so ein Club in Westermarkelsdorf?«

Hinter Fenderling beginnt Neumann zu kichern. »Nicht schlecht, aber warum nicht drei Kilometer weiter? In Schlagsdorf wäre das Ganze der Hit!«

Man verabschiedet sich mit herzlichem Lachen und die Männer verlassen den Ort. Als die beiden kurze Zeit später durch das besagte Schlagsdorf kurven, bricht sich erneut Erheiterung Bahn. Und so betreten am Ende zwei gut gelaunte Polizisten die Wache, sehr zur Verwunderung ihrer gehetzten Kollegen.

## Kapitel 34

»Stress?« Mirko gibt heute den Mitteilsamen, hat bereits in kurzer Zeit den zweiten Milchkaffee auf den Erkertisch gestellt und betrachtet Moor stirnrunzelnd. »Ich kenne das genau, hatte vor zwei Jahren ein Burn-out. Da stand ich in meiner Küche, habe ein Frühstück zubereitet und an meine Ex gedacht, die mich richtiggehend abgezogen hat. Außerdem wollte ich einen Café-Garten eröffnen. Und dann fiel mir tatsächlich die Tasse aus der Hand. Einfach so! Und jetzt kommst du ...« Mirko blickt Moor scharf schräg von unten an, ein Auge halb zusammengepresst und das Kinn etwas merkwürdig vorgestreckt.

Moor kann das Ganze erst einmal überhaupt nicht zuordnen. Ja sicher, er ist schon irgendwie gestresst. Vor allem nervt ihn seine eigene Unentschlossenheit angesichts der vielen Ermittlungsansätze, dass er sie in den Händen hält, wie ein Kutscher seine Leinen, aber nicht weiß, in welche Richtung es läuft. Und das Pferdegespann seiner inneren Vision geht mit ihm durch.

Also hat Mirko schon recht, aber wie er Moor so anblickt, wirkt er doch eher wie der Schauspieler, der er im früheren Beruf tatsächlich war. Bloß die Rolle, die er jetzt gerade spielt, ist Moor nicht klar.

In diesem Moment beginnt Mirko zu grinsen, der Ausdruck von Spannung löst sich. »Das war nur Spaß. Aber ich mache mir echt Sorgen um dich. Ich kenne da eine, die hat eine Heilpraktikerausbildung. Da solltest du mal hingehen! Die praktiziert so eine Mischung aus Heilfasten und traditioneller indischer Heilkunst, Ayurveda, glaube ich. Und zur Not gibt sie dir Bachblüten-Tropfen. Steht Rescue drauf. Wenn du die einnimmst, bist du schnell wieder relaxt, habe ich selbst probiert.«

Moor schüttelt den Kopf. »Ganz so schlimm ist es nicht! Ich suche nur nach einem Ansatz und wer weiß, vielleicht ist unser Gespräch hier gar nicht schlecht.« Mirko betrachtet ihn aufmerksam und Moor fährt fort. »Wir haben da etwas Ärger, mehr darf ich dazu nicht sagen. Jedenfalls gibt es doch die Planung, diesen Tunnel zu graben, direkt unter dem Fehmarnbelt. Und an diesem Vorhaben scheiden sich bekanntlich die Geister. Nun gibt es dieses Forum, in dem man sich vertrauensbildend informiert!«

Mirkos Blick wird verächtlich, er schüttelt versonnen den Kopf. »Das kannst du wohl knicken! Ich habe da eine Bekannte, mit der solltest du reden. Die kennt die Szene wie keiner sonst.« Er geht zum Tresen und kehrt mit einer Visitenkarte zurück, um sie Moor zu geben. *Sabine Deichbrand, Eventmanagement.* »Das ist die Bine, die rufst du mal an, am besten auf Handy, ist viel unterwegs!« Nach diesen erschöpfenden Auskünften geht Mirko sichtlich zufrieden zur Eingangstür und beobachtet das geschäftige Treiben auf der Straße. Die Sonne scheint zögernd, beleuchtet die kleine Terrasse und einen Baumstamm, bekleidet mit farbenfrohem Strick, dem letzten Schrei der Saison.

Moor dreht die Visitenkarte in den Händen, zückt sein schickes Smartphone und scannt die Karte kurzentschlossen ein. Er wählt die im Adressblock verzeichnete Nummer, lauscht auf das Freizeichen und beschließt eben gerade, der erwarteten Box-Ansage durch Auflegen zuvorzukommen, als sich Erstaunliches tut: Sabine Deichbrand ist am Apparat. Ihr kurzes »Ja?« klingt nicht unfreundlich, aber knapp.

»Hier spricht Moor, Clemens Moor!« Er winkt Mirko zu und hält drei Finger in die Höhe. Der Wirt versteht sofort und verschwindet in der Küche, um den nächsten Milchkaffee zu vollenden. »Ich bin bei der Polizei und ermittele in einer Sache, die auch die *Feste Fehmarnbelt-Querung* tangiert. Ich stehe da noch am Anfang. Jedenfalls nannte man in diesem Zusammenhang Ihren Namen, weil Sie doch eine Fachfrau für die Thematik sind.«

Er legt eine Pause ein und wartet. Die Gesprächspartnerin am anderen Ende tut das Gleiche, was Moor irritiert. »Hallo, Frau Deichbrand?«, fragt er zögernd nach.

»Ja, ich höre Ihnen zu.« Sie ziert sich noch. »Also, natürlich bin ich im Bilde, ist ja klar. Wie und wo Ihnen das aber nützen kann, das ist mir nicht erkennbar. Ich bin ja nur Sprecherin vom Netzwerk *Pro Fehmarnbelt*. Das ist ein Zusammenschluss von Bürgerinitiativen und Vereinen gegen die feste Querung, von Fehmarn bis Lübeck. Es gibt aber auch noch Henny Tüpen. Der ist Vorsitzender im lokalen Bündnis.«

Moor wird bewusst, dass die ganze Sache heikel ist und keiner so gerne im Rampenlicht steht. Dennoch oder gerade darum ist Klarheit gefragt. Denn es ist nicht auszuschließen, dass am Ende des Ganzen auch ein Dr. Hansen auftaucht. »Liebe Frau Deichbrand, das habe ich begriffen. Ich möchte Sie herzlich bitten, mir bei der Arbeit zu helfen. Und wenn es nützt, auch gerne gemeinsam mit Herrn Tüpen. Was halten Sie davon, wenn ich Sie gleich besuche?«

Am anderen Ende der Leitung hört Moor ein Seufzen. »Nun gut, Sie haben gewonnen, wir machen das. Ich versuche den Henny zu erreichen. Sagen wir in zehn Minuten?«

Moor ist überrascht, dass es nun doch so schnell klappt, und bestätigt dankbar den Termin. Das Gespräch ist beendet, Mirko bringt den Milchkaffee. Leider bleibt Moor nicht mehr viel Zeit, den Kaffee stilvoll zu genießen. Bereits nach wenigen Minuten macht er sich auf den Weg.

# Kapitel 35

Moor verlässt mit dem Jaguar die Stadt, fährt über die Fehmarnsund-Brücke und erreicht das Festland, von den Insulanern gerne als Europa tituliert. Nach wenigen Kilometern biegt er von der Hauptstraße ab und fährt durch die Felder, bis er den kleinen Hof erreicht, den Sabine Deichbrand ihm am Telefon beschrieben hat. Er liegt idyllisch in einer Senke, dicht an einen See geschmiegt. Und die Aussicht über den Sund raubt Moor förmlich den Atem. Die bunten Segel der Boote flattern lebhaft im Wind, der gerade ablandig weht, dem Wasser eine Kräuselspur verpasst und den Kitesurfern jenen Schub, der die Bucht so berühmt macht.

Als der Jaguar hält, tritt bereits die Gastgeberin vor die Tür, um ihn freundlich zu begrüßen. Es ist eine malerische Szene. Ihre roten Locken bewegen sich im Wind, umspielen ihre hohen Wangenknochen. Die klugen Augen sind etwas verengt, kämpfen gegen das gleißende Licht an, vermitteln dennoch eine Anmutung von Offenheit.

Fast gleichzeitig biegt ein Kleinwagen älterer Bauart auf den Hof. Ein Mann steigt aus. Er ist leger gekleidet, in einem etwas nachlässigen Stil, der nach Moor Vermutung jedoch zielsicher gewählt wurde, um ihm etwas Altersloses, Dynamisches zu verleihen.

Der Mann kommt zügig näher und reicht Moor eine braun gebrannte, feste Hand. »Ich bin der Henny!«

Moor nickt ihm freundlich zu. »Ich freue mich, dass es mit unserem Treffen so schnell geklappt hat, das hilft mir sehr.«

Sabine Deichbrand führt die Männer auf eine geschützte Terrasse und blickt Moor neugierig an.

»Wir ermitteln in einem Fall, der Dr. Hansen betrifft. Er ist jetzt nicht irgendwie beschuldigt, aber eine wichtige Person. Unsere Ermittlungen haben ergeben, dass Dr.

Hansen für *Euro A/S* engagiert war. Mit denen haben wir auch bereits gesprochen, aber was wir erfuhren, blieb merkwürdig blass.«

Sabine Deichbrand schmunzelt. »Das kann man sich denken, so kennen wir die.«

»Nun«, fährt Moor fort, »um einen Einblick zu bekommen, welche Arbeit das ist, die Dr. Hansen da macht, welche Funktion er in diesem Forum ausübt, benötige ich Ihre Hilfe. Was ist das für ein Netzwerk, für das Sie sprechen?«

Ohne zu zögern, beginnt die junge Frau Moor zu schildern, wie das Netzwerk *Pro Fehmarnbelt* entstand. Man verstehe sich als lockeren Zusammenschluss, über Fehmarn hinaus. Er bündele die Kräfte derer, die von einer festen Belt-Querung betroffen wären, von Lärm- und Gesundheitsbelastungen, Naturfrevel und mehr. Nicht nur das eigentliche Projekt der Belt-Querung, sondern auch die gesamte Trasse gefährde den Tourismus als lokales Standbein. Man befürchte Arbeitsplatzverluste bei *ScanFerries*, aber auch durch eine Zerstückelung der Höfe. Und die ganzen Wirtschaftlichkeitsberechnungen stammten aus dem Jahr 2002, inzwischen rechne man kostenseitig mit mindestens zwei Milliarden. Die Feste Belt-Querung degradiere die Region zur Transitschneise und opfere sie blindwütigem Wachtsumswahn. »Unsere Ziele«, betont Sabine Deichbrand, »sind Aufklärung und Verhinderung.«

»Na ja«, beginnt Moor laut zu denken, »da ist so ein Forum aber eine zweischneidige Sache, verspricht man sich davon doch gemeinhin Austausch, vielleicht Verständigung oder Kompromiss!«

Sabine Deichbrand und Henny Tüpen nicken synchron. »Genau so ist es!«, bestätigt Tüpen. »Das kann man gut an dem Kuhhandel erkennen, den *Euro A/S* da plant. Die bieten dem Umweltministerium als Geldfalle Kompensationszahlungen in Millionenhöhe an. Gerade mal lächerliche zwanzig Millionen für die dauerhafte Zerstörung des Fehmarnbelts. Und Transparenz, der einzige Sinn solch eines Forums, ist ein Lippenbekenntnis ohne Wert.« Er redet sich in Rage: Das zuständige Ministerium verramsche eine intakte Natur auf dem Grabbeltisch. Und die Naturschutzverbände erhielten noch nicht einmal Einblick in eine Umweltverträglichkeitsstudie. »Und darum, lieber Herr Kommissar, legen wir uns quer. Mit Ausrufezeichen!«

Moor ist beeindruckt von diesem Kampf David gegen Goliath. Und die Argumente erscheinen ihm fundiert. Doch für ihn geht es nicht um Sympathien für die Sache, sondern um Hintergründe, die einen Mord erklären. »Dass Sie Dr. Hansen nicht mochten, das leuchtet mir ein. Aber falls er, nur mal angenommen, nicht mehr leben sollte, wem nützte denn das, was meinen Sie?«

Sabine Deichbrand starrt ihn fassungslos an und Henny Tüpen ergreift das Wort: »Solche Typen sind doch einer wie der andere, völlig austauschbar, wie mir scheint. Allerdings hat wohl dieser Hansen einen guten Draht zum Betriebsrat von *ScanFerries*. Der Ralph Brandt führt dort den Vorsitz und man sagt, dass die dicke Freunde sind.« Aber damit wolle er am Ende nicht zitiert werden, weil er keinem etwas nachsagen wolle, da es lediglich Gerüchte gebe.

Moor überlegt, wem eine solche Männerfreundschaft am meisten nutzte, eher den Projektgegnern oder *Euro A/S*. Je nachdem könnte das ein starkes Motiv sein, sich von Hansen zu verabschieden, bevor es irgendeinen Ärger gibt.

Er wendet sich an Henny Tüpen: »Dann habe ich noch eine Frage, wo Sie das gerade sagen. Kennen Sie denn diesen Betriebsrat näher? Wie schätzen Sie Herrn Brandt denn ein?«

Tüpen zuckt mit den Schultern. »Da können Sie sich drauf verlassen, dass der sauber ist und gerade denkt.

Vielleicht sollten Sie ihn aber selbst befragen, bevor ich was sage, was am Ende nicht stimmt.«

Moor ist sehr zufrieden, dass er nun eine weitere Anlaufstelle kennt. Er bedankt sich bei Sabine Deichbrand und Henny Tüpen und macht sich auf den Weg. Während er vor der Fehmarnsund-Brücke wegen eines Staus halten muss, denkt er darüber nach, dass die beiden ihn überhaupt nicht danach gefragt haben, was mit Dr. Hansen eigentlich ist. Aber andererseits kennt er ja das Leben. Und das erscheint ihm bisweilen doch rätselhaft. Als er wieder Fahrt aufnimmt, bemerkt er zehn Minuten später, dass er völlig in Gedanken gefahren ist. Daher wundert er sich auch wenig, dass er bereits Puttgarden erreicht hat.

Moor biegt auf das Gelände der Reederei *ScanFerries* ein, parkt auf dem Kundenparkplatz und fragt sich im Verwaltungstrakt unter Zuhilfenahme seines Dienstausweises durch. Wenig später steht er vor dem Vorzimmer des Betriebsrats. Durch die nur angelehnte Tür hört er eine gepresste Frauenstimme: »Ja, das weiß ich, kann ich aber nicht ändern! Herr Brandt ist heute nicht im Hause. Sobald ich ihn erreiche, ruft er Sie zurück!« Moor klopft pro forma an die Glasscheibe der Tür, öffnet sie und betritt mit einem charmant gemeinten Grinsen das Büro.

Die Einrichtung ist fast spartanisch. Hinter dem schlichten Schreibtisch steht eine Blondine, ziemlich verkrampft, gereizt und auch erschöpft. Ihre Hände hat sie ineinandergelegt, die Handknöchel treten weiß hervor, während das rote Gesicht der Frau, die Moor auf Ende dreißig schätzt, einen lebhaften Kontrast bildet.

»Was ist denn nun schon wieder?«, keift sie. »Nun sagen Sie bloß, dass Sie Ralph Brandt suchen, dann ticke ich aus, das ist garantiert!«

Moor verkneift sich weiteres Grinsen. »Das kann ich uns dann leider nicht ersparen. Ich bin von der Kripo und ermittele in einem Mordfall. Und nun her mit Ihrem

Herrn Brandt, bevor ich ihn lade. Das wäre nämlich unangenehm für Sie und ihn.«

Die Sekretärin lässt sich unsanft auf einen Drehstuhl fallen, betrachtet Moor wie das Ungeheuer von Loch Ness, atmet kraftlos aus und schüttelt wortlos ihre blonden Locken. Es ist ein bisschen so, als habe jemand aus einem aufgeblasenen Plastikelefanten den Stöpsel gezogen. »Was Sie da wollen, ist sicher gut gemeint. Aber Ralph Brandt, für gewöhnlich ein Muster an Verlässlichkeit, ist heute Morgen einfach nicht erschienen. Ich habe bereits dutzendfach mit seiner Frau gesprochen. Auch sie kann mir das nicht erklären. Er sei noch spät auf einem Meeting gewesen. Und als sie morgens erwacht sei, habe sie ihn schließlich auch vermisst. Machen Sie sich da Ihren Reim drauf, aber in knapp zehn Jahren, die ich nun mit Ralph arbeite, habe ich niemals so etwas erlebt!«

Moor tritt einige Schritte vor und wirft einen orientierenden Blick in das angrenzende Zimmer, offensichtlich das Büro des Vermissten. Er sieht überall Ordner in Reih und Glied, sauber beschriftet, und ebenso gekennzeichnete Abwurfschalen. Der Schreibtisch ist geordnet und der Posteingang geleert. Man erkennt sofort den sortierten Menschen mit System.

Er lässt sich von der inzwischen handzahmen Sekretärin Brandts Adresse geben und überreicht ihr dafür seine Karte. »Sobald Sie etwas über Ihren Chef erfahren, bin ich der Erste, der es weiß!«

Gemessen an Moors üblicherweise höflichen und sehr gewählten Umgangsformen klingt das auch in seinen eigenen Ohren grob. Mit einem erneuten Grinsen und einer kurzen Handbewegung, die etwas zwischen Gruß und Abschied signalisiert, verlässt er das Büro und atmet tief durch. Erst nach mehreren Zügen verspürt er Entspannung. Was war das bloß?

Mit raschem Schritt überquert er den Parkplatz, wendet sich einer Intuition folgend um und erkennt im Obergeschoss am Fenster kurz einen blonden Lockenkopf, der sich augenblicklich ruckartig verzieht. »Irgendetwas scheint hier nicht zu stimmen«, murmelt er, geht langsam weiter und setzt sich gedankenschwer in sein Fahrzeug.

# Kapitel 36

In der Senioreneinrichtung *Strandruh* herrscht das rege Treiben des Mittagstischs, für viele der Frauen und Männer das tägliche Highlight. Nicht umsonst umwirbt die Einrichtung betuchte Senioren mit dem Hinweis auf Strand- und Gaumenfreuden. Vanessa befindet sich sogar im Vollstress, will sie doch in kürzester Zeit die Mahlzeiten auf den Tisch bekommen, am besten alle gleichzeitig. Denn beim Essen hört der Spaß auf, da beobachtet man sich wechselseitig mit Eifersucht: Wer bekommt zuerst und welche Mengen? Nur einer hält sich aus diesem missgünstigen Spiel heraus: Franz Kolberg, der immer wieder gutmütig augenzwinkernd betont, der Krieg sei schließlich vorbei. Man leide keine Not.

Vanessa hat die Ärmel hochgeschoben und dadurch unbedacht ihre Unterarme entblößt. Viele kleine Narben formen auf ihrem linken Arm Striche, eine Art Fahrtenbuch ihrer Seele und eines kurvenreichen, konfliktbeladenen Lebenslaufs. Aber niemand scheint es zu bemerken, alle haben nur Blicke übrig für die Seelachs-Nudel-Kreation, die Vanessa mit jugendlichem Schwung auf die Tafel knallt. In dieser Bewegung treffen sich ihre Überforderung und ihr eigentlich grundloser Ärger.

Dann ist schließlich verteilt, was zu verteilen war. Alle sitzen aufrecht da, bereit zu einer kurzen Einkehr im gemeinsamen Gebet. Franz Kolberg sitzt für gewöhnlich mit ernster Miene da, während eine ausgewählte Person die tägliche Losung und die Gebetszeile spricht. Heute steht Erna Pichler auf der Liste. Ruhe ist eingetreten, als sich Frau Pichler erhebt. Sie nestelt an der Manschette ihrer Bluse, zieht ein Taschentuch mit Spitze heraus, dreht es verlegen hin und her, steckt es wieder zurück. Dann blickt sie unter sich und wirkt unentschlossen. Allgemeine Unruhe stellt sich ein.

Andrea Walther lächelt gütig. »So, Frau Pichler, jetzt hören wir Ihren Beitrag. Matthäus fünf, Vers dreizehn, über das Salz der Erde, wenn ich es richtig sehe. Wir haben es ja tüchtig geübt!«

Erna Pichler zuckt zusammen, greift unter ihre Kittelschürze, die sie bei jeder Mahlzeit trägt, und holt etwas hervor, die Textvorlage, wie man vermutet. Dann werden alle Blicke starr. Die Bewegung zieht alle Anwesenden in ihren Bann. Wie in Zeitlupe, in einer unnatürlich und eckig erscheinenden Bewegungsfolge, zieht sie einen Metallgegenstand hervor. Die Mittagssonne trifft mit hartem Kontrast auf den kühlen Stahl, langsam hebt Erna Pichler den Lauf. Die Mündung der Waffe ist direkt auf Franz Kolberg gerichtet, aber scheinbar absichtslos, und wandert dann weiter, über die schreckhaft geweiteten Augen einer leichenblassen Seniorin, auch über Vanessa hinweg, in deren Gesicht die pure Panik tobt, irrt dann weiter zu Frau Walther und stoppt.

Sie stehen sich gegenüber wie in einer Art Showdown. Die Blicke der Anwesenden irren zwischen Erna Pichler und Andrea Walther hin und her. Die Hand der alten Dame zittert, die Waffe wiegt viel zu schwer, die Augen ihres Gegenübers sind auf die Mündung gerichtet, die sich leicht senkt. Andrea Walther hebt verzweifelt die Hände, wie einen kläglichen Schutzschild, ihre Augen sind geweitet, man erkennt ein unnatürlich scharf abgesetztes Blau.

Dann legt sich eine Hand auf die Waffe, behutsam, fast zärtlich. Es ist Franz Kolbergs Hand. Sie umschließt den Lauf und entwindet einer kraftlosen Erna Pichler die Pistole. Franz Kolberg und Vanessa führen Frau Pichler schließlich auf ihr Zimmer, beruhigen die alten Menschen, stellen den Fernseher an, verteilen Gebäck, suchen irgendeine Form von Routine. Der Notruf ist getätigt, alle warten. In einer von Sonnenstrahlen in freundliches Licht getauchten, dadurch merkwürdig gespenstischen Szenerie.

# Kapitel 37

Moor treibt den Jaguar mit einem martialischen Fauchen über die Route 47. So heißt die Schnellstraße, die E47, auf der Insel gewöhnlich. Es ist eine Anspielung auf Amerikas berühmte Route 66. Moor überkommt bisweilen dieses Bedürfnis nach grenzenloser Freiheit und dem Rausch der Geschwindigkeit, für kurze Momente nur. Es ist gerade solch ein Moment, in dem er sich freistellen möchte von Erden- und Schicksalsschwere. Nachdem er sich einige Minuten ausgetobt hat, gleitet der Jaguar wieder friedlich-sittsam dahin.

Die Freisprechanlage reißt Moor aus seinen Gedanken. Sein Smartphone ist gekoppelt und stellt selbständig die Verbindung her. »Hallo, lieber Kollege?« Die Verbindung ist schlecht. Zwischen Knistern und einem undefinierbaren Blubbern ist der Gesprächspartner kaum zu hören. Schließlich erkennt Moor aber seinen dänischen Kollegen Bo Svensson an der etwas eigenwilligen Form der Sprache: »Was macht es bei dir mit der Sønne?«

Moor muss schmunzeln und antwortet laut und klar. Es gebe wirklich Superwetter, wie immer auf Fehmarn, das sei klar.

Dann wird Bo Svensson ernster. Er habe gemeinsam mit seinem Kollegen Ingmar ein bisschen recherchiert. Ein Cousin sei Abteilungsleiter bei *Euro A/S* und habe sich für ihn erkundigt, mal eben kurz unter der Hand, es betreffe Dr. Hansen. Es habe eine Vorstandsentscheidung gegeben und man habe sich im gegenseitigen Einvernehmen getrennt. Man könne auch sagen: Dr. Hansen wurde gefeuert! Er habe sich als wenig geschmeidig erwiesen, also im allgemeinen Verständnis taktlos. Und seine enge Beziehung zum Betriebsrat von *ScanFerries* werde ungern gesehen.

Moor pfeift halblaut. »Also, das habe ich richtig verstanden: Dr. Hansen war bereits nicht mehr für *Euro A/S* tätig?« Als sein Gesprächspartner dies bestätigt, erkundigt Moor sich: »Was sagt denn nun der Informant darüber, wie Hansen darauf reagierte? Der war doch sicher nicht erfreut!«

Bo Svensson, der es offensichtlich genießt, mal nicht nur Falschparker zu verwarnen und zum Zeitvertreib Rocksäume zu messen, legt eine Kunstpause ein. Dann schildert er wortreich, dass er auch das natürlich akribisch recherchiert habe. Dr. Hansen habe Vorstand und Aufsichtsrat gedroht: Wenn die Abfindung nicht stimme, dann packe er aus. Und das sei für die Firma wohl ziemlich heikel. Der Doktor habe sich bestens ausgekannt. Es gehe da unter anderem um die Frage, ob das geplante Tunnelprojekt rentabel sei. Am Ende stehe der Verdacht, der dänische Steuerzahler müsse für die hohen Kosten einspringen.

Moor ist über diese Informationen sehr erfreut und bedankt sich überschwänglich. Dann schildert er seinerseits den aktuellen Ermittlungsstand. Das erstaunte Pfeifen auf der anderen Seite lässt eine Deutung zwischen Neid und Anerkennung zu. »Viele Sønne, viele tot!«, ist Svenssons lakonische Antwort. Dann wünscht er weiterhin erfolgreiche Arbeit und beendet das ergiebige Gespräch.

Moors Blick wandert über die Landschaft, genießt für einen Augenblick das Weichbild der Bäume und Felder und bleibt dann an einem Hinweisschild haften: *Kinderheim Ole Kate*. Was für ein eigentümlicher Name für ein Kinderheim. Er stoppt den Wagen und denkt kurz nach. Es ist das einzige Kinderheim auf Fehmarn und einen kleinen Abstecher wert, um noch einmal kurz Timo und Patrik zu befragen, das hatte er den Jugendlichen doch auf der Fähre angekündigt. Und ein kleiner Schreck muss wohl sein, nachdem sie dort umsonst eingekauft hatten.

Moor biegt also mit seinem Jaguar von der Hauptstraße ab, fährt durch eine kleine sonnenbeschienene Allee und hält vor dem gepflegten Haupthaus, aus dem lärmende

Kinderstimmen klingen. Er stellt den Wagen ab, steigt aus und betritt kurz darauf die Eingangshalle, wo das übliche Chaos tobt, das Jugendliche nun mal um sich her verbreiten. Es ist einfach ein einzigartiges Talent, das Moor auch von seinen Töchtern kennt. Er denkt an Anna, die bei ihrer Mutter lebt, aber demnächst mit einer Freundin zu einem ihrer Besuche auf die Insel kommen wird, und an Marlene, eigentlich Gretas Tochter, die in ihrem Zimmer bisweilen zwischen halbgefüllten Eisteeflaschen, leeren Joghurtbechern und Wäschebergen lebt.

Auch hier im Heim kann Moor so manches bewundern: Alles wurde irgendwo achtlos hingekübelt, wo es denn mal gerade aus den Händen fiel, kein sehr gewinnender Anblick. Aber Moor übt freundliche Nachsicht, legt an den pädagogischen Gruppenstandard in der Jugendhilfe keine höheren Maßstäbe an als an den gewöhnlichen familiären Alltag. Er folgt einem in das Obergeschoss weisenden Pfeil mit der Aufschrift *Gruppenleitung* und trifft auf der Treppe Timo.

»Ach du Scheiße!«, entfährt es dem Jungen. »Muss das sein?« Er starrt Moor entgegen, der hämisch grinst.

»Wo können wir denn sprechen?«, fragt er Timo, der ihn geistesgegenwärtig in eine Ecke zieht.

Nur wenige Schritte entfernt beobachten sie eine junge Frau, die einen Raum verlässt. Sie hat eine frische, freundliche und muntere Erscheinung und ihr Lachen steckt an. Sie ist schlank, sommerlich gekleidet mit kurzer Hose und Shirt, die Haare sind zu einem Pferdeschwanz gebunden. »Das ist Uli«, lässt Timo Moor wissen, während er sich etwas vorbeugt, um den Gang der Frau noch einige Meter weiter verfolgen zu können. »Sie ist unsere Pädagogin und echt gut drauf!«

Dann schiebt er Moor entschlossen in ein Zimmer, in dem passenderweise Patrik sitzt, vor einem Fernseher, Kaugummi kauend. Er ist völlig in eine Welt abgetaucht, in der sich fassungslose, halbstarke Männer und Frauen in mehr als zweifelhafter schauspielerischer Performance gegenseitig ankeifen. Timo schaltet den Fernseher aus und bewirkt bei Patrik damit blankes Entsetzen. »He, Mann! Was soll denn das? Die tritt dem doch gleich in die Eier, ich kenne die Szene. Weil der dem Gör die Haschischkekse gegeben hat!«

Jetzt erst erfasst Patrik die reale Szene, erkennt Moor und verstummt. Auf seiner gerunzelten Stirn erscheint kurzzeitig ebenfalls ein unhörbares: ›Ach du Scheiße!‹

Moor nimmt auf einem reichlich eingesifften Sitzkissen Platz und lässt sich dann von den Jugendlichen erzählen, wie ihr Alltag aussieht und woher sie kommen. Patrik berichtet, dass er eigentlich »aus gutem Hause« stamme. Sein Opa Franz sei sogar Richter.

»Und?«, fragt Moor. »Hast du zu ihm auch Kontakt?«

Er erntet bei Patrik eine betretene Reaktion. »Der mag mich nicht!«, ist sein trauriges Resümee. Auf interessiertes Nachfragen berichtet er schließlich: »Ich bin eben ein Bastard. Meinen Vater gibt es nicht. Zumindest in der Familie wird der totgeschwiegen. Keiner redet darüber, hab schon öfter gefragt. Und meine Mutter hat sich umgebracht. Nun habe ich eine Mutter, die ich kannte, aber die ist tot. Und einen Vater, den ich nicht kenne, der aber irgendwo lebt.«

Moor spürt Patriks Trauer und Schmerz. Er hat bei dem Jungen unbeabsichtigt ein Ventil geöffnet, aus dem sich die Sturmflut seines Lebens ergießt.

»Und meine Oma«, fährt der Jugendliche fort, »die ist kurz darauf verstorben. Sie hat es wohl nicht verkraftet, dass ihre Tochter geht. So sind am Ende die Männer übrig, aber Opa bleibt hart. Nicht, dass er sich nicht kümmert. Er bezahlt mir regelmäßig ein Taschengeld. Und zu den Festen und zum Geburtstag erhalte ich immer Post. Aber er kommt nie zu Besuch, obwohl er auf der Insel lebt. Er ist inzwischen etwas seltsam und in einem Altenheim. Ich kenne ihn eigentlich nicht. Und demnächst habe ich ein Gespräch im Jugendamt, damit ich mehr von meinem Vater erfahre. Mein Opa hat mir geschrieben, dass ich das nicht wirklich wissen will. Aber der spinnt ja echt. Wer will das denn nicht wissen?« Patrik sieht Moor fragend an.

Der ist sprachlos.

Timo wirkt betreten und sieht aus dem Fenster. »Nun lass das mal stecken!«, hört Moor ihn knurren.

Dann springt Patrik von seinem Sessel und greift sich die Fernbedienung. Sekunden später ist der Fernseher wieder an und das beklemmende Gespräch zu Ende. »Du willst wohl eine auf die Fresse?«, schnauzt es durch den Raum. Die ganz banale RTL-Welt hat die Realität zurückerobert. Nur eben platt und reichlich schlecht gespielt.

## Kapitel 38

Eva Fenderling hat Greta zum Tee eingeladen. Nach einer angenehm kuscheligen Nacht mit Hubert hat sie nämlich beschlossen, ihr Leben neu zu sortieren. Und beim Gedanken daran, wie man eine bewährte eheliche Beziehung vielleicht wieder frischmachen könnte, ist sie mal eben auf Greta gestoßen. Diese erscheint ihr, im Gegensatz zu vielen anderen Frauen, etwas selbstbewusster und attraktiv. So hat sie spontan zum Hörer gegriffen und siehe da: Greta hat Zeit!

Sie plaudern über viele Themen, besonders über Männer, das ist klar. Eva wird ernst und berichtet ihrer neuen Freundin, dass es zuletzt um ihre Ehe schlecht bestellt war. Man habe sich wenig für einander interessiert und ausgetauscht. Sie habe häufig in Chats gepostet und auf diesem Wege einen interessanten Mann kennengelernt. Er sei sehr erfahren und intelligent. Seine Sprache sei irgendwie poetisch und er verstehe die Frauen. Noch nie sei ihr solch ein Gleichklang begegnet. Er habe um sie geworben und zuletzt ein Treffen arrangiert.

Dabei sei ihr aber mulmig geworden. »Das war ein bisschen seltsam. Er schrieb mir genau meine Kleidung vor. Man könnte sich dann besser erkennen. Ich sollte eine helle Hose tragen und ein beiges Halstuch – und vor allem: eine Bluse, blau-weiß gestreift. Das hat er mehrmals geschrieben, schien ihm total wichtig zu sein. Er stand auch auf Leder, aber das ging zu weit. Ich habe ihm nur die Bluse versprochen, das erschien mir harmlos, aber irgendwie auch ein bisschen schräg!«

Greta ist nicht erfreut. Schließlich kennt sie von Clemens eine ganz ähnliche Geschichte, von dem toten Doktor auf dem Schiff. Sie mustert verstohlen Eva Fenderling, die ihre Geschichte munter fortsetzt.

»Und dann wird das richtig komisch. Ich fahre also

nach Scharbeutz, wo wir uns in einem Hotel verabredet haben. Ich drücke mich lange da herum, in meiner brav gestreiften Bluse. Und der Typ taucht einfach nicht auf. Ich habe dann noch am Empfang gefragt, die haben sich aber komisch benommen, so ironisch. Man kenne den Herrn, der sei sonst immer pünktlich! Das musst du dir mal reinziehen: ›Sonst immer‹!« Eva schnaubt. Ihr Blick wird wild. »Das war dessen Standard-Nummer! Mal eben pünktlich aufschlagen, vernaschen und aus!« Sie ballt ihre Rechte und vollführt einen Schlag. »Wenn ich den mal treffe, dann gnade ihm Gott!« Nach kurzem Überlegen schildert sie ihre Beschämung, dass sie noch gestritten hatte mit Hubert, als sie abends da saß, auf ihrem Gepäck. Sie fühle sich noch immer entwertet, als eine Art erotisches Fast-Food.

Greta kann sie gut verstehen und spendet Trost. Und Eva beginnt zu berichten, wie froh und dankbar sie sei, dass Hubert sie wirklich aufrichtig liebe. Und er habe ihr auch gestanden, er wolle sich neu erfinden. Das sei vielleicht übertrieben, aber auch sehr ermutigend, gemeinsam sei man dabei.

»Ach, wie schön!«, antwortet ihr Greta. »So etwas geht doch, sich neu zu erfinden. Vielleicht nur im Kleinen, im Alltag, in Maßen. Aber ich finde das mutig!« Dann denkt sie kurz nach und meldet Eva zurück: »Es gibt solche Abenteuer, sie sind manchmal erotisch, aber manchmal auch banal. Dieser Mann war im Grunde keine Person. Es waren deine Wünsche und Sehnsüchte, die dir begegnet sind. Nicht in diesem Mann, sondern tief in dir drin. Gib sie niemals wieder her und vergiss nicht zu teilen!«

Sie denkt für einen Augenblick mit einem warmen Gefühl an ihren Clemens, die Liebe und den Gleichklang ihrer Herzen. Und sie sehnt sich in ihren Wohnwagen und nach dem Rauschen des Meeres. Ihr Herz beginnt zu klopfen und sie blickt Eva dankbar an.

Mitten hinein in das folgende Schweigen klingt Gretas

Handy und beendet, nicht sehr sensibel, diesen wunderbaren Traum. Greta drückt die grüne Taste und meldet sich. Wortlos lauscht sie in ihr Telefon, mindestens mehrere Minuten. Sie ist betroffen und erstaunt. »Das gibt's nicht – wirklich die Erna?« Nach weiterem Schweigen nickt sie, sagt »Natürlich!« und legt wie in Zeitlupe auf.

»Was ist denn?«, erkundigt sich Eva, ohnehin als neugierig bekannt.

»Das war so ein Seniorenstift«, erwidert Greta, »in dem auch unsere beiden Männer ermitteln. Ich bin dort seit Neuestem angeheuert, als Psychologin für alle und jeden. Da hatten sie heute eine extreme Sache: Eine verwirrte Bewohnerin bedrohte die Leiterin mit einer Pistole und das vor allen Leuten! Jetzt soll ich da was unternehmen, was auch immer, das wird nicht leicht.«

Eva ist von der Geschichte begeistert. »Meinst du, das sollte ein Blutbad werden? Und mein Hubert ist auch dabei?«

Greta findet ihre neue Freundin nun doch etwas verwegen. »Das klang fast so, aber nun ist unser schönes Treffen wohl leider zu Ende!«

Eva nimmt ihr noch das Versprechen ab, sie lückenlos zu informieren, und schafft es damit, Greta wieder zu erheitern. Die Frauen zahlen und herzen sich, es war ein vielversprechender Anfang. Dann beeilt sich Greta, steigt in ihren Suzuki und fährt zügig Richtung Süden, einer alles andere als ruhigen *Strandruh* entgegen.

# Kapitel 39

Kaum haben Fenderling und Neumann sich bei einem Kaffee auf der Wache niedergelassen und sich von ihrem Ausflug in die Welt von Fesseln und Peitsche erholt, als sich die Ereignisse erneut überschlagen. Zwei Kollegen betreten lärmend den Raum, in einer Mischung von Ausgelassenheit und Beklemmung. Es stellt sich heraus, dass sie eben gerade Dr. Tomie im Pathologiesaal beigewohnt haben, samt seinem Helfer-Faktotum, diesem Wohlgemuth. Der bringe es doch tatsächlich fertig, in einem Moment an einer Leiche herumzufingern und im nächsten genussvoll ein Zigarillo zu rauchen oder ein Mettbrötchen zu verspeisen. Polizeiobermeister Michael Lohmann schüttelt sich beim Gedanken daran. Und sein Kollege ergänzt: »Dieser Doktor ist aber auch eine Zumutung. Der denkt, er spricht auf einem Kongress. Dabei sind die Fakten banal.«

Fenderling stellt die Tasse auf den Tisch. »Und die wären?«

Lohmann zieht die noch junge Stirn in Falten, hebt fragend die Handflächen in die Luft und erwidert: »Tot. Mausetot!« Erst dann schildert er weitere Details: »Die Todesursache ist, wie erwartet, der Kopfschuss. Die Waffe wurde aufgesetzt. Dann gibt es noch genitale Blutungen, die stammen vor allem von weiteren Schüssen, aus nächster Nähe, aber auch von Quetschungen, wie der Doktor meint. Da muss wohl einer genussvoll gedrückt haben, so nach dem Motto: Ich bin der Eiermann!«

Fenderling findet den Vergleich widerlich und unpassend, schon im Gedanken an sein morgendliches Frühstücksei mit Eva. Er rechnet seinem Kollegen Lohmann aber an, dass dieser auf seine obszöne Weise die eigene Betroffenheit zu überspielen versucht. »Wenn er nicht schon tot wäre, käme da glatt unser Dr. Hansen in Frage«, murmelt Fenderling. Dann nickt er dem jungen Kollegen auffordernd zu, so dass dieser seinen Bericht fortsetzt.

»Eigentlich spannend war am Ende etwas anderes, nämlich die Frage der Waffe. Anhand des Projektils meint Dr. Tomie, dass er die kennt. Es sei mit hoher Wahrscheinlichkeit dieselbe, die bei Dr. Hansen zum Einsatz kam. Die Waffe ist wohl selten, eine Makarow PB.«

»Aha, diese Makarow!«, sagt Fenderling nachdenklich. »Ich erinnere mich … Dann haben wir also doch eine Serie. Die Täterin oder der Täter hat beide ermordet und beide in etwa auf die gleiche Art. Es waren öffentliche Hinrichtungen, fehlt uns nur noch das Motiv!«

Neumann ergänzt: »Außerdem die Identität des zweiten Toten und nicht zu vergessen: Wer war's?« Er öffnet gedankenverloren seine blaue Brotbüchse, aus der er aber keine trockenen Stullen zieht, sondern feine asiatische Häppchen, mit Soja-Sprossen, Ananas und Eiern, die er genussvoll verzehrt.

Fenderlings Blick fällt auf Michael Lohmann, der das Kauen seines Kollegen Neumann völlig fassungslos verfolgt. Als Neumann gerade wieder lustvoll ein Stück Ei in den Mund schiebt, wendet sich der Polizeimeister mit Schaudern ab.

Als Fenderlings Telefon zu läuten beginnt, nimmt er nur zögernd ab. Fürs Erste erschien ihm der Nachrichtenschub des Vormittags eigentlich ergiebig genug. An der anderen Seite hört er die Stimme einer Kollegin in der Einsatzzentrale: »Wir haben hier einen Notruf aus dem Seniorenheim *Strandruh*! In der Leitung war eine Frau, eine Vanessa Bohlen. Sie war ziemlich aufgeregt und hat berichtet, es gebe eine Art Amoklauf. Eine Bewohnerin des Heimes habe man überwältigt, sie habe beim Essen mit einer Pistole gedroht. Ich habe nachgefragt: Es gibt wohl keine Verletzten. Aber meines Erachtens ist die Schilderung wenig konkret.«

Fenderling bedankt sich und legt auf. Es gilt für ihn nun

aus dem Stand heraus abzuwägen, mit welchem Szenario er die *Strandruh* stören soll. Nach kurzer Überlegung entscheidet er sich intuitiv gegen SEK und Getöse, für einen besonnenen Auftritt. Er instruiert kurz Neumann, der gerade damit beschäftigt ist, mal wieder die blaue Frühstücksdose aufzuheben, die ihm zwischen Schreibtisch und PC gerutscht ist. Dann erheben sich beide seufzend und schreiten zur Tat. Immerhin mit Blaulicht und Martinshorn rasen sie mit quietschenden Reifen vom Hof.

Das seien sie den Steuerzahlerinnen und Steuerzahlern schuldig, wie Neumann begeistert ausruft.

# Kapitel 40

Vor dem Seniorenheim erscheint Neumann und Fenderling die Situation noch unübersichtlich. Oberflächlich betrachtet herrscht entspannte Idylle. Das beschauliche Rauschen der Wellen am Sandstrand weckt Bilder von Freizeit und Genuss. In der Ferne sieht man spielende Kinder und ihre Eltern, zwei Hunde wühlen im Sand. Das lustvolle Kreischen der Kleinen dringt herüber, als sie in das Wasser laufen, mit den Füßen stampfen und spritzen. Ein Nudisten-Pärchen liegt in den Dünen, auf einer knallroten Decke. Der Mann scheint seine Begleiterin zu massieren. Etwas wie ein wohliges Schnurren dringt mit dem Wind herüber, existiert aber vielleicht auch nur in Fenderlings Visionen. Er seufzt und denkt an Eva, vermerkt in seiner inneren Einkaufsliste Massageöl und erwacht dann jäh aus seinen Tagträumen, denn die Idylle täuscht.

Für romantische Betrachtungen zu den Freuden des Strandlebens sind sie nicht an der *Strandruh* erschienen. Fenderling schiebt Neumann entschlossen Richtung Terrasse. »Sag mal, bist du eigentlich bewaffnet?«, fragt er seinen Kollegen.

Der reagiert empört. »Natürlich nicht, Mensch, Hubert!«

Fenderling schüttelt nur fassungslos den Kopf. Dann späht er vorsichtig, mit doppeltem Unbehagen, um die Ecke und beobachtet den Eingang, wo er einen älteren Herrn und eine junge Frau entdeckt. An der Art, wie sie nervös auf und ab gehen, meint Fenderling zu erkennen, dass die gespannte Erwartung der beiden ihnen, den Polizisten, gilt. Er lässt einen scharfen Pfiff ertönen und winkt sie heran. Als das seltsame Paar zügig, unter wiederholtem Zurückblicken, näher kommt, wagen sich Neumann und Fenderling, wenn auch noch zögernd, ein kleines Stück aus der Deckung.

»Guten Tag, wir kommen von der Polizei.« Fenderling mustert die junge Frau, die für das Ambiente einer Senioren-Residenz vielleicht eine Spur zu sexy geraten ist. Sein Blick erfasst die Narben auf ihrem linken Arm. Sie ist also nicht unbelastet, was ihre psychische Stabilität betrifft.

Ihr Begleiter kommt ihm irgendwie bekannt vor, ein eindrucksvoller Mensch. In seiner gesamten Haltung liegt etwas von selbstverständlicher Würde, wie bei einem Menschen, der seine Wichtigkeit kennt, diese aber nicht plakativ vor sich her schleppt. So sehr Fenderling auch grübelt, so wenig kommt er seinem Ziel, dem Erkennen, näher. Er schaltet also um auf Loslassen, prägt sich die Gestalt des Mannes noch einmal genauer ein, registriert die dunklen, braunen, etwas melancholisch blickenden Augen.

»Ich nehme an, Sie sind die Anruferin«, spricht Fenderling die junge Frau an. Sie nickt und ist sichtlich beeindruckt. »Dann können Sie uns ja kurz das Wesentliche berichten, damit wir gleich anschließend die geeigneten Maßnahmen treffen können«, lässt er sie in seiner gewohnten Umsicht und Präzision wissen.

Vanessa lässt etwas umständlich den Verlauf der Mittagsvorbereitungen Revue passieren und kommt schließlich auf den eigentlichen Vorfall zu sprechen. Sie schildert erregt den Augenblick, als Erna Pichler, die verwirrte alte Dame, die Waffe zog und auf die Heimleiterin zielte. »Es ist nur dem umsichtigen Eingreifen Herrn Kolbergs hier an meiner Seite zu verdanken, dass keine entsetzliche Bluttat geschah. Ich kann es noch immer nicht fassen! Die war wild entschlossen, so eine Art Killer-Maschine!« Der Rest bleibt zunächst in sprachlosem Entsetzen stecken.

Fenderling atmet tief durch, die Lage ist wohl fürs Erste geklärt. Die unmittelbare Gefährdung scheint abgewendet, die Täterin entwaffnet. Er tritt vollends aus der schützenden Deckung der Hausecke heraus.

Franz Kolberg erscheint ihm angesichts der dramatischen Schilderungen jedoch merkwürdig unbeteiligt, gerade so, als habe er überhaupt nicht begriffen. Stattdessen nimmt er eine förmliche, etwas steife Haltung ein und erklärt: »Ich bin hier der Vorsitzende Richter des Ersten Senats, ich bitte Sie, Ruhe zu bewahren!«

Fenderling fällt es wie Schuppen von den Augen: Diesem Herrn war er bereits auf der Fähre begegnet, unter vergleichbar dramatischen Bedingungen. »Guten Tag, Herr Kolberg«, spricht er ihn beruhigend an.

»Richter Kolberg«, wird Fenderling prompt korrigiert.

Vanessa Bohlen zupft den älteren Mann am Ärmel. »Schon gut, Herr Richter! Jetzt ist aber Verhandlungspause, ab ins Beratungszimmer!« Sie zwinkert den Männern zu, schon wieder ganz Herrin der Lage, schiebt Franz Kolberg in Richtung des Eingangs und bedeutet den Polizisten, ihr zu folgen.

Als sie in das Haus treten, registriert Fenderling ungewohnte Stille. Es fehlt die übliche Geräuschausstattung, die sonst typische, geschäftige klangliche Routine. Kein Türenknarren, kein Rufen, kein im Hintergrund plärrender Fernsehbeitrag, sondern einfach nur eine tiefgründige Ruhe. Kurz überlegt Fenderling, wie er nun weiter verfahren soll, als er in einer Ecke, auf dem Boden kauernd, eine Person entdeckt, die in gekrümmter Haltung auf dem Teppich sitzt, die Beine angezogen und mit den Armen umschlungen, wie ein Kind. Sie scheint die Eintretenden jetzt ebenfalls zu bemerken und reagiert mit einem leisen, in sich gerichteten Wimmern.

»Guten Tag! Wir sind die Polizei, alles in Ordnung!« Die schnörkellose, wenn auch nicht ganz zutreffende, Ansprache verfehlt offenbar nicht ihr Ziel. Die Person blickt auf und zeigt ein fragiles, scheues Lächeln.

»Meinen Sie?«, fragt sie vorsichtig.

Fenderling nickt, reicht ihr die Hand und hilft ihr hoch. Die Frau streicht in einer fahrigen Bewegung über ihre zerknitterte Jeans, glättet dann rasch ihre Bluse, gewinnt dadurch auch an innerer Haltung und stellt sich schließlich vor: »Andrea Walther, ich bin die Leitung. Sie müssen einfach entschuldigen, das kommt hier nicht alle Tage vor. Ich wurde bedroht, von einer der Frauen, und es ist erst kurze Zeit her. Eigentlich sind wir ein niveauvolles, seriöses Haus.«

»Liebe Frau Walther, wie ich eben von Ihrer Mitarbeiterin hörte, ist die Lage unter Kontrolle, Sie brauchen sich nicht zu sorgen. Die Dame ist entwaffnet, die Gefahr beseitigt.« Fenderling wendet sich Vanessa Bohlen zu, die wegen seines Kompliments errötet und mindestens um einige Zentimeter gewachsen ist. »Jetzt zeigen Sie doch bitte meinem Kollegen Neumann die Waffe, damit er die sicherstellen kann. – Und Sie, Frau Walther, Sie beschreiben mir den Weg, damit ich die Täterin finden kann.«

Bei dem Wort ›Täterin‹ zucken alle zusammen. Franz Kolberg strafft seinen schlanken Körper, bleibt aber stumm.

»Natürlich, Herr Kommissar, ich zeige Ihnen Zimmer siebzehn, das ist im Obergeschoss. Dort finden Sie Frau Pichler.« Noch etwas unsicher schwankend nähert sich Andrea Walther dem Aufzug, drückt einen der vom Anfassen bereits stumpfen Knöpfe. Ein roter Pfeil beginnt zu blinken.

Ruhig steht sie für wenige Sekunden neben Fenderling, bis eine helle Glocke erklingt. Die Türen gleiten auf, sie vermitteln eine kühle Präzision. Fenderling betritt die Kabine, eine mehrfache Ausgabe seiner Erscheinung in den Spiegelwänden vor sich, und bemerkt das Zögern, mit dem seine Begleiterin auf halbem Wege stehen bleibt.

»Liebe Frau Walther, Sie sagten Zimmer siebzehn? Ich denke, das reicht, ich finde den Weg!« Da ist es wieder, sein Taktgefühl, das im Polizistenalltag für gewöhnlich glänzend in die Rolle des Good Cop passt. Die Heimleiterin tritt mit einem tiefen Seufzer zurück, betrachtet ihn mit einem Ausdruck von Dankbarkeit und verschwindet umgehend hinter den perfekt schließenden Aufzugtüren.

Fenderling ist allein. Er drückt den Knopf mit der silbernen Eins und registriert einen kurzen Ruck, als sich der Aufzug in Bewegung setzt. Es folgt eine der meditativen Andachtspausen, die der Alltag des gewöhnlichen Menschen so zahlreich enthält. Augenblicke, in denen es nichts zu tun gibt, auch wenn dies den Betroffenen nicht immer bewusst wird.

Aber Fenderling reflektiert sich und seine Erscheinung in diesem Moment schon sehr bewusst. In mindestens fünf bis sechs Varianten betrachtet ihn ein aufmerksames, reichlich gequält dreinschauendes Gesicht in den Spiegelwänden. Sein Blick fällt auf das abschnittsweise graue Haar, das Eva aber nach ihrem Bekunden sehr reizt, streift über die passable, noch weitgehend faltenfreie Stirnpartie und erreicht schließlich seine Brille. Und die erscheint ihm im Augenblick doch reichlich fade. Ein technokratisch anmutendes, silberfarbenes Gestell.

Hinter seinem Abbild im Spiegel bemerkt er ein Werbeschild: *Prostaton!* Und darunter: *Lebenslust statt Blasenfrust.* Wie passend, in so einem Heim!

Fenderling schreibt gedanklich unter ›Massageöl‹ auf seine innere Einkaufsliste ein neues Brillengestell. Dann bremst der Aufzug, öffnet mit einem hydraulischen Schnaufen und setzt einen Kriminalbeamten mit leichtem Blasendruck frei.

Er tritt hinaus auf den weichen Teppichboden und ist von der Gediegenheit des vor ihm liegenden Ganges angenehm überrascht. Alles in allem verströmt die *Strandruh* Hotel-Atmosphäre.

Nach wenigen Metern erreicht er auf der rechten, meerzugewandten Seite Zimmer siebzehn, klopft kurz an und tritt in die Suite, in der Erna Pichler ihr Zuhause gefunden hat.

Die alte Dame wirkt auf ihn rüstig, geschmackvoll

gekleidet und durchaus gefasst. Dafür, dass sie als bewaffnete Fast-Mörderin geschildert wurde, erscheint sie ihm reichlich entspannt. Sie lächelt ihren Besucher mit einstudierter Freundlichkeit an. Um sie herum herrscht die leicht sterile, aber in Details auch ins Nachlässige changierende Ordnung eines typischen Seniorenzimmers. Fenderling registriert aus den Augenwinkeln wenige Fotos, wohl Menschen aus der Familie, ein Stickbild, sehr viele Rosenmotive, etwa auf der Tagesdecke. Ein Taschentuch liegt achtlos hingeworfen auf dem Bett, daneben ein Heft mit Kreuzworträtseln.

»Wie geht es Ihnen?«, fragt er. »Sie sind doch Erna Pichler, nicht wahr?«

Sie nickt ihm zu. »Es ist ein grausamer Tag, das können Sie mir glauben! Es gab nichts zu essen für mich und meinen Heinz!«

Fenderling täuscht Verstehen vor und nickt. »Ganz genau, es gab nichts zu essen, Sie erinnern sich. Das lag an dieser dummen Pistole, mit der Sie gefuchtelt haben!«

Erna Pichler blickt ihn verständnislos an. »Was für eine Pistole? Ich glaube, Sie sind tüddelig, junger Mann!«

»Na, die Pistole, Ihre Pistole! Sie haben doch heute Mittag Frau Walther bedroht!« Er sagt es mit Nachdruck, aber bewirkt kein Verstehen.

»Ich weiß von keiner Pistole, da irren Sie.« Frau Pichler ergreift ihr Rätselheft, öffnet es langsam und schließt es sofort wieder, als wolle sie damit die Rätselhaftigkeit ihres Besuchers illustrieren.

Eine Verlegenheitsgeste, denkt Fenderling und unternimmt einen letzten Versuch: »Sie erinnern sich vielleicht an das Mittagessen. Was passierte da eigentlich an Ihrem Tisch?«

Die alte Dame wendet sich ab und seufzt. »Ich bin jetzt sehr müde, junger Mann! Wenn Sie mich entschuldigen wollen?«

Die Aussage ist unter formaler Betrachtung in eine

Frageform gegossen, im Kern aber ein Rauswurf. Fenderling bezweifelt inzwischen allerdings auch den konkreten Nutzen einer weiteren Befragung. Die offensichtlich verwirrte Dame über ihre Rechte als Beschuldigte zu belehren, erscheint ihm überdies absurd. Er beschließt, dies alles sei tendenziell eher ein Fall für den Arzt, drückt Erna Pichler zum Abschied eine verblüffend kraftvoll zugreifende Hand und tritt auf den Gang hinaus.

Gedankenverloren betritt er erneut den Lift, der auf ihn gewartet zu haben scheint, drückt die Taste mit dem silberne E und betrachtet die Spitzen seiner wie immer vorbildlich gebürsteten, blitzenden Schuhe. In seinem Kopf bildet sich ein weiterer Begriff: langweilig! Seine Schuhe erscheinen ihm bei näherer und vor allem kritischer Betrachtung einfach langweilig. Er schreibt also in Gedanken ›neue Schuhe‹ unter ›Brillengestell‹.

Dann verlässt er die Kabine und steuert etwas planlos durch das Erdgeschoss. Aus dem Speisesaal hört er Stimmen. Fenderling geht hinein und trifft auf eine kleine Gruppe, bestehend aus Neumann, Franz Kolberg, Andrea Walther und Vanessa Bohlen. Im Moment ist die allgemeine Aufmerksamkeit auf Neumann gerichtet, der die Tatwaffe schwenkt und mit ausladenden Bewegungen jedes seiner Worte unterstreicht. Das wirkt bei dem ausgewiesenen Waffengegner reichlich absurd.

Neumann erstattet Bericht: »Herr Kolberg war so freundlich, mir die Waffe zu geben. Ich habe sie hiermit in amtliche Verwahrung genommen. Es ist eine Makarow. Zuvor hat sie hier niemals jemand gesehen. Insofern, als es sich um eine sehr seltene Waffe handelt, liegt eine Parallele zu laufenden Fällen auf der Hand.« Er betont seine Ausführungen mit einem ausdrucksstarken Anheben seiner rechten Augenbraue. Dann lässt er endlich die Waffe in einen Beutel gleiten und legt diesen auf den Tisch. »Die Waffe war nicht geladen, die Patronen fehlen. Insofern handelt es sich offensichtlich auch um keinen Mordversuch.«

Fenderling teilt seine Einschätzung. »Ich schlage vor, liebe Frau Walther, dass sich Frau Pichler in ärztliche Behandlung begibt, vielleicht sogar stationär. Die Lage sollte sich erst beruhigen, dann wird man sehen!«

Es ist der Heimleiterin anzusehen, dass sie seinen Vorschlag entlastend findet. Sie lächelt ihm, nun schon etwas kokett, zu. »Wird gemacht, Herr Kommissar!«, lässt sie ihn wissen. »Wir sehen uns sicher noch einmal, zumindest hoffe ich das!« Andrea Walther verlässt mit elegantem Hüftschwung den Raum, nicht ohne ein letztes Lächeln.

»Also«, ergreift Fenderling erneut das Wort, »Herr Kolberg hat die Waffe noch nie gesehen. Eigentlich aber kann er sich überhaupt nicht erinnern, stimmt's?«

Franz Kolberg zeigt sich wenig beeindruckt und beginnt zu dozieren: »Die Beweiserhebung hat Folgendes ergeben …« Dann bricht er ab. Er hat sich nach Fenderlings Vermutung in den alten Programmen seines erschöpfenden Arbeitslebens verlaufen und ist nun verwirrt.

»Das sehe ich genauso, Herr Richter«, greift er den Faden auf. »Ich denke, wenn wir die Aussage von Frau Bohlen haben, ist es für heute wohl genug.«

Sie verabschieden sich. Vanessa folgt Fenderling bis zur Tür und haucht: »Ich heiße Vanessa!« Dann stehen sie wieder im Gang.

Aus Fenderlings Perspektive war es bis dahin ein ereignisreicher Tag: Erst das morgendliche SM-Seminar, dann dieser Überraschungseinsatz und schließlich seine Betrachtungen zur Endlichkeit der eigenen Attraktivität. Er beschließt, dass zumindest Prostata-Mittel noch nicht auf seine Veränderungsliste passen.

# Kapitel 41

Nach seinem Überraschungsbesuch im Kinderheim ist Moor seiner Intuition gefolgt. Er mag Patrik, dem das Leben ziemlich alles schuldig geblieben ist. Und irgendwo in der Tiefe seines Herzens hallt dessen Verzweiflung wider, die Patrik mit Super-RTL und coolen Sprüchen mühsam kaschiert.

Außerdem hat Moor, in der Schulzeit eher ein schwacher Rechner, mal eben eins und eins zusammengezählt. Was wäre, wenn dieser Richter, dieser Opa Franz, auch auf den Namen Kolberg hörte? Im Grunde passt das Ganze ja gut zusammen, auch was die Senioreneinrichtung anbetrifft. Eigentlich könnte er noch einmal kurz dort vorbeischauen und für Patrik ein gutes Wort einlegen, überlegt Moor, der schon immer einen Hang zum Sozialpädagogischen hatte. Daher schlägt er bei der Weiterfahrt einfach einen größeren Bogen und erreicht die *Strandruh* nur kurze Zeit nach der Abfahrt seiner Kollegen.

Vanessa blickt ihm von der Tür aus stirnrunzelnd entgegen. »Wollen Sie etwa auch noch zu unserer Erna? Die ist doch im Krankenhaus! Ist ein bisschen verwirrt, und ruht sich da aus!«

Moor murmelt etwas von »kann mal vorkommen«, geht aber auf das Thema nicht weiter ein. »Ich wollte kurz Franz Kolberg sprechen. Können Sie mir sagen, wo er jetzt steckt?«

Vanessa Bohlen fixiert ein White-Board hinter sich, von dem sie offensichtlich ihre Informationen bezieht. »Er wollte Frau Pichler besuchen. Soweit ich es aber sehe, befindet er sich noch im Haus. Ich führe Sie mal eben zu seinem Zimmer.«

Die junge Frau umrundet eine Säule und nimmt die Treppe, immer zwei Stufen auf einmal. Kurz darauf steht sie mit dem schnaufenden Moor vor einer Tür. Sie klopft an, lauscht, vernimmt aus der Tiefe des Raumes offensichtlich irgendeine Stimme, öffnet und schiebt ihren Besucher einfach hinein.

Da steht Moor nun vor dem freundlich-erstaunten Franz Kolberg und hat fürs Erste keinerlei Plan. Irgendwie ist der Auftritt ja auch schräg: Ein Kriminalbeamter unter der Tarnkappe eines Sozialpädagogen. Wie macht er diese Nummer denn einem Feingeist und zudem erfahrenen Richter klar?

»Guten Tag, Herr Moor!«, spricht Franz Kolberg ihn an. »Schön, Sie hier zu sehen, und zudem so schnell! Ich hatte Sie nämlich später erwartet!« Wie so oft spielt er ganz nebenbei mit seinem blauen Siegelring.

Moor versteht überhaupt nicht, ist aber erleichtert, dass man ihn arglos empfängt. »Ganz meinerseits, das mit der Freude! Lieber Herr Kolberg, ich brauche mal Ihren Rat. Wir sind uns doch die Tage auf der Fähre begegnet. Sie wissen schon, wo der Mord geschah.«

Er erwartet, dass der Zeuge wieder den Richter gibt, und wird ausnahmsweise angenehm überrascht. Franz Kolberg ist ganz Herr der Lage. »Ich erinnere mich daran leider genau. Ich kann Ihnen aber eigentlich nichts weiter sagen. Ich war an dem Tag ziemlich indisponiert.«

»Eigentlich geht es mir auch nicht um den Toten«, erklärt Moor. »Es geht mir mehr um einen weiteren Zeugen, einen ganz netten Jungen, der die Leiche fand.«

Franz Kolberg mustert Moor fragend, bleibt jedoch stumm.

»Dieser Junge«, ergreift Moor erneut das Wort, »der lebt hier im Kinderheim. Er ist eine ganz arme Socke, zur Hälfte ein Waise, seine Mutter tot. Und dann hat er einen Vater, der vielleicht nichts taugt. Zumindest hat der sich niemals gekümmert!«

Franz Kolberg nickt. »Solche Fälle kenne ich zur Genüge. Die Kinder sind bedauernswert. Und man muss sie unterstützen, damit aus ihnen was wird. Ich war doch Jugendrichter beim Landgericht!«

Moor errötet. »Genau hier setzt meine Frage an! Ich hatte so eine Vermutung, bitte nehmen Sie mir das jetzt nicht übel. Aber nach allem, was ich erfahren habe, ist Ihnen dieser Patrik am Ende bekannt.«

Kolbergs Gesicht wechselt abrupt die Farbe. Die ansonsten blassen, feinen Züge überzieht nun intensive Röte. Er starrt seinen Besucher an. Für Sekunden steht zwischen den Männern Stille, dann bedeckt Franz Kolberg mit den Händen sein Gesicht. Als er wieder in die Szene zurückkehrt, fängt er leise zu erzählen an. »Ich weiß genau, was Sie meinen. Mein Enkelkind. Ich muss mich jeden Tag schämen, dass ich den Absprung nicht fand. Seit Jahren suche ich nach Mitteln und Wegen, meine Scham zu überwinden. Aber je länger ich zögere, desto mehr türmt sich auf. Sie haben ja recht: Ich müsste mich kümmern, dass aus Patrik am Ende was Rechtes wird. Aber immer kam es anders. Besonders der Tod meiner Tochter, seiner Mutter, hat mich völlig am Boden zerstört. Ich fühlte mich auch hier in der Verantwortung. Und dann, kurz danach, noch meine Frau. Wir waren alle so grenzenlos überfordert. Eine einst intakte Familie war jäh zerstört. Und da fehlte mir die Kraft, vielleicht auch der Wille, den Jungen wenigstens zu akzeptieren. Er war doch kein Kind der Liebe, wenn Sie mich richtig verstehen. Es war ja eine Katastrophe.«

Franz Kolberg, sonst so souverän und gefasst, ist völlig aufgewühlt. Moor legt dem Verzweifelten eine Hand auf den Arm, eine kleine Geste, die eigentlich wenig bewirken kann.

Dennoch reagiert sein Gegenüber dankbar und ergreift erneut das Wort: »Sie sind ja noch ein Junger. Für mich ist das Leben vorbei. Ich möchte Ihnen gerne noch etwas Wichtiges berichten, aber im Augenblick fehlt mir die Kraft! Ich habe darum eine Bitte: Wenn es Ihnen recht ist, geben Sie mir eine Nacht. Dann habe ich mich wieder geordnet und komme bei Ihnen vorbei.«

Moor reagiert verblüfft: »Bei mir vorbei?«

Franz Kolberg steht auf, geht in Richtung der Zimmertür und erwidert leise: »Ja, ich bin dann in Ihrer Nähe. Ich weiß, wo ich Sie finde. Sie werden erfahren, was es zu erfahren gibt!« Mit nun wieder entschlossener Haltung schiebt er den Polizeibeamten aus der Tür.

»Ja, dann eben bis morgen!«, sagt Moor fast tonlos. Die Tür ist längst wieder geschlossen.

# Kapitel 42

Für den Nachmittag hat Moor eine Dienstbesprechung angesetzt, um die Ermittlungsergebnisse zu sichten und die weiteren Rollen zu verteilen.

Er sitzt aber noch bei einem seiner obligaten Milchkaffees auf der Terrasse bei Mirko und spürt die angenehm erfrischende Melange der Sonnenwärme und eines leichten Windes auf seinem Gesicht. In diesem Moment genießt Moor seine Entscheidung für das Inselleben über alle Maßen. Er träumt von Greta, hat ihr Lächeln vor Augen und imaginiert ihre zarte Hand, die anregend über seinen Körper wandert. Ihr Lächeln verschmilzt mit der wärmenden Wirkung der Sonne, ihre Handbewegung mit dem Windhauch. Sie trägt ein langes Kleid. Ihr Körper ist schlank und muskulös zugleich. Sie steht auf, mit einer gewissen Koketterie, sieht ihn verheißungsvoll an und entfernt sich mit leichten Schritten.

Er folgt ihr, tritt an sie heran, legt seine Hände auf ihre Hüften und genießt die Vorfreude auf ihre Nähe, als ein jähes Hupen ihn aus allen süßen Träumen reißt.

Vor ihm hält mit quietschenden Reifen der Dienst-Passat, dem ein sichtlich gestresster Fenderling entsteigt.

Während Neumann einen Kavaliersstart hinlegt und schon wieder in Richtung Wache davonrast, lässt sich Fenderling schnaufend neben ihm nieder. »Du hast es gut!«

»Du mich auch!«, erwidert Moor mit freundlichem Zwinkern und blickt den Kollegen aufmerksam an. Irgendwie erscheint er ihm nämlich verändert, nicht so sehr deshalb, weil er angespannt wirkt, sondern eher im Hinblick auf eine neue, entschlossene Note. »Wie steht es eigentlich zu Hause?«, fragt Moor neugierig nach. »Haben sich denn die Wogen etwas geglättet?«

Fenderling ordert einen Espresso doppio und streckt die Beine. »Es ist im Moment viel in Bewegung. Ich habe mir überlegt, mich nicht mehr für alles und jeden zuständig zu erklären. Ich bin manchmal irgendwie ein Pedant, muss immer alles genau und korrekt haben. Dabei schert das den Rest der Welt einen Dreck. Eva packt Koffer für einen Lover, Horst schmeißt ständig seine Brotdose in die Gegend, macht auf Menschenfreund und Pazifist, aber nietet in Formel-Eins-Manier beinahe die halbe Bevölkerung um, und im SM-Club verdrischt ein Doktor ungestraft irgendwelche Frauen, weil seine Mutter vielleicht eine widerliche Tucke war. So, mein lieber Clemens, tickt diese Welt! Und der kleine Hubert sitzt im Kinderparadies in der Spielecke und wartet darauf, dass ihn die liebe Mami abholt. Aber das wird sich ändern. Ich habe auch schon gewisse Vorstellungen davon, wie ich mein Leben attraktiver gestalte.«

Moor ist sprachlos. So entschieden und aufgewühlt hat er seinen Freund noch nie erlebt. Und eine solche geballte Ansprache hat er von Fenderling auch noch niemals gehört. Er ist erfreut, aber auch beunruhigt. Einerseits erscheint ihm der neue Hubert erfrischender, nicht so pedantisch und gehemmt. Andererseits verschieben sich womöglich die Rollen, wenn sein Kollege nicht mehr die Dienstvorschriften klärt und akribisch Aktenvermerke fertigt.

Moor tadelt sich umgehend dafür, dass er die freundschaftliche Ebene eigensüchtig mit der dienstlichen mischt und fragt daher interessiert nach: »Dann verstehe ich dich richtig: Du willst dich also neu erfinden?«

Fenderling reagiert überrascht und angenehm berührt zugleich. Denn genau so hat er seine Absichten heute Morgen noch, beim wohligen Erwachen in Evas Armen, formuliert.

»Ein bisschen zumindest!«, stellt er mit neu erwachter Leichtigkeit in den Raum, zieht ein schlankes Zigarillo aus einem Leder-Etui, steckt es an und bläst genussvoll kleine Kringel in den blauen Kleinstadthimmel.

Moor blickt den Kringeln sprachlos hinterher. Es ist das erste Mal, dass er seinen Freund, einen erklärten Nichtraucher, so sieht. Aber der wirkt mit Espresso und Zigarillo ausgesprochen cool, keine Frage. Und als dann auch noch kurz vor ihnen ein Wagen auf der Bahnhofstraße hält, aus dem eine etwas offenherzig gekleidete, ausgesprochen junge Frau herüberwinkt, und zwar erkennbar in Richtung des gelassen grüßenden Fenderling, bricht für Moor eine sorgsam geordnete Klischee-Welt endgültig zusammen.

Abrupt wechselt er einfach das Thema, als sei alles, was er eben noch beobachtete, gar nicht geschehen. »Du wolltest mir doch von diesem Club erzählen, in Westermarkelsdorf.«

Fenderling schiebt aber eine Zusammenfassung seines letzten Einsatzes in der *Strandruh* dazwischen. Das erklärt Moor die merkwürdigen Reaktionen auf sein Erscheinen dort. Dann beginnt Fenderling zu schmunzeln und erstattet seinen zweiten, eher pikanten Bericht.

Als er geendet hat, ist Moor sehr nachdenklich geworden. Für sich und seinen Freund fasst er seine Gedanken zusammen: »Es ist demnach eine brisante Mischung aus Sex, Intrige, Wirtschaftsinteressen und Gewalt. Wir haben zwei Todesfälle, die dieses Szenario am Ende vielleicht erklärt, aber leider noch keinerlei Anhaltspunkt, wie das alles zusammenpasst. Wenn ich dich richtig verstanden habe, wurden beide Männer mit ein und derselben Waffe getötet. Im zweiten Fall spielen Sex und Gewalt eine ganz offensichtliche, öffentlich auch inszenierte Rolle. Und schließlich landet die Waffe im Altenheim, wo sie nun wirklich keinerlei Sinn ergibt. Wieso schwingt eine an Demenz erkrankte, verwirrte alte Dame solch ein mörderisches Teil? Traut man ihr das zu? Und warum?«

Fenderling schüttelt den Kopf. »Also, Erna Pichler … Irgendwie absonderlich soll sie schon sein. Aber trotz ihres Ärgers und ihrer Zicken: Den Umgang mit einer solchen

Waffe traue ich ihr einfach nicht zu. Auf der anderen Seite ist aber klar, dass sie die objektiv ja bei sich hatte. Und keiner kann sagen, wie es dazu kam!«

In das anschließende Grübeln hinein meldet sich Moors Mobiltelefon. Er nimmt das Gespräch an und hört minutenlang mit erhobenen Augenbrauen zu. Dann folgt ein kurzes und entschlossenes: »Wir kommen!«

Auf dem kurzen Fußweg zum Revier bringt Moor den mühsam Schritt haltenden Fenderling auf den aktuellen Stand der Dinge: »Das war unser Andy. Er hat die Verbindungsnachweise analysiert und eine Nummer aus Hansens Anrufen herausgefiltert, die dieser kurz vor seinem Tod noch zu erreichen versuchte. Es handelte sich offensichtlich um Ralph Brandt, Betriebsratsmitglied von *ScanFerries*. Andy hat ihn zu erreichen versucht und erfahren, dass Brandt seit gestern vermisst wird. Anhand der Personenbeschreibung meint nun Andy, unser zweiter Toter könnte am Ende dieser Betriebsrat sein. Er hat veranlasst, dass man Fingerabdrücke des Vermissten in die Rechtsmedizin bringt, für einen daktyloskopischen Vergleich.«

Fenderling wedelt mit den Händen und stößt völlig außer Atem hervor: »Ganz schön clever, unser Kleiner.«

Dann haben die beiden Männer auch schon das Revier erreicht. Sie betreten den Besprechungsraum, in dessen Mitte Andy Menke steht, der mit triumphierender Geste einen Daumen hebt. »Bingo!«, ist sein einziger Kommentar.

Ralph Brandt liegt also als zweiter Toter in der Pathologie.

# Kapitel 43

Als Greta die *Strandruh* erreicht, hat sich die Lage zu ihrem Erstaunen bereits wieder weitgehend entspannt. Andrea Walther schwebt durch die Gänge, als habe es den Vorfall und ihren anschließenden Nervenzusammenbruch überhaupt nicht gegeben.

»Meine liebe Greta Bartholdi, schön, Sie zu sehen!«, flötet sie. »Wo Sie schon mal da sind, könnten Sie sich doch um Franz Kolberg kümmern. Der hat in letzter Zeit oft schlecht geträumt!«

Greta ist verblüfft, und rasch erwacht auch ein erster Anflug von Ärger. Da holt man sie aus ihrem Gespräch mit Eva, weil in der *Strandruh* die Hütte brennt, sie lässt alles stehen und liegen, vermutet den Extremfall und wird dann zu Herrn Kolberg geschickt, ganz nebenbei. »Deswegen haben Sie mich gerufen?«, entfährt es ihr.

Frau Walther zeigt freundliches Erstaunen. »Ach so, ja! Das hat sich geklärt. Frau Pichler war etwas verwirrt und wird im Inselkrankenhaus behandelt. Mit ihrem behandelnden Arzt, dem Dr. Sandmann, habe ich bereits telefoniert. Ein wirklich charmanter Doktor, das muss man ihm lassen. Leider vergeben und frisch getraut!«

Gretas Wut wächst zu himmlischem Zorn. »Sie ticken ja nicht richtig! Das sage ich Ihnen lieber gleich: Wenn aus unserer Zusammenarbeit was werden soll, dann nicht auf diese Art! Ich habe auch noch Wichtigeres zu tun, als auf Fingerschnipsen Ihre Hof-Psychologin zu geben!«

Andrea Walther reckt ihr Kinn und antwortet pikiert: »Schon gut, meine Liebe! So ist manchmal das Leben. Kommt bestimmt nicht wieder vor!« Dann formt ihr Mund kurz ein leicht ironisches Lächeln, während sie dem vorübergehenden Franz Kolberg winkt. »Hallo, mein lieber Herr Kolberg! Hier ist Frau Bartholdi für Sie gekommen. Sie haben doch oft so schwere Träume, das interessiert Frau Bartholdi sehr!« Sie reicht der fassungslos dastehenden Greta die Hand, nickt huldvoll und tänzelt zur Tür hinaus.

Von Greta zunächst unbemerkt, hat sich auch Vanessa Bohlen dazugesellt. Sie spricht Greta aus dem Hintergrund an. »Hallo, Frau Bartholdi, das darfst du ihr nicht verübeln. Seit dem Vorfall ist die komplett neben der Spur. Und sie nimmt jetzt solche Scheißegal-Pillen, die für gewöhnlich Frau Pichler bekommt.«

Greta ist zunächst erschrocken herumgefahren, hat sich beim vertrauten Anblick Vanessas jedoch gleich wieder entspannt. »Nun gut, das mag ja so sein. Dann spreche ich tatsächlich mal mit dem netten Herrn Kolberg, wo ich bereits hier bin!«

Sie nickt Vanessa zu und tritt an Franz Kolberg heran, der sich in höflicher Bescheidenheit zurückgehalten hat. Greta geht mit ihm in ein Besucherzimmer, das gelegentlich für diskrete Gespräche dient.

Kolberg nimmt auf einem Sessel Platz und blickt sie freundlich an. Seine grau-weißen Haare sind sorgsam gescheitelt. Sie passen so glänzend in die Atmosphäre von gediegener Ordnung und Penibilität. Die Sitzgarnitur erstrahlt in frischem Lindgrün, das die Farbgebung des Teppichbodens aufgreift. Rosen auf der Anrichte verströmen einen angenehmen Duft. Gretas Blick fällt auf Kolbergs frisch polierte Slipper. Seine gepflegte Erscheinung spielt mit seinem tatsächlichen Alter. Es hat aber nichts Aufgesetztes oder Kokettes. Ein frisch drapiertes Einstecktuch im Sakko würde man bei diesem stilsicheren, distinguierten Herrn nicht erwarten. Greta ist angenehm eingenommen und mit der Situation im Großen und Ganzen wieder versöhnt.

»Herr Kolberg, ich freue mich, Sie kennenzulernen. Das war ja für alle ein aufregender Tag!«

Er nickt Greta zu. »In cui viviamo, wie der Italiener sagt. Zu gut Deutsch: Wir leben!«

Greta ist sehr verblüfft. Eine solche Wort- und Weltgewandtheit hatte Sie nicht erwartet. »Frau Walther bat mich, mit Ihnen zu sprechen, Sie litten unter schlechten Träumen.«

Franz Kolbergs Blick trübt sich geringfügig ein, verliert etwas von der ursprünglichen Spannung. »Ja, da hat sie recht. Ob das aber ein Grund ist, Sie hier herzubemühen, ist eine andere Sache.«

Greta ist erneut überrascht, in ihrem Gegenüber einem so geordneten Mann zu begegnen, hatte sie doch eigentlich mit seiner üblichen Verwirrung gerechnet. Andererseits ist ihr aus Fortbildungen bekannt, dass Menschen in der Demenz oft in ihrer Tagesform schwanken. Vielleicht begegnet sie heute, unter dem Druck der Ereignisse, dem alten Franz Kolberg, wie er vor Jahren mal war.

Ohne weiteres Nachfragen beginnt Franz Kolberg zu berichten. Er erwache fast jede Nacht schweißgebadet, sitze dann zitternd im Bett. Es sei ein Panikgefühl, das ihn völlig erfasse. Auch sei es ein immer gleiches Thema, das alle anderen Gedanken und Gefühle aus dem Bewusstsein dränge. Diese Träume kämen auch am Tage, ungefragt. Es sei eigentlich mehr wie ein immer wiederkehrender Film. Eine Kleinigkeit genüge, zum Beispiel ein Wort. Franz Kolberg spürt beim Gedanken an seine Träume bereits wieder einen Ausläufer dieser Panik. Blass sitzt er vor Greta, die voller Mitgefühl den aufrechten, würdevollen Herrn betrachtet. Seine dann folgenden Schilderungen nehmen sie mit in eine düstere, bedrohliche Welt.

Er hastet durch die Nacht, atemlos vom Suchen, schweißüberströmt. Die Lichter des gegenüberliegenden Festlandes brechen sich auf seinem Schweiß. Ansonsten ist es dunkel. Stockdunkel. Er gönnt sich keine Unterbrechung und keine Pause, hastet vorwärts, muss sie finden, bevor etwas geschieht. Ihre Beschreibung war kurz. Der Schrei am Telefon sitzt in seinem Körper fest, dann die Stille, die Leitung tot. Angst und Verzweiflung sind seine Begleiter.

Hafen! Vor ihm tauchen die Schemen auf. Hafen, Hafen, Hafen! Er erkennt den Lichtschein, der mit dem Schaukeln des Schiffes über die Wasserfläche wandert. Hämisch, dieses Gekreische der feisten Möwen. Fast greifbar jetzt das Ziel. Sein Atem keucht und stockt, als er das Lachen hört, aus tiefen Männerbäuchen, von menschlichen Kehlen geformt. Hafen!

Ein einzelnes Schiff, schaukelnd im Wasser. Er hat den Pier erreicht, nur noch wenige Schritte. Er hastet weiter, erreicht den Steg, den der Atem der noch jungen Nacht überzieht und ihn glatt macht wie Eis. Eis in der Sommernacht, seine Füße verlieren für einen Moment den Halt, dann weiter. Seine Hände klammern sich am Geländer fest.

Das Lachen schlägt um. In rhythmisches Keuchen und Stöhnen. Der Leib des Schiffes greift den Rhythmus auf. »Ja!« oder »Nein!«, Begehren oder Verzweiflung. Die Stimme ist schrill, der engen Kehle entrungen. »Nein!« Wie kann er sie erreichen? Das Schiff, zum Greifen nahe, aber viel zu weit. »Nein, Nein, Nein!« Er rüttelt am stählernen Handlauf, schlägt auf ihn ein. Der Rhythmus! Ein weiterer Schrei. Dann ist der Zenit überschritten. Weiter muss es nicht gehen.

Wimmern mischt sich in die Nacht und teilt eine atemlose Stille. Dann hört er Schritte, die Luke schlägt auf. Durch die Öffnung dringt Licht, taucht den Steg in einen falschen, warmen Ton. Die Silhouette von Männerbeinen zeichnet sich ab, breit, fest, stark.

Weitere Männerbeine. Hart schlägt der Körper auf, sie ist es, zart, kraftlos, ihre Beine versagen. Das Schiff fährt eine Wendung, so dass es kurzzeitig an den Steg schwingt. Ihr Körper wird abgelegt wie ein Sack Müll. Der Schein des Lichtes erzeugt weiter seinen falschen, warmen Ton und zeigt die Männer, für Sekunden nur. Ihre Gesichter sind gerötet, prägen sich ihm ein, wie Glut, die aus einem Funkenregen auf ihn niedergeht, so dass er sich unwillkürlich duckt. Das zitternde Bündel Mensch, dieses Bündel geliebter Mensch, klein, geschunden, in seinen Armen.

Der Moment bleibt wortlos, dann schließt sich die Luke, das Schiff treibt wieder ab, das Licht wird gelöscht. Gespenstisch legt sich die Ruhe über die Fläche, das Wasser spiegelt eine fahle Nacht. Auch die hämischen feisten Möwen sind verstummt. Leises Plätschern der Wellen, leises Wimmern unter seinen erstarrten Armen: »Nein, Nein, Nein!«

Franz Kolberg springt auf, voller Panik, und rennt aus dem Zimmer. Als Greta aus dem Fenster blickt, in das gleißende Licht der Sonne, entdeckt sie ihn, der seltsam gebückt durch die Dünenkette hetzt. Hat den aufrechten alten Herrn seine Vergangenheit als Richter eingeholt? Lebt ihn streckenweise diese ferne, längst vergangene Welt? Der Schein der Sonne, er erzeugt einen falschen, warmen Ton.

»Nein, Nein, Nein!«

## Kapitel 44

Moor kehrt mit seinem Freund und Kollegen in die Wache zurück, zu einer abschließenden Dienstbesprechung. Dort erwartet ihn aber zunächst ein Redakteur der *Insel-Zeitung*. Moor gibt einen Bericht ab, in dem er einige brisante Details zunächst ausspart.

Ja, es gebe mittlerweile zwei Tote, lässt er den Journalisten wissen. Der erste bekleide eine herausgehobene Position im Wirtschaftsbereich. Er habe Tag und Nacht gearbeitet, keine Familie, ein einsamer Mensch. Gesicherte Hinweise auf ein politisches Motiv gebe es nicht. Der zweite Tod sei ebenfalls rätselhaft, aber von anderer Manier. Man habe den Mann vermisst und schließlich aufgefunden. Da spiele möglicherweise Rache die bestimmende Rolle. Einen eindeutigen Zusammenhang zwischen den Morden könne man nicht erkennen.

Der Journalist klappt schließlich seinen Block zu. Die vielen Worthülsen und Gemeinplätze stimmen ihn mürrisch. Und es ist ihm anzusehen, dass ihm das nicht reicht.

Moor betritt kurze Zeit später den Besprechungsraum, in dem bereits die Kollegen warten. Ein letzter kollegialer Austausch beschließt einen arbeitsreichen Tag.

Zunächst berichtet ein Kollege von einem Unfall. Ein Tourist aus Bremen sei mit seinem Wagen einem Fahrzeug ausgewichen und in den Graben gefahren. Bei der Wiedergabe der Personalien fährt Moor der Schreck in die Glieder. Es ist Dieter, den sie in der Nähe des zweiten Tatorts mit geschultertem Fahrrad getroffen hatten. »Ist dem Fahrer denn etwas passiert?«, fragt er besorgt nach. Nach dem Rahmenbruch seines Fahrrades am Vorabend scheint Dieter im Moment nicht gerade vom Glück verfolgt zu werden.

Die Antwort beruhigt: »Kein Personenschaden, auch das Auto sieht noch passabel aus!«

Ein weiterer Kollege berichtet von der Auswertung der Passagierlisten der Fähre und der Tatortfotos. Eine sehr aufwändige Detailarbeit. Man habe daraus aber bislang noch keine konkreten Anhaltspunkte zu dem oder den Tätern gewonnen. An Bord gewesen sei allerdings eine Person, mit der man nicht unbedingt gerechnet habe: Ralph Brandt, das zweite Opfer. Moor ist sich im Augenblick nicht sicher, wie er diese Information bewerten soll, und dankt erst mal dem Kollegen für seine beschwerliche Sisyphusarbeit.

Schließlich bewegt sich der kollegiale Austausch auf die Höhepunkte des Tages zu. Moor berichtet von seinen Eindrücken und Gesprächen. Insbesondere die politische Dimension der Fehmarnbelt-Querung erscheint ihm brisant. Dann erteilt er Fenderling das Wort, der einen weiten Bogen spannt, vom SM-Club bis zum Ansatz eines Amoklaufs in der *Strandruh*.

Am Ende meldet sich Andy. Er hat inzwischen weitere Details im digitalen Datendschungel von Hansens Mobiltelefon gecheckt und berichtet dazu: »Ich habe zwei Konten gefunden, ein gewöhnliches Girokonto, mit den üblichen Buchungen, und ein zweites Konto, das davon abweicht. Auf Letzterem erfolgten ausschließlich Einzahlungen, jeweils größere Summen. Am Ende wurden regelmäßig fünftausend Euro gezahlt. Und wollt ihr wissen, von wem diese Zahlungen stammen?« Handy-Andy fügt eine seiner theatralischen Kunstpausen ein und gibt schließlich das Geheimnis preis: »Sämtliche Zahlungen stammen von *ScanFerries*!«

# Kapitel 45

Moor hat noch einen schweren Gang vor sich. Er muss die Frau des zweiten Opfers, Elvira Brandt, aufsuchen. Er lässt den Jaguar langsam vor dem kleinen Einfamilienhaus in Puttgarden ausrollen, stellt den Motor ab und atmet tief durch, bevor er die Fahrertür öffnet und aussteigt.

Der gepflegte Vorgarten erfreut den unvoreingenommenen Betrachter durch eine üppige Vegetation, bevorzugt bunte Stauden, einige Malven, in Dunkelrot und Violett. Moor erfreut er in diesem Moment jedoch nicht. Eine Hundehütte steht einsam neben dem Tor, das beim Öffnen vernehmlich quietscht und beim Loslassen krachend ins Schloss zurückfällt. Ein Fugenkratzer liegt auf dem Weg, achtlos dort zurückgelassen, wo er zuletzt im Einsatz war.

Aus der Tiefe des Hauses hört er Musik. Er gibt sich einen Ruck und tritt beherzt auf die Eingangstür zu, als diese sich unvermittelt vor ihm öffnet. Man hat ihn also bereits bemerkt.

Vor ihm steht eine freundlich blickende Frau, sehr klein und zierlich, beinahe knabenhaft. Ihr Gesicht ist ungeschminkt, ihr Blick direkt und unverstellt auf den Fremden gerichtet. Moor stellt sich vor und bemerkt, dass augenblicklich jegliche Farbe aus ihrem ohnehin blassen Gesicht weicht. Wortlos tritt sie zurück in den Flur und bittet ihn mit einer Geste herein.

Moor fühlt sich so unbehaglich wie lange nicht mehr und betritt mit einem nervösen Räuspern das helle Wohnzimmer. Wie er solche Pflichten hasst! Vor allem dann, wenn die Situation das ausstrahlt, was hier gerade atmosphärisch Ausdruck findet: ein Höchstmaß an familiärer Harmonie und Geborgenheit.

»Frau Brandt, ich muss Ihnen eine sehr schlimme Nachricht überbringen«, geht er nun direkt auf das Thema los. »Ihr Mann wurde ja als vermisst gemeldet. Und seit

Kurzem haben wir die traurige Gewissheit, dass er nicht mehr lebt.«

Die Frau fällt förmlich auf einen Sessel, die Hände um die Armlehnen gekrampft, als müssten sie den kleinen Körper halten, vor dem unendlichen Fall bewahren, der auf einer anderen, der seelischen Ebene längst schon eingetreten ist.

Moor ist traurig und kann die Spannung kaum aushalten. Er berichtet weiter, nur um das quälende Schweigen zu durchbrechen, das objektiv betrachtet erst wenige Sekunden währt, in seinem inneren Erleben aber Stunden. »Wir haben ihn bereits gestern am späten Abend gefunden, in Wenkendorf. Da kannten wir aber noch nicht seine Identität. Und heute haben wir leider Klarheit. Er ist einer Gewalttat zum Opfer gefallen.«

Er fürchtet sich davor, dass die Frau die näheren Umstände erfragen könnte. Aber sie bleibt stumm. Tränen kämpfen sich über ihre Wangen, träge wie seelische Lava. Elvira Brandt gehört wohl zum still leidenden, introvertierten Typus. Moor hat zunächst einmal alles gesagt, was formal betrachtet zu sagen war. Und nun ringt er mit sich, ob er die Gelegenheit nutzen und die Frau befragen oder aber erst mal die geballte Wucht des Leidens ertragen und teilen soll.

Wie so häufig in seinem Leben wählt er schließlich den Mittelweg. »Ich kann mir vorstellen, wie unfassbar das alles für Sie sein muss«, durchbricht er schließlich die Wand des Schweigens. »Leider muss ich Sie dennoch das eine oder andere fragen, damit wir zügig ermitteln und den oder die Täter finden können.«

Die kleine Frau nickt, sie erscheint ihm ungewöhnlich tapfer.

»Wie hat Ihr Mann die letzten Tage verbracht?«

Es folgt ein Bericht, in dem Elvira Brandt im Wesentlichen all jene Banalitäten schildert, aus denen nun mal ein Alltag gestrickt ist. Er habe die erwachsene Tochter besucht, die mit ihrem Freund in der Nachbarschaft wohne, zwischendurch mal eben Einkäufe erledigt, die Hemden aus der Reinigung geholt, so etwas eben. Moor ist es gewohnt, mit kriminalistischer Intuition aus solchen narrativen Schilderungen jene Details zu filtern, aus denen er den jeweils besonderen, am Ende vielleicht entscheidenden Hinweis gewinnt. Elvira Brandt berichtet von den Freunden, die ihr Mann häufiger traf. Er sei ursprünglich mit Michael Hansen verabredet gewesen. Dessen jäher Tod habe ihn völlig verstört. Er sei ja selbst auf dieser Unglücksfähre unterwegs gewesen, habe aus dienstlichem Anlass öfter in Rødby konferiert.

Den Freund habe er allerdings auf der Fähre nicht getroffen. Aber als er schließlich im Verlauf des Tages erfahren habe, dass dieser der Tote sei, habe es ihn förmlich gebrochen. Ihr Mann sei völlig bestürzt gewesen, er sei im Haus hin und her gerannt. Michael sei sein engster Freund gewesen, seit Jahren schon. Ein kluger Mensch, wenn auch manchmal etwas seltsam.

Moor beginnt zu ahnen, dass der ausführliche Bericht über den toten Freund die Frau fürs Erste davor bewahrt, sich mit der eigentlichen Katastrophe weiter zu konfrontieren. Aber er kann ihr diesen Schmerz nicht gänzlich ersparen. »Sagen Sie, Frau Brandt, ich habe da noch eine Frage. Wie lange kannten sich Ihr Mann und Dr. Hansen?«

Elvira Brandt beginnt zu überlegen. Dann formt sie ein oder zwei Worte, die jedoch unhörbar bleiben. Schließlich, nach wiederholtem Räuspern, fährt sie fort: »Das sind schon so lange Jahre. Mein Mann hat seinen Freund Michael mit in unsere Beziehung gebracht.« Sie versucht ein angedeutetes Lächeln, was ihr nach Moors Empfinden jedoch misslingt.

»Hatten sie auch beruflich miteinander zu tun?«

Sie nickt. »Ja, das war aber eher problematisch! Für Michael vielleicht weniger, denn er sollte ja bloß kommunizieren. Er bezeichnete sich als Türöffner des Tunnelprojekts. Im Falle meines Mannes gab es eher Misstrauen. Im Kollegenkreis fürchtete man den Einfluss des mächtigen Gegners, für den Michael Hansen nun einmal stand. Schließlich ging es meinem Mann um die Arbeitsplätze, auf den Fähren, aber auch an Land!«

Moor ist nachdenklich. »Können Sie sich denn vorstellen, dass es solche, sagen wir mal: Ungereimtheiten, tatsächlich gab?«

Entschieden schüttelt die Frau den Kopf. »Nein, niemals! Mein Mann ist ein konsequenter Gewerkschafter. Sein Betriebsrat ist der Mittelpunkt. Danach kommt für ihn lange nichts mehr. Für seine Arbeit hätte er am Ende auch mich verkauft!« Wieder misslingt Elvira Brandt der Versuch eines Lächelns.

»Noch eine letzte Frage, für heute: Hat Ihr Mann mal, vielleicht in Andeutungen, berichtet, dass sein Freund ein Frauenheld war? Entschuldigen Sie bitte diesen Ausdruck, ein besserer fiel mir gerade nicht ein.«

Augenblicklich röten sich die bislang blassen Wangen. Elvira Brandt wirkt aufgeschreckt. »Das war ein ganz spezielles Thema! Die beiden haben früher so manches Geheimnis geteilt, wie ich vermute. Es gab bisweilen Andeutungen. Michael hat häufig meinen Mann und damit auch mich provoziert.« Elvira Brandt denkt kurz nach und fährt dann fort: »Er war da nicht immer zartfühlend und taktvoll, wenn Sie verstehen, was das bedeutet.«

Moor nickt, als ob er verstünde. »Sie meinen, er wurde konkreter, vielleicht sogar ordinär?«

Die Frau seufzt. Ihr Gesicht und ihre Gestik zeigen Unbehagen. »Da gab es schon etwas sehr Direktes, auf einer Ebene von Kumpanei! Das kann ich letztlich schwer beschreiben. Es schloss mich aus. Auch Ralph hat das nicht gefallen. Und dennoch: Michael nahm sich das einfach raus!«

Moor ist unangenehm berührt. Das alles klingt nicht nach Herzensfreundschaft und am Ende reichlich kompliziert. Dann sieht er wieder die Tränen im Gesicht der Frau. Er beschließt, das Gespräch fürs Erste zu beenden und lässt eine verzweifelte, fassungslose Frau zurück, für die soeben das bis dahin geordnete Leben wie ein Kartenhaus in sich zusammengestürzt ist. Es wird wohl noch langer, qualvoller Tage und Nächte bedürfen, bis sich ihr die ganze Tragweite erschließt.

Als er vor die Tür tritt und tief Luft holt, verspürt er eine ungewohnte Schwere. Sie breitet sich aus und zieht ihn förmlich zu Boden, ein bleiernes Gefühl. Mühsam strafft er sich und bewegt sich vorwärts, bis er schließlich das Auto erreicht. Was ist das für eine Botschaft, die sein Körper überträgt? Ist es bloße Empathie, das Werk seiner Spiegelneuronen? Oder liegt mehr darin, etwas, das sich im Moment seiner Vorstellung entzieht?

Sein Handy klingelt. Er nimmt das Gespräch an: »Clemens Moor?«

Am anderen Ende hört er eine aufgeregte Frauenstimme. »Ich bin's, Susanne Markward, die Sekretärin von Herrn Brandt. Ich habe zwischenzeitlich mit Ihrem Mitarbeiter gesprochen, mit Herrn Menke. Er wollte meinen Chef sprechen und ich musste ihm mitteilen, dass der verschwunden ist. Ich glaube, ich muss Ihnen jetzt noch etwas sagen: Es gab hier heute Morgen große Aufregung. Wir hatten eine überraschende betriebliche Revision, wegen finanzieller Unregelmäßigkeiten. Seit längerer Zeit wurden beträchtliche Firmensummen abgezweigt und auf ein fremdes Konto überwiesen. Und mein Chef, Ralph Brandt, steht unter Verdacht!«

Moor fragt zurück: »Weiß man denn schon, warum und an wen die Summen flossen?«

Für kurze Zeit wird es still in der Leitung. Moor spürt förmlich, wie die Anruferin um Worte ringt. Dann beendet sie schließlich doch ihr Schweigen. »Dr. Hansen. Er hat offensichtlich Ralph erpresst. Die Zahlungen gingen an Dr. Hansen!«

Moor bedankt sich für den Anruf und sitzt noch einige Minuten in seinem Wagen, um sich innerlich zu sortieren. Dann startet er den Jaguar, schöpft aus dem typischen sonoren Motorsound wieder eigene Kraft und schüttelt die Schwere ab. Dabei hilft ihm die Aussicht auf einen entspannten Tagesausklang am Strand.

## Kapitel 46

Für den Abend sind Fenderlings eingeladen. Die Frauen haben sich abgestimmt, was die kulinarische Seite anbetrifft, die Männer in alkoholischer Hinsicht. Es ist eine eher traditionelle Aufgabenverteilung, wie Moor schmunzelnd überlegt.

Als er gerade den Campingplatz erreicht, ereilt ihn ein seltsames Déjà-vu: Vor ihm trottet ein Mann auf den Platz, sein Fahrrad geschultert, ziemlich verschwitzt. Die Gestalt kommt ihm eigentümlich vertraut vor. Am Gang erkennt man den Menschen. Und so erkennt Moor in diesem Moment Dieter. Er bringt den Wagen zum Stehen und fährt die Scheibe der Beifahrertür herunter. »Was ist denn nun schon wieder los?«

»Ach, was schon?«, gibt Dieter zurück. »Gestern brach der Rahmen, das hast du ja mitgekriegt. Und heute hatte ich einen Unfall, auf der Straße nach Landkirchen. Da kam mir einer entgegen, hat die Kurve geschnitten. Und ich landete im Graben, ich spüre den Schrecken jetzt noch. Dann hat mich mein Rosilein abgeholt. Inzwischen bin ich wieder auf das Zweirad umgestiegen, habe inzwischen ein Ersatzrad. Und was meinst du, tritt ein? Fast das gleiche Ding wie gestern. Ich fahre, zum Abreagieren, eine Runde nach Gammendorf. Und am Ortseingang macht es ein Geräusch, das ich inzwischen kenne: Das Metall ist gebrochen, diesmal im Lenkerbereich.«

Moor ist irritiert und amüsiert zugleich. Er zwinkert Dieter zu und verkündet: »Das ist kein Zufall, das ist eine Serie! Mein lieber Dieter, denk nach: Hast du Feinde? Oder vielleicht eine Lebensversicherung?«

Dieter verzieht keine Miene, aber die Bemerkung über die Lebensversicherung zumindest hat ihn aufmerken lassen. »Na ja, versichert bin ich schon. Davon hat mich Rosi überzeugt, weil ich ja ein paar Jahre älter bin.«

Er schüttelt den Kopf, dann beginnen beide zu lachen. Dass die herzliche, lebensbejahende Rosi heimlich, vielleicht nachts, an Dieters Rad sägt, diese Vorstellung geht entschieden zu weit.

Clemens verabschiedet sich mit einem »Hals- und Rahmenbruch!« und lenkt den Wagen in die erste Reihe des Campingplatzes, gleitet an den Zelten und Caravans vorbei. Er grüßt die blonde Gaby und ihren Heinz, die wie immer freundlich winken, und wenig später den stets fleißig rackernden Platzwart Janosch. Moor erfreut sich der herrlichen Natur. Es ist ein einzigartig schöner Ort, direkt am Wasser, erdverbunden und familiär.

Als er Platz 1A erreicht, strahlen Sonne und Greta um die Wette: Endlich zu Hause! Er parkt den Wagen und wirft einen kurzen Blick auf den benachbarten Stellplatz. Der ist leider im Moment verwaist, der Nachbar erkrankt. Aber der Mann ist eine Kämpfernatur. Und so hat er wohl auch die neueste Herausforderung, eine Operation, gut verdaut, wie seine Frau in einer E-Mail wissen ließ. Greta und Clemens vermissen das freundliche Paar, mit denen man gerne herzlich plaudert, die aber keine lästigen Topfgucker sind.

Gretas Augen strahlen, trotz eines Anfluges von Müdigkeit, der ihre Züge umspielt. Sie öffnen schon mal eine Flasche Wein. Die Abendsonne taucht die Szene in weiches Licht und wärmt die Seelen. Dann hören sie Schritte: Ihre Gäste kommen zu Fuß, freundlich winkend und bestens gelaunt.

## Kapitel 47

Es ist ein ausgesprochen lustiges Beisammensein geworden. Greta freut sich besonders über Fenderling, den sie noch nie so gelöst und humorvoll erlebt hat. Und auch Eva, die sie bislang ja lediglich aus ihrer kurzen Begegnung kannte, erscheint ihr witzig und anregend. Die Zeit vergeht bei Essen und Rotwein wie im Flug.

Später am Abend lassen Moor und Fenderling die Frauen am Wohnwagen zurück und gehen noch an den Strand, um die Ruhe zu genießen und sich die Beine zu vertreten. Dabei kommen sie aber natürlich auch wieder auf ihre aktuellen Fälle zu sprechen. Moor kommt immer wieder der Richter in den Sinn. Dieser feinsinnige, kluge Mann erscheint ihm einerseits aufrecht, andererseits aber irgendwie auch gebrochen.

Er schildert Fenderling seine Eindrücke: »Auf dem Schiff, bei der ersten Begegnung, da war Franz Kolberg offensichtlich verwirrt. Das nennt man ja wohl Altersdemenz. Und später verhielt es sich ähnlich. Er lebte in der falschen Zeit, mit falschen Personen. Aber gegenwärtig, da erscheint er mir plötzlich merkwürdig klar. Wie kann man das verstehen?«

»Mir erging es mit ihm ebenso«, erwidert Fenderling. »Aber das kann es geben: Unter Erregung oder Überforderung, im Falle einer neuen Situation, versagen demente Menschen häufig, es ist eine Art Dekompensation. Im Grunde wird daran deutlich, wie brüchig sie sind. Deshalb sollte man ihnen Stress soweit möglich ersparen. In der Ruhe liegt die Kraft!«

Moor kommt schließlich auf Hansen zu sprechen. »Sag mal, was hältst du denn eigentlich von diesem Doktor? Am Anfang war er ja das Opfer. Dann erschien er uns zusehends dubios und mutierte am Ende beinahe zum Täter.«

Fenderling sieht ihn aufmerksam an. »Na ja, was heißt hier ›beinahe‹? Du hast es mir doch erzählt. Wegen irgendeiner Sache scheint er ja Ralph Brandt in der Hand gehabt zu haben. Er hat ihn schlicht erpresst.«

Moor nickt. »Zunächst einmal ist das ja offensichtlich ein gestörter Mensch. Er wirkt vereinsamt, ist aber wohl tatsächlich beziehungslos.«

»Was wäre denn der Unterschied?«, fragt Fenderling.

Moor überlegt kurz. »Formal betrachtet hatte Dr. Hansen durchaus seine Kontakte. Er hatte einen einträglichen Job, musste Menschen überzeugen. Er hatte auch einen Freund, zumindest Ralph Brandt, soweit man weiß. Und es gab auch Frauen, was immer man davon halten mag. Diese Sammelleidenschaft baute ihn auf. Und in der Ausgestaltung seiner Beziehungen liegt möglicherweise die Lösung verborgen. Er war ein Sadist und Menschenverächter. Er schlug Frauen, war rücksichtslos. Er pflegte mit ihnen zu spielen und warf sie dann weg. Er spürte kein Leid. All diese Merkmale sprechen gegen eine reife Bindung, erscheinen vielmehr beziehungslos. Wenn solch ein Mensch allein bleibt, dann pflegt er darunter kaum zu leiden, weil es ihm an der eigentlichen Tiefe der Beziehung fehlt.«

»Du meinst«, fasst Fenderling nachdenklich zusammen, »nur der kann einsam sein und leiden, der auch wirklich liebt!« Seine Gedanken wandern kurz zu Eva und ihrer nicht immer einfachen Beziehungsgeschichte.

Dann richtet er seine Aufmerksamkeit wieder auf Moor, der die Gedanken weiterspinnt.

»Wir betrachten also Dr. Hansen als egozentrisch, wenig mitfühlend und beziehungslos. Dafür spricht auch am Ende, dass man viele Fakten in der Hand hält, aber wenig von dem eigentlichen Menschen kennt. Aber es gibt auch ein zweites Merkmal, das mich stutzig macht. Ich meine seinen Hang zu Regeln und seine Skurrilität. Natürlich tendieren Menschen, die bindungslos leben, zu ihrer eigenen Sicht auf die Welt. Aber bei Dr. Hansen gibt es eine zusätzliche Qualität. Er schuf sich nicht nur Regeln, sondern die Regeln schufen ihn. Er folgte einer Art Zwang, der ihn stets determinierte. So gab es nicht nur bestimmte Tage mit festem Programm. Die Regeln durchdrangen alles, bis ins letzte Detail. Ich denke da nicht zuletzt an die Wildwasserbahn und diese komischen Fotos. Es war, wenn man so will, ein perfektes Dinner for one, aber alle Tage wieder und keinesfalls lustig. Ein gutes Beispiel sind diese Blusen und die Kleiderordnung schlechthin. Er sammelte die Frauen wie Käfer oder Schmetterlinge. Und es war keine bunte Sammlung, sondern ein Ritual: Immer wieder dasselbe, es gab kein Pardon! Auch seine Wirkung auf Frauen war lediglich entliehen. Er bezog seine charmanten Komplimente aus Quellen im Internet. Sie waren sozusagen seine Arbeitsmittel. Und er setzte sie streng nach Schema ein. Dr. Hansen hasste Zufall, sein Leben verlief geregelt, stets nach Plan!«

Fenderling und Moor blicken eine Weile schweigend auf die glatte, kaum von Wellen gekräuselte Wasserfläche. Dann ergreift Moor erneut das Wort.

»Ich habe letztes Jahr an einer Fortbildung teilgenommen. Da ging es um Täterprofile. Und wenn ich alles, was wir bislang wissen, zusammenfasse, dann komme ich zu dem Schluss: Dr. Hansen war ein Autist!«

»Na ja«, erwidert Fenderling, »da kann man sich aber auch mal schnell hineinsteigern, besonders nach so einer Fortbildung. Wir können ja mal Greta fragen, so ganz allgemein, ohne Bezug zum konkreten Fall.«

»Eine sehr gute Idee, wir fragen sie mal gleich, wenn wir zurückgekehrt sind.«

»Na ja«, meint Greta wenig später, als Moor sie nach ihren Erfahrungen mit Autisten befragt. »Autisten sind in der Regel so harmlos wie du und ich. Sie sammeln bisweilen Dinge oder entwickeln extreme Talente. Sie kennen vielleicht Fahrpläne auswendig, sind an speziellen

Themen interessiert. Ihr besonderes Problem aber ist die Perspektive. Autisten versetzen sich kaum in ihr Gegenüber. Was die Fähigkeit zur Empathie betrifft, sind sie weitgehend blind und taub. Und wie bei jedem Menschen kann ihr Leben auch entgleisen, dann oft eigengesetzlich und häufig mit sehr destruktiver Dynamik.«

Fenderling nickt und denkt an die SM-Lady aus dem Club. Sie kannte sich aus mit bestimmten, ritualisierten Formen von Gewalt. Aber das beziehungslose, rücksichtslose Schlagen der Opfer lehnte sie ab.

Dann wechselt das Thema. Nach mehreren Stunden mit ausgiebigem Scherzen und dem Erzählen diverser Geschichten und Anekdoten geht der Abend zu Ende. Die Gäste verabschieden sich gut gelaunt und Moor betrachtet noch eine Weile die einzigartig schöne Landschaft und die Lichter auf dem Belt. Da draußen auf dem Wasser begann eine Geschichte, die aus dem Ruder lief. Und er spürt, dass er der Lösung ganz nah ist. Er hält bereits die Fäden in der Hand.

# Kapitel 48

Es ist tiefe Nacht. Der Vollmond beleuchtet die Szene, sein Schein fällt durch die Bäume. Die Kiefern hinter dem Sommerdeich schwanken leicht im Wind, so dass Schatten wie suchend über das Vorland pendeln. Der gleichmäßige Rhythmus der Wellen greift diese Bewegung auf. Über die Wasserfläche kräuselt ein Glitzern, das sich schließlich am Strand verläuft. Das dunkle Tuckern eines Großschiffes dringt herüber, über den Belt. Es ist so ein Geräusch, das tief in den Körper dringt und von dort widerhallt.

Aus einem der Stühle, die in den Dünen stehen, löst sich eine einzelne Gestalt. Sie schiebt sich zögernd vorwärts, in Richtung Meer. Jetzt erfasst sie der fahle Schein des Mondes und fängt sie ein. Der Schatten bleibt stehen, die Gestalt schreitet fort. Der Schattenschlag gewinnt dadurch an Länge, wird aber auch diffus. Dann folgt ein Zögern, die Gestalt steht still. Langsam schwindet ihr Schatten, sie duckt sich. Lange Minuten vergehen. Dann gleitet die Gestalt auf den Sand, bleibt reglos liegen. Wieder verharrt die Zeit.

Mit gleichmäßigen, trägen Bewegungen fahren die Arme der Gestalt über den Sand und die Steine und den eigenen Körper. Schicht um Schicht. Der gleichmäßige Rhythmus der Wellen greift diese Bewegung auf. Der Strand und die Gestalt verschmelzen, Natur und Mensch. Es ist ein vergängliches Treiben. Vertrautes geht, ein Ahnen entsteht, Neues wächst. Schicht um Schicht.

Das tiefe Brummen der fernen Schiffe spielt dazu eine monotone Melodie. Klagelieder des Beltes, Erinnerungsbilder der *Niobe*. Tod und Dekadenz, mächtige Kumpane in ohnmächtiger Welt. Es war im Juli 1932, als das Schulschiff, eine dreimastige Schonerbark, hier versank. Unglückssuchend benannt nach Niobe, der Königin von Theben, Tochter von Tantalos, die sieben Söhne und sieben Töchter gebar. Niobe, die Göttin Leto verhöhnte und dafür grausame Strafe empfing. Der Tod ereilte die Kinder und Niobe erstarrte, wurde Stein.

Kühner, menschlicher Hochmut!

Mit gleichmäßigen, schwächelnden Bewegungen fahren die Arme der Gestalt über den Sand und die Steine und werden immer träger. Der gleichmäßige Rhythmus der Wellen greift diese Bewegung auf.

# Kapitel 49

Es ist eine jener wortlos schönen Morgenstunden, in denen ein Camper niemals tauschen würde, mit keinem Hotelzimmer oder Appartement dieser Welt. Es ist Zeit, die Zeltplane zu öffnen, mit diesem unnachahmlichen Geräusch des groben Reißverschlusses, erst zögernd, dann mit charakteristischem Schwung. Oder einfach vor den Caravan zu treten, die schüchterne Morgensonne auf dem Gesicht, die Augen geschlossen.

Moor genießt dieses Ritual fast täglich um diese Zeit. Heute aber zeigt sich ihm eine ganz ungewöhnliche Kulisse, bestehend aus einem zutraulichen Kaninchen auf dem Deich und einem ungewohnt geselligen Reh gleich neben dem Stellplatz. Was für eine kitschige Szene, die so eigentlich nur das wirkliche Leben kennt. Wäre er, Moor, in diesem Moment nicht Kriminalist, sondern Romanautor, der diese Szene emotionslos und rein sachlich protokollierte, was würde ihm geschehen? Ließe man ihn durch, mit seinem realen, sachlichen Kitsch des Lebens? Welcher Kritiker wäre so tolerant?

Moor muss schmunzeln, bewegt sich eine Zehntelsekunde zu hastig und beendet damit leider die Deich-Idylle. Die Tiere verschwinden im dichten Gebüsch. Sein Blick wandert über das Deichvorland, registriert die letzten Ausläufer des Abends. Einige Flaschen, ein Sack Grillkohle, ein Paar Flipflops.

Langsam kehrt die Erinnerung wieder.

Moor besteigt sein Rad, schultert den leichten Rucksack und macht sich auf den Weg zum Bäcker. Für das heutige Frühstück ist Besuch angesagt. Sie erwarten Dieter und Rosi mit ihren Kindern Ida und Henri XVI. »Henri mit i«, wie der Junge gerne betont. Und Henri XVI. nennt er sich, weil er auf dem Stellplatz Nummer sechzehn wohnt. Moor radelt langsam und stetig, lässt dabei seine

Blicke ziellos über den Strand wandern. In der Nähe des Wassers entdeckt er dann etwas, das ihn stutzig macht. Er stoppt und sieht genauer hin. Es ist ein Sandhügel, den er hier noch nie gesehen hat. Der Bau von Sandburgen ist an diesem Küstenabschnitt verpönt. Moor vermutet das Werk von Kindern und fährt zunächst weiter. Nach etwa hundert Metern trifft er Henri und stoppt erneut. »Habt ihr diesen Sandhügel am Strand gebaut?«, fragt er den Jungen. Moor deutet in Richtung des Wassers.

»Nein, den habe ich noch nicht gesehen. Wird gecheckt!« Henri verschwindet kurz im Zelt und kehrt mit einem Fernglas zurück. Er hat es von Moor zum Geburtstag geschenkt bekommen. Der Junge peilt durch die Okulare, dreht an der Mittelschraube und beginnt zu murmeln.

»Was kannst du sehen?«, fragt Moor, bekommt aber zunächst keine Antwort.

Schließlich nimmt Henri das Glas von den Augen und blickt ihn an. »Das ist echt die Frage, was ich da sehe! Am besten guckst du es dir selber an. Da hat jemand einen Hügel gebaut, nicht rund, sondern länglich. Sieht aus wie ein Grab. Aus dem ragt seitlich etwas heraus. Sieht fast aus wie Hände, so ähnlich eben. Ist richtig gut gemacht. Und dann noch diese Schuhe, alles an seinem Platz!« Henri hält Moor sein Fernglas hin.

Der blickt hindurch, muss erst die Okulare verstellen, sieht dann schließlich scharf und betrachtet angestrengt die Erscheinung am Strand. »Tatsächlich! Sieht aus wie Hände, zum Gebet gefaltet. Da hat einer wirklich ein Kunstwerk geschaffen. Fast wie echt.« Er setzt das Glas ab.

Moor hat durchaus Sinn für solche Späße. Früher, mit seiner Tochter Anna, hat er sich am Strand versteckt, sich tief in den Sand eingegraben. So dass am Ende nur der Kopf aus dem Sandhaufen ragte. Es war ausgesprochen lustig, aber auch makaber gewesen. Man konnte seinen Körper schließlich nicht mehr bewegen, fast wie eine Mumie in einem Grab aus Sand.

Moor zuckt bei diesem Gedanken zusammen. Er blickt erneut durch das Fernglas und betrachtet die Strander-scheinung. Alles wirkt in der Tat wie aufgebahrt. Moor beschleicht eine unangenehme Ahnung.

»Wollen wir uns das mal eben gemeinsam aus der Nähe ansehen?«, fragt Henri nach.

»Lieber nicht!«, entgegnet Moor. »Vielleicht kannst du schnell die Brötchen für unser Frühstück besorgen, ich kümmere mich darum.« Dann läuft er mit zügigen Schritten auf den Sandhügel zu.

Als Moor ihn erreicht, wird aus der bösen Ahnung Gewissheit. Jemand hat ein Grab aus Sand geschaffen. Die Körperachse wurde im rechten Winkel zum Wasser ausgerichtet. So wendet sich der Leichnam wie betend zum Belt. Am Ende, dem Wasser zugewandt, sieht man die Schuhe. Seitlich ragen die Hände heraus, feierlich gefaltet, wie zu einem letzten Gebet. An der rechten Hand erkennt Moor ein Detail sofort wieder: einen Siegelring mit blauem Stein, Kolbergs Siegelring!

Moor zieht sein Smartphone aus der Tasche und wählt die vertraute Nummer der Wache. Der Dauerdienst meldet sich und nimmt seine Anweisungen entgegen. Bereits eine Viertelstunde später quälen sich mehrere Dienst-Passat mit Blaulicht den flachen Deich entlang, umfahren die noch geschlossene Schranke und erreichen den Weg, der zum beschriebenen Fundort führt. Rasch wimmelt es von Beamten, die den Tatort mit weiß-rotem Flatterband sichern. Henri XVI., der herbeigeeilt ist und nun das Ausmaß der Aktion erfasst, blickt vorwurfsvoll zu Moor hinüber. Der zuckt lediglich entschuldigend mit den Schultern. Dann wendet er sich wieder seiner Arbeit zu. Das gemütliche Frühstück vor dem Caravan kann er getrost vergessen.

## Kapitel 50

Clemens hat sich etwas zurückgezogen und der Kriminaltechnik das Feld überlassen. Er hockt auf einem verlassenen Sonnenstuhl und fühlt sich matt. Irgendetwas in ihm ist angesprochen, eine Idee vielleicht, die aber nicht konkret zum Vorschein kommen will. Er ahnt, dass sie an einem entscheidenden Punkt ihrer Ermittlungsarbeit angelangt sind, dass er vielleicht sogar schon über die wesentlichen Informationen verfügt. Was ihm fehlt, ist die Bauanleitung, um die Einzelstücke zusammenzufügen, zu einem stimmigen Bild. Wieder und wieder ruft er sich die Teile ins Gedächtnis. Nachdem die vielen Recherchen im Hintergrund, die Berge von Touristenfotos und Einzelbeobachtungen keinen konkreten Hinweis ergaben, grenzt er den Personenkreis gedanklich ein und spitzt sein Denken zu.

Er rückt die Jugendlichen, wenngleich ursprünglich in vorderster Reihe, in den Hintergrund. Sie zu verdächtigen, ergibt keinen Sinn, zumindest dann, wenn man zwischen den Toten einen Zusammenhang sucht.

Die Bürgerinitiativen gegen das Belt-Projekt hätten ein starkes Motiv, was die Rettung der Region betrifft. Aber dann zu morden, auf eine so grausige Art? Auch das wäre eine Räuberpistole, fernab aller Vernunft. Aber geht es hier um Vernunft? Kann man sich vorstellen, dass wirtschaftliche Interessen zählen? Und warum dann bloß dieses bewusste Fanal? Vielleicht ein Ablenkungsmanöver?

Und wie und warum ist Franz Kolberg gestorben? Welche Rolle spielt dieser feinsinnige und kultivierte Mann?

Schließlich noch Erna Pichler. Immerhin hatte sie die Waffe, die bei den beiden ersten Morden zum Einsatz kam. Aber wozu dann damit fuchteln? Was sollte das? Ein Zeichen ihrer Senilität? Vielleicht aber war auch das nur ein Baustein im Zuge eines an Inszenierungen reichen, brutalen Werks? Wem ist es zuzutrauen, so berechnend zu handeln, so kühn und so klug?

## Kapitel 51

Ein uniformierter Polizist tritt mit einem Briefumschlag in der Hand an Moor heran. Clemens blickt auf, erkennt den Kollegen und grüßt ihn kurz. »Sie bringen mir eine Botschaft, eine Nachricht des Toten, stimmt's?« Sein Gegenüber nickt und reicht ihm wortlos den geöffneten Umschlag.

Moor hält ihn unentschlossen in den Händen. In seinem Inneren wird die Erinnerung an Kolbergs Worte wach: »Wenn es Ihnen recht ist, geben Sie mir eine Nacht. Ich bin dann in Ihrer Nähe. Sie werden erfahren, was es zu erfahren gibt!« Moor erkennt die Handschrift: *An Herrn Kriminalhauptkommissar Clemens Moor!* Er zieht zwei weiße, mit Tinte beschriebene Bögen aus dem Umschlag und liest.

*Lieber Herr Moor, wie gesagt: Sie sind noch jung! Mein Leben ist leider bereits beendet. Wenn Sie diese Zeilen lesen, bin ich tot. Ich habe es selbst mit Tabletten beendet. Mein Herz ist schon viel früher gestorben, in jener grausamen Nacht. Es ist Jahre her, so lange Jahre. Ich war Richter, das wissen Sie ja. Ich dachte, ich sei ein Kenner der Menschen und des Lebens. Es war ein Irrtum, das wurde mir mit aller Härte klar. Es ist die Erinnerung an jene grausame Nacht, die alles in mir tötete, mein Liebstes und meine Würde.*

*Ich habe Frau Bartholdi den Traum erzählt. Er kommt tagsüber und nachts. Er ist unkontrollierbar. Und eigentlich auch kein Traum, sondern ganz real. Irgendeine Kleinigkeit kann ihn auslösen, oft kommt er aber auch ohne erkennbaren Anlass, einfach so. Frau Bartholdi empfahl mir eine Therapie, es handele sich um eine posttraumatische Belastungsstörung, wie bei den Soldaten in Afghanistan.*

*Aber bei mir ist es schon Jahre her: Es geht um meine Tochter, sie war so jung. Sie rief mich an, von unter-*

*wegs. Sie hatte Leute getroffen, in einer Diskothek. Es werde wohl später, man sei so gut drauf. Und dann rief sie erneut an, mitten in der Nacht. Sie wirkte verstört und verängstigt, sie bat mich zu kommen. Sie sei in Burgstaaken, im Yachthafen. Ich fuhr sofort los und hastete durch die Nacht, atemlos vom Suchen, schweißüberströmt, musste sie unbedingt finden, bevor etwas geschah. Ihre Beschreibung war kurz gewesen. Der Schrei am Telefon sitzt bis heute in mir fest. Vor mir ein Restaurant,* Zum goldenen Anker, *rechts davon der Hafen! Das Gekreische der Möwen war hämisch, später mit Lachen durchmischt. Ein einzelnes Schiff lag schaukelnd im Wasser. Das Lachen wurde härter, schlug um in Gewalt. Ich stand am Steg, so hilflos und stumm. Das Schiff, zum Greifen nahe, aber viel zu weit. »Nein, Nein, Nein!« In mir war nichts als Panik, dann war es vorbei. Ich hörte ihr armseliges Wimmern in der Nacht. Dann Schritte, die Luke schlug auf. Sie haben sie vor mir abgelegt, meine geliebte Tochter, zu meinen Füßen, wie einen Sack Müll. Ihre Bluse war zerrissen, sie war blau-weiß. Die Gesichter der Verbrecher brannten sich ein, in mein Herz und meinen Zorn. Ich dachte nur: Nein, Nein, Nein!*

*Ich habe diesen Traum geträumt, jeden Tag und jede Nacht. Meine Tochter wurde schwanger, sie gebar einen Sohn. Sie kennen ihn: Patrik. Er war das Kind des Bösen – sicher ungerecht, aber ich vermochte mich nicht zu überwinden. Meine Tochter war gebrochen, ihr Leben gelebt. Wir erstatteten Anzeige, es war eine Qual. Vernehmungen, Protokolle und Sachverständige, Seiten um Seiten in Akten gefüllt. Es war mir eine Lehre, denn ich begriff, dass ich meinen Beruf neu lernte, auf grausame Art. Am Ende wurde das Verfahren beendet, einfach eingestellt. Die beiden Männer, sie waren sich einig. Sie hatten ihre Aussagen abgestimmt. Meine Tochter habe es so gewollt. Es sei eine ›Nummer‹ gewesen, aus Spaß und ohne Geld. Und der eine von ihnen hat es vielleicht sogar geglaubt, wie mir schien. Am Tag der Einstellung habe ich meine Kleine endgültig verloren. Sie fühlte sich gedemütigt, ein weiteres Mal. Sie nahm Tabletten, das Ende kam schnell. Meine Frau fand sie in ihrem Zimmer, ein Stofftier im Arm. Sie war so schön und so unendlich klein! Und auch meine Frau hat es nicht verkraftet. Sie folgte meiner Tochter nach kurzer Zeit.*

*Ich habe überlebt, irgendwie. Aber meine Würde war dahin. Was ist das für ein Recht? Was ist ein Richter? Ich hatte auch das verloren, meine Selbstsicherheit. Ich gebe zu, ich verlor meine Haltung. Ich dachte an Rache, jeden Tag. Ich verließ kaum das Haus, aus purer Angst. Würde ich den Männern begegnen, dann wären sie tot. Ich hatte eine Waffe zu Hause, in meinem Safe. Später warf ich den Schlüssel in den Hafen, aus Angst vor meinem wilden Hass.*

*Schließlich zog ich in die* Strandruh, *um nicht mehr allein zu sein. Ich schöpfte Mut und fand wieder Kraft. Ich gewann meine Sinne und die Liebe zurück. Mit Erna erwachte die Hoffnung. Gut: Sie hatte Demenz. Aber ihre Gegenwart war heilsam, auf eine schlichte Art. Und so nahmen wir an dieser Fahrt teil, nach Dänemark. Ich genoss die Stunden, die Sonne und das Meer. Dann war plötzlich wieder alles vorbei. Ich erkannte einen der Männer an Bord. Es war jener, der meine Tochter entehrte, wie man wohl dummerweise sagt. Ich verfolgte ihn, aufgewühlt und völlig von Sinnen. Er setzte sich hinter einer Ecke eine Maske vor das Gesicht, betrat die Raucherkabine und näherte sich einem Mann. Dann erkannte ich auch diesen, es war sein alter Kumpan. Der hatte meine Tochter festgehalten, während der Zweite sich an ihr gütlich tat. Er hatte keinen Nutzen davon und keinen Genuss. Er tat es aus Neugier oder einfach nur so. Es erschien ihm vielleicht als Experiment. So hatten sie es auch im Prozess geschildert. In mir loderte der Hass, viel schlimmer als zuvor. Dann geschah etwas Ungeheures. Der Maskierte zog eine Pistole aus der Tasche und erschoss den anderen. Vor meinen Augen, es war absurd. Dann rannte er in die Toilette und kam ohne Maske wieder heraus. Er stand direkt vor mir, in der Tür, und musterte mich. Es gab vielleicht ein Erkennen, vielleicht auch nicht. Da war meine Tat geboren, der Mörder in mir! Er hatte keine Waffe mehr bei sich und ging einfach weg, erschien mir völlig ruhig und ganz gefasst. Ich betrat die Toiletten und fand die Waffe, nahm sie an mich und verließ den Raum.*

*Später standen Sie vor mir, lieber Herr Moor. Ich weiß, es war unfair, ich habe gelogen. Ich spielte den Verwirrten, es fiel mir leicht. Ich schmuggelte die Waffe von Bord, ein verwirrter Richter, niemand hielt mich auf. Wie ging es weiter? Ich musste handeln, bevor man den Mörder fand, denn mein Herz dürstete nach Rache. Ich beauftragte eine Detektei, erfuhr seine Adresse und verfolgte ihn. Ich erfuhr von einer Geliebten, seiner Sekretärin, die am Nordstrand wohnt. Und dort, auf dem Weg zu dieser Frau, habe ich auf ihn gelauert. Er besuchte sie fast täglich. Am Ende ging alles ganz schnell! In mir war Leere, was zu tun war, wurde getan.*

*Dann schob ich die Waffe Erna unter. Warum ich es tat? Was weiß man schon. Vielleicht hatte ich gehofft, man würde mich finden. Und das Leben ein bisschen Frieden oder Gerechtigkeit. Als Sie mich im Heim besuchten, lieber Herr Moor, da haben Sie mich erkannt. Es war nur eine Frage der Zeit. Es tut nichts zur Sache, Sie trifft keine Schuld. Mein Leben ist vorüber, schon lange Zeit!*

# Kapitel 52

Im Revier hat Moor die Abschlussbesprechung eröffnet. Er trägt die Ermittlungsergebnisse zusammen, sichtet Details und fügt Bausteine zusammen.

»Wir kommen also, liebe Kollegen, zum zentralen Punkt der Geschichte. Was uns bislang fehlte, war die Verbindung zwischen den beiden Toten. Diese ist nun, dank des Bekennerschreibens des Herrn Kolberg und einer vorbildlichen Ermittlungsarbeit unseres Kollegen Andy, hergestellt. Darum will ich ihm auch kurz das Wort erteilen.«

Andy wird rot, erhebt sich von seinem Stuhl, schaltet den Beamer an und beginnt seinen Bericht. »Es gab auf Hansens Handy eine versteckte App, die sich meinen Bemühungen, den Zahlencode zu knacken, hartnäckig widersetzte. Ich habe aber von den Kollegen des LKA ein Programm bekommen, das solche Codes über kurz oder lang zuverlässig erkennt. Es soll auf Umwegen vom amerikanischen Geheimdienst stammen. Ich habe die ganze Nacht an Hansens Gerät gearbeitet. Und am späten Morgen war es dann so weit. Ihr könnt euch nicht vorstellen, was ich da fand. Es war eine Serie von Videos aus dem Club in Westermarkelsdorf.«

Andy startet die Anwendung. »In der ersten Szene sieht man eine Frau, die sich umwendet und den Raum verlässt.«

»Oh Gott, die BB!«, entfährt es Fenderling.

»Ganz genau!«, lässt Andy die Kollegen wissen. »Diese Frau ist eine Mitwisserin. Sie überließ Hansen und Brandt für hohe Summen ihr Studio, in dem sich Brandt an den Frauen verging. Hansen filmte das Ganze und hielt die Opfer fest. Ich erspare euch an dieser Stelle lieber die Details. Es ist wirklich hart, kaum auszuhalten. Vor einer Stunde verhafteten wir Biggy Beckmann. Sie hat ihre Mittäterschaft eingeräumt.«

Moor nickt und bedeutet Andy, in seinem Bericht fortzufahren.

»Die beiden Männer wiederholten diese grausamen Handlungen über Jahre hinweg. Dabei hatten sie wohl sehr verschiedene Motive. Brandt war der Haupttäter. Er handelte aus sadistischen Neigungen, genoss offensichtlich die Unterwerfung und die Qual. Hansen hingegen wiederholte, ausgehend von der Vergewaltigung im Hafen, ein Ritual. Es gehörte zu seinem Leben dazu. Vielleicht sah er in seinem eigenen Handeln noch nicht einmal Unrecht.« Das ungläubige Kopfschütteln einzelner Kollegen lässt Andy kurz zögern.

Moor schaltet sich ein: »Im Moment gehen wir davon aus, dass es sich bei Hansen um eine Behinderung handelte. Vermutlich litt er am Asperger-Syndrom. Und Brandt war nicht in diesem Sinne gestört, er war ein übler Sadist.«

»Wenn das nicht krank ist!«, ruft Neumann empört.

»Irgendwann begann Hansen seinen Mittäter zu erpressen«, fährt Andy fort. »Der war dadurch finanziell völlig am Ende, hat Firmengelder abgezweigt. Er befürchtete wohl auch die baldige Entdeckung. Brandt kannte sich aufgrund seines Berufes auf der Fähre bestens aus. Der Mord an Hansen entsprang also der Verzweiflung und war am Ende doch kühl geplant.«

## Kapitel 53

Fenderling sitzt bei Mirko im *Café liebevoll*. Vor ihm steht eine Tasse Milchkaffee. Er wirkt für seine Verhältnisse ausgesprochen entspannt. Moor, der etwas später eintrifft, erfreut dieser Anblick, denn er zeigt einen kleinen Baustein in Fenderlings Jahrhundert-Projekt, sich täglich neu zu erfinden. Er nimmt neben seinem Freund und Kollegen Platz und nickt ihm zu.

Dann bestellt er auch für sich den üblichen Milchkaffee. »Und zweimal *Nebel*!«, ruft er hinterher, bevor Mirko in seine enge Mini-Küche abbiegt.

»Eigentlich«, beginnt Moor das Gespräch, »wollte ich dich ja gerne zum Essen einladen. Bevor dann der dritte Tote auftauchte.«

Fenderling betrachtet Moor verständnislos und mit gerunzelter Stirn. Doch Moor fährt in seiner Rede ungerührt fort: »In diesem Lokal in Burg, am Ende der Breiten Straße, dem Restaurant mit dem beziehungsvollen Namen *Doppeleiche*.«

Fenderling stöhnt gequält. »Nein, Clemens, du schon wieder: Doppelleiche!« Er sieht Moor verzweifelt an. »Das ist aber echt makaber. Wie viele Fälle müssen wir eigentlich noch lösen, bis du endlich vernünftig wirst?«

Inzwischen ist Mirko wieder an den Tisch getreten, mit Milchkaffee und drei *Küstennebel*. Wortlos prosten sie sich zu, dann sind Moor und Fenderling wieder unter sich. Moor ist mit den Ergebnissen ihrer Arbeit zufrieden. Nach nur wenigen Tagen, nach mehr als turbulenten Ermittlungen, ist ihr zweiter gemeinsamer Fall gelöst. Sie blicken aus dem Fenster und beobachten die Menschen, die nun wieder unbesorgt durch die Stadt flanieren dürfen.

Ein Motorrad fährt vor und hält mit quietschenden Reifen. Es ist eine Harley. Fahrer und Beifahrerin grüßen, sind jedoch aufgrund ihrer Helme nicht zu erkennen.

Offensichtlich haben sie Moors und Fenderlings fragende Blicke verstanden, denn sie heben jeweils kurz mit breitem Grinsen ihr Visier. Dann gibt Andy Menke seiner nagelneuen Harley die Sporen und seine Sozia, Vanessa Bohlen, schmiegt sich vertrauensvoll an.

»Ganz ehrlich«, wendet sich Fenderling an Moor. »Das alles wird zu viel für mich. Es reicht doch, dass sich Eva und ich neu erfinden. Alles andere kann schließlich so bleiben, wie es ist!«

»Ganz meine Meinung«, bestätigt Moor und denkt bereits an einen sonnigen Abend in der ersten Reihe mit seiner Greta und einer Flasche Merlot.

## Kapitel 54

Nach einem ereignisreichen Tag, einem längeren abschließenden Telefonat mit den Kollegen in Rødby und einem kurzen kollegialen Umtrunk macht sich Fenderling auf den Weg. Er kann sich nicht daran erinnern, wann er das letzte Mal so freudig nach Hause fuhr.

Wenig später biegt er auf den Hof ein und stellt den Wagen ab. Er tritt auf das unbeleuchtete Haus zu, öffnet einen Spalt breit die Eingangstür und späht in das Dunkel. Dann betritt er vorsichtig den Flur. Er schließt leise die Tür und wartet. Irgendwo aus der Tiefe des Gebäudes hört er ein leises Geräusch. Er pirscht sich schrittweise an, der Ton kam irgendwo aus dem Bereich des Schlafzimmers. Plötzlich stößt sein Fuß gegen etwas Hartes am Boden, er gerät ins Stolpern, aber fängt sich. Er tastet mit der rechten Hand und fühlt einen Koffer. Er zieht seine Taschenlampe aus der Gürteltasche und strahlt den Koffer an. Langsam öffnet er den Riegel und fasst hinein. Seine Hand beginnt zu tasten, spürt kalten Stahl und zieht den Gegenstand kurzentschlossen hervor. Fenderling hält ihn fassungslos in der Hand: Ein nagelneues, mit rotem Samt ausgepolstertes, glänzendes Paar Handschellen. Und für einen Moment entsteht vor Fenderlings innerem Auge eine spontane Vision. Von einem Paradiesvogel im Eva-Kostüm.

# Danksagungen

Ich danke meiner mich weiterhin so solidarisch unterstützenden Frau Beate, mit der ich viele besinnliche und inspirierende Stunden teilen durfte, an einem überwiegend friedlich gestimmten Belt.

Ich setze auch auf alle Menschen, die es sich mutig auf die Fahnen geschrieben haben, diesen einzigartig schönen Küstenabschnitt dauerhaft im Einklang mit der Natur zu erhalten.

Außerdem danke ich Ove Fallesen vom Innenministerium des Landes Schleswig-Holstein, Landespolizeiamt, für seine akribische Recherche und für erschöpfende Auskünfte zu den Zuständigkeiten, die sich aus Straftaten auf Schiffen ergeben.

Schließlich gilt mein Dank Hinz und Kuntz und der gesamten Camper-Gemeinde vom Nordstrand, aus der ersten Reihe, die auch in Kenntnis meiner schriftstellerischen Neugier stets authentisch blieben.

Das Übliche: Sämtliche Personen, Handlungen und Orte dieses Romans sind völlig frei erfunden. Ähnlichkeiten mit real existierenden Personen und Orten sind rein zufällig und nicht beabsichtigt.

Dietrich Petersen, geb. 1955, lebt an der »Wurster Nordseeküste«. Im Hauptberuf Kinder- und Jugendpsychiater und Psychotherapeut, betreibt er dort eine eigene Praxis. Seit langen Jahren ist Petersen als forensischer Gutachter in Strafprozessen tätig. Außerdem lehrt er als Professor in Hamburg.

Seine schriftstellerische Ader hat nach vielen Jahren als Kolumnist verschiedener Zeitungen, Musikkritiker und Sachbuchautor zum Kriminalroman gefunden. Schon sein erster Kriminalroman *Strandraub* spielt auf Petersens Lieblingsinsel Fehmarn, auf der er viele Wochen im Jahr als Beobachter anzutreffen ist. Petersen ist Mitglied im *Verband deutscher Schriftsteller* (VS).

fehmarnkrimi@gmx.de
http://facebook.com/FehmarnKrimi

Dietrich Petersen
**Strandraub**
Inselkrimi Fehmarn
978-3-934927-96-4

Böker/Vollbrecht
**Berits Bild**
Kriminalroman
978-3-939689-70-6

Hanna Dunkel
**Mordsache Ulsnis**
Kriminalroman
978-3-939689-30-0

Thomas Breuer
**Leander und der tiefe Frieden**
**Inselkrimi** Föhr
978-3-86412-006-0

Thomas Breuer
**Leander und die Stille der Koje**
Inselkrimi
978-3-939689-82-9

Thomas Breuer
**Leander und die alten Meister**
**Inselkrimi** Föhr
978-3-86412-071-8

Andreas Schmidt
**Tod mit Meerblick**
Kriminalroman
Schleswig-Holstein
978-3-939689-67-6

Ellen Puffpaff
**Dachbodenfund**
**Kriminalroman**
Schleswig-Holstein
978-3-86412-009-13

H. & P. Gerdes (Hrsg):
**Mordkompott**
**Meerumschlungen**
SchleswigHolstein
978-3-939689-68-3

Anette Hinrichs
**Die fünfte Jahreszeit**
**Kriminalroman**
Hamburg
978-3-86412-005-3

Anette Hinrichs
Das siebte Symbol
Kriminalroman
Hamburg
978-3-86412-005-3

Manthey/Peterssen
**Pfingstschmerz**
**Kriminalroman**
Hamburg
978-3-86412-003-9

Peter Gerdes
**Langeooger**
**Lügen**
Inselkrimi
978-3-86412-067-1

Peter Gerdes
**Der Fluch der**
**goldenen Möwe**
Inselkrimi
978-3-86412-013-8

Peter Gerdes
**Wut und**
**Wellen**
Inselkrimi
978-3-939689-34-8

Peter Gerdes
**Sand und Asche**
Inselkrimi
Langeoog
978-3-939689-11-9

Ulrike Barow
**Baltrumer**
**Maskerade**
Inselkrimi
978-3-86412-070-1

Monika Detering
**Langeooger**
**Liebestöter**
Inselkrimi
978-3-86412-002-2

Tatjana Kruse
**Pizza, Pasta, Sanddorngrog**
Inselkrimi – Juist
978-3-86412-001-5

Tatjana Kruse
**Wie klaut man eine Insel?**
Inselkrimi – Borkum
978-3-934927-96-4

Monika Detering
**Witwenlust auf Spiekeroog**
Inselkrimi
978-3-86412-015-2

Regula Venske
**Juist married**
**oder Wohin mit der Schwiegermutter?**
**Inselkrimi**
978-934927-85-8

Sandra Lüpkes
**Die Sanddornkönigin**
**Der Brombeerpirat**
2 Inselkrimis – Juist, Norderney
978-3-939689-06-5

Regula Venske
**Bankraub mit Möwenschiss**
Inselkrimi – Juist
978-939689-18-8